紫薇花开

◎紫薇 著

中国出版集团
现代出版社

图书在版编目（CIP）数据

紫薇花开 / 紫薇著. -- 北京: 现代出版社，2017.11（2022.1重印）
ISBN 978-7-5143-6062-2

Ⅰ. ①紫… Ⅱ. ①紫… Ⅲ. ①散文集-中国-当代 Ⅳ. ①I267

中国版本图书馆CIP数据核字（2017）第254322号

紫薇花开

著　　者　紫　薇
责任编辑　袁　涛
策　　划　蓓蕾文化
出版发行　现代出版社
地　　址　北京市安定门外安华里504号
邮政编码　100011
电　　话　010-64267325　010-64245264（兼传真）
网　　址　www.1980xd.com
电子信箱　xiandai@vip.sina.com
印　　刷　成都鑫成发印务有限公司
开　　本　710mm×1000mm　1/16
印　　张　15.5
字　　数　247千
版　　次　2017年11月第1版　2022年1月第2次印刷
书　　号　ISBN 978-7-5143-6062-2
定　　价　45.00元

生如夏花（自序）

对酒当歌，人生几何？一纸书香，写不尽人间悲欢源远流长，如泉水叮咚，浸润半生流离，半生落寞，温润半世沧桑，半世寂寥。

傍晚的风，轻轻吹送着紫薇的清香，有蜜蜂在花间嘤嗡，这夏日里亲切的倩影，时常在我眼底轻舞飞扬，摇曳着万种风情与明媚绚烂，这是我生命的花树，我见犹怜、情深意长。

仿佛有一缕清香，回旋在低低的眼眸，分明可以感受到花儿恣意地怒放，深深浅浅，浓浓淡淡，有种酷酷的夏的味道。

感觉夏日的美丽是一幅活色生香的画面，夏日的风，热烈而缠绵，柳丝轻摇，摇着蝉儿的轻梦，错落而迷离。

借几分让人沉迷的景色，在心里浅吟低唱，盛夏的紫薇，总是开得肆无忌惮，热烈而张扬。

记忆中的往事，点点滴滴，萦绕在心头，有些成了笔底的故事。当岁月流过，思念依然葱茏，重叠了满山翠黛。

天空湛蓝，飘着些微云，那轮夕阳迷人的笑脸，向大地目送风情无限，用灿烂的晚霞将这黄昏打扮得妩媚妖艳。我徘徊在波光潋滟的水边，欣赏着彩霞满天，留恋着花的倒影，清凉的晚风将我抚摩得通体舒畅。

一轮皎洁的月挂在树梢，分明听见时光缓缓流淌，流过我的前世今生，流过《与雪作别》的冬天，流过万紫千红的《又是一年春风柔》，流过我的梦里水乡《黄草之恋》，流到了这棵开花的紫薇树下。而今夜，今夜又是月明如水天如练，在这星光银辉的斑斓里，我的灵魂静若处子，羽化而登仙。

对酒当歌，人生几何？一纸书香，写不尽人间悲欢源远流长，如泉水叮咚，浸润半生流离、半生落寞，温润半世沧桑、半世寂寥。

但愿我这一生，生如夏花，既热烈奔放，又静默含羞。借一树花开的时间，温暖我红尘奔波的疲惫与沧桑。月色朦胧，花影朦胧，今生今世，紫薇，紫薇，因为有你的陪伴，我的寂寞如花美丽，我的孤独如酒芬芳。

紫 薇

作于 2017 年夏

/目录/

岁月如歌

行走的风景

风一样的心情

家乡美

古村遗韵

岁月如歌

怀念不期而遇的阿旺

阿旺离开了那么多天，之后每次听到狗叫我就会朝着叫声的方向瞧着，以为是阿旺在那里。回到家会想起它娇憨可爱的模样，留下些绵绵的回忆。

阿旺，是我不期而遇的一只蝴蝶犬。

迄今为止，活了四十多年的我，还不曾缠绵地怀念过某物或某事。现在却缠绵地怀念起一只动物——一只小狗，情不自禁地想要为它写点什么，为纪念抑或是告别。

我为它取名阿旺，口呼旺旺、旺崽，其实我们在一起的时间还不到一个月。

遇见阿旺是在一个阳光明媚的日子，那天是 2003 年 4 月 22 日，我开着爱车阿紫去清洗。停好阿紫后，我就坐在室内掏出手机浏览新闻，突然听见洗车的老板娘说：“那里有一条小狗，好像是没了主人，在那里乱转，好可怜哦！”

我的视线离开手机，朝着路边瞧去，果见一只小狗，在路边徘徊。它有着雪白而娇小的身躯，一对漂亮的棕色的毛茸茸的耳朵，它站在路边正惊慌失措地看着过往行人，不知进退。我想，它肯定是与主人走散了，找不着回家的路，我见犹怜，情不自禁地走过去，挨近它。它却睁圆了一双警惕的眼睛，冲着我龇牙咧嘴“汪汪汪”地吼，毕竟是只小狗，吼起来威力不是那么大。

好可爱的小狗哦！于是我蹲下来，态度友好、亲切地微笑着与它打招呼：“小狗狗，过来，过来，我喜欢你。”

过了一会儿，小狗见我并无恶意，吼声低了下来，但还提防着我。我试图去抚摩它的背部，没想到它后退着。我还是友好地抚摩了它几下，它低着头作势要咬我。我怕被咬着再去打狂犬疫苗多不好，便放弃了与它的亲近，说：“你这小家伙，不解人意，好心对你，你却想咬我，不理你了。”

我开始往回走，走了几步，听到老板娘笑着对我说：“呵呵，小狗跟着你来了。”一回头，果然见它跟在我后面，摇着尾巴，让我想起“摇尾乞怜”这个成语来。没想到它还善解人意，知我怜它，便跟着我到了店内。

我蹲下来，它就乖乖地蹲在我脚边，弱弱地老实地一声不吭。我轻抚着它的背，传递着我的善意。店主的孩子马上走近了来，也非常喜爱地抚摩着它的头。

我想，这就是缘分了，而且是一见钟情。

说实话，对狗我没什么好感，尤其下乡时，农村那些土狗凶恶地对着人狂吠，常常吓得我捡了石头和棍子进行提防。我还从未养过宠物，也讨厌那些带着宠物走街串巷四处溜达的闲人。我总认为宠物是有钱有闲之人干的无聊事，每每见了那些抱着小猫小狗如抱着亲亲宝贝的妇人，不但从骨子里生出鄙夷之情，还会离得远远的不屑一顾。

而现在，见了这么一条小狗，我竟然生出了怜惜之情。车洗好后，我毫不犹豫地抱着它上了车，将其带回了家。

我从未养过狗，不知道它所属的种类，不知道该喂它吃什么东西。我突然想起有种叫京巴狗还有什么哈巴狗的，想必它就是这样的狗吧。于是立马上网查询，请教有关京巴狗的喂养知识和注意事项，并将其下载打印出来，好对照执行。

到了晚上，我喂它吃米饭，它用鼻子嗅嗅走开了，蔬菜也不吃，只吃肉肉。第二天早上，喂它吃了个鸡蛋黄，蛋白它也是不屑一顾的。原来它吃得可挑剔呢，当然也还简单。一早一晚两餐就够，早蛋黄晚肉肉。后来听人说："猪胀大，狗胀蠢。"狗就要适当地让它饿着，不能吃得太多，即使一天不吃也无伤大体。这我就放心了，原来狗也不是很难养的哦。

第一天晚上，我把它关在一楼的杂房里，用纸箱做了个窝，让其安寝。没想到它窜来窜去哼叫了一个晚上，我因为睡了懒得起来管它。谁说狗胆包天，这狗胆小得很，害怕独处离不得人。第二天听朋友说东塔公园对面有家宠物店有狗食卖，我就牵了它前往，看它喜欢吃哪种狗食，没想到哪种狗食它都不吃。

我问店主，这是一条什么样的狗，值多少钱。店主一瞧，说是蝴蝶犬，几百元。

这是我第一次听说蝴蝶犬的名字，恍然大悟着，仔细一瞧，果不就是蝴蝶犬吗？两只毛茸茸的棕色耳朵，像极了展翅欲飞的蝴蝶，这是它宝贵的特征，也是它最出彩的地方。

此行狗食没买成，给它买了个套圈，方便以后出行带着它，免得走丢。

我为之取名阿旺，并亲昵地叫着旺旺、旺崽。第二天晚上给它洗澡，发现它身上原来有着长长的体毛，但被它原来的主人剪得长短不一，背部的毛粗糙，肚皮上的毛非常柔软。洗澡过后用电吹风吹干了，我放了块毛巾在卧室的地板上，它趴在上面就蜷缩成一团，好像知道了那就是给它睡觉的地方似的，我一躺在床上，它就微闭上眼睛。

第一次见狗睡觉，原来是这般蜷缩成一团，像个毛茸茸的球，给人一种柔柔的暖暖的感觉。

那么多年来，我习惯了独处，爱上了孤独，在孤独中生活，在孤独中思索，喜欢寂寞深闺的那一份宁静，那一份从容。今晚因了阿旺的存在，寂寞变得丰满起来，有了它的陪伴，空荡荡的陋室充满了温馨。情不自禁地掏出手机给它拍了几张睡态照，那么纯净，那么可爱，那么迷人！

从第三天起，它便和我形影不离，我走它走，我坐它坐，我睡它也休息，我起来它就围绕着我转。它特别喜欢户外运动，只要我一开门它就箭一般地冲出去，然后再回头瞧我的动静。

它有着颀长苗条的身子，却有个肥肥的小屁屁，走起路来左摇右晃，一扭一扭的，性感迷人，越发让我喜欢。它那不长不短的粗尾巴，也是毛茸茸的，走路时像一根旗杆似的直直地竖起，安静时耷拉着垂在身后，撒娇时一甩一甩的，活泼灵动。

阿旺无论是走还是跑都比人要快得多，每次走远了，它又跑回来迎接我，亲昵地摇晃着大尾巴，让我想起老家一句俗语：“养条狗也会摇尾巴，养你却那么忘恩负义。”这常常是一句骂人的话，骂后代不孝顺。在我的口中，我也使用过N次，因为我的儿子曾经沉迷网游，非常叛逆，时常逃学不见人影，每每从网吧把他找回来时，他对我横眉冷对，常常把我气个半死。

现在我觉得旺崽比儿子乖巧懂事多了，开始对那些养宠物的孤独妇人有了全新的理解。

于是我告别了孤单，出行时后面有了个跟屁虫。它从不在家大小便，每次出门旺旺都撒着欢儿往前跑，然后看它在路边的树下抬腿撒尿，隔不多远又重复前面的动作。有人告诉我这是犬类的习性，给走过的地方做记号，免得找不着回家的路。以前不曾注意过，现在觉得真是有趣又好笑，小小的身体里哪有那么多尿尿呢？它便便的时候也挺滑稽，四条腿并在一起用力，身子拱成一张弓，似乎用尽洪荒之力才拉那么一点点。

在走过的途中，有我亲昵的叫喊声：“旺旺，过来。”“旺崽，别走那边。”“旺旺，我们回家。”……

其实，旺崽是母的。因为有个好友的儿子叫旺崽，随口也就叫上了。它知道是我在唤它，不管何时何地，只要我叫它旺旺，它就会仰起蝴蝶一般的小脸朝向我，只要我往地上一蹲，它便飞快地朝我奔来，然后头一低，四肢前伸，伏在我的脚边，眼睛柔柔地看着我，我会轻抚着它的背部表示我的爱意，有时也抱抱它，它会温顺地偎在我怀里。

我知道狗善解人意，且往往比人来得忠诚。对主人的忠诚和维护，是一般动物不能比的。俗话说：“儿不嫌母丑，狗不嫌家穷。”狗虽然是人类最好的朋友，但在人类的口头禅中却经常出现在贬义词里，比如：狗东西、狗家伙、哈巴狗样的家伙、狗胆包天、狗眼看人低、狼心狗肺、人模狗样、狗仗人势等，真令人不解。

阿旺有双圆圆的乌溜溜的大眼睛，额头正中有条白线，眼睛周围与耳朵是一样的棕色，耳朵竖起来时，看上去分明就是一只蝴蝶展翅欲飞。

它时常蹲在一旁与我对视，仿佛在向我传递它眷恋的情意。我会问它："旺旺，看着我干什么""亲爱的，你又饿了吗"……

偶尔会扯扯它嘴角的几根长须，还有它迷人的大耳朵。

有一天，我上班怕它在家孤单，便用包装着它带进了办公室，它就那么一声不响地蜷缩在椅子下面，直到我下班从电脑前抬起头，站起身走两步，它从底下钻出来，我才感觉到它的存在。

等下班时间过了很久，我们才一起走出办公楼，欢快地向家走去。

我与朋友打麻将的时候，它也不声不响地蜷缩在麻将桌下，时间久了，它会钻出来，用前脚搭在我腿上，立起来"吱吱"地撒娇，一只前脚还来拍我，呵呵，真是超可爱！我轻抚它一会儿，便拍下了它的腿："旺崽，下去，一边玩去，我正忙着呢，没空理你。"

晚上带它到旁边的学校去散步，在绿绿的操场上，它撒着欢儿奔跑，第一次见它在地上翻滚，滚来滚去滚雪球似的，那么灵巧那么快活，我被它感染着，开心起来，和着手机的乐曲翩跹起舞。有时不见它的影子，只要我一声呼唤，不知从什么地方就箭一般冲了过来，然后围着我转圈。有时，它也撒娇耍赖，将自己翻倒在地上，肚皮朝上，四脚乱蹬。

美的东西，都会引起人的注意和欣赏。每次带它出去，让路人为之注目，大人唤它，小孩子爱它，总想逗它。只要有生人走近身边，它会警惕地吠几声，然后寻求保护似的挨着我走。当然，如果是我的亲人朋友，它会乖乖地一声不吭，任其抚弄。

一个星期后，便到了五一节，我带着它出了一趟远门。与我年迈的父母还有妹妹一家去了东江湖，坐船到了黄草。我纯粹是为了休闲，让自己疲惫的身心在那里释放和栖息。

出去散步时，阿旺时前时后撒着欢儿，不时地这里嗅嗅那里闻闻。心想，以后我若定居在此，它便是我朝夕相处的伙伴，不用许多语言，却能亲密无间，多好！

有两次，我看见它流泪。那是我抱着别人的小孩亲热时，它默默地伏在我脚边，眼睛里流出了泪水。我拿了纸巾擦拭，心疼地安慰它："呵呵，旺崽哦，吃醋啊，没抱你是不是？"

后来从网络的资料上获悉，蝴蝶犬娇柔可爱，但非常黏人，小心眼儿，爱吃醋。原来如此，它也有强烈的感情啊！这是我从来没想到过的。

第三天，父母他们离开了黄草。我独自留下来，周遭变得特别的宁静，无拘无束地享受着眼前的青山绿水，是我最大的心愿，呼吸着纯净的富含氧离子的空气，身心为之一畅。有了阿旺不离不弃的陪伴，更多了一份从容淡定。

这里有许多狗，高大威猛，在我的眼里却是形态猥琐难看至极，双双狗眼细小，五官长在一个平面上。其中有只灰白的狗，看上去像是僵尸般令人恐怖，哪有我的旺崽玲珑有致，迷人可爱。

我带着它吟风弄月，带着它漫步湖堤，带着它上山，甚至带着它赶集。赶集时因为人多拥挤，时不时有本地的狗前来调戏，差点把它弄丢了。找了一圈不见踪影，以为它自己回去了，没想到我一路寻着回去，还是没有它的影子。累极了，我伤心地躺在床上，念着“旺崽旺崽你在哪呢，你会不会回来啊”。后来我打电话给了同去赶集的黄姐，要她留意一下，找找旺崽，找到了带回来。

没过多久，黄姐打电话来说看见小狗了，就这样黄姐一路叫唤着旺旺，带着它回到了家。旺旺回家的第一件事，便是奔上三楼，见我躺在床上，高兴得又蹦又跳，立在床前叫唤，仿佛我是久别重逢的亲人般，我握住它伸过来的前腿，竟说出了小时候唱过的儿歌：“握握手，好朋友，你讨夫娘我呷酒……”

我爱怜地抚着它的头，拍拍它，然后它就钻进了床底下，休息去了。我也长长地嘘出一口气，安心地睡了个长长的下午觉，醒来时，夕阳挂在了林梢，我们又沿着洁净的水泥路去湖边溜达。

我与阿旺在黄草待了三天，因为单位有事不得不往回赶。把套绳套在旺旺的身上，怕它坐船时不小心掉进湖里，旺旺怕水，总不敢走近水边，见我上了船，它在岸边急得团团转，叫着不敢上船，我把它一提，绳子就把它带到了船上，它吓得浑身战栗，跟着我进了船舱后，便纵身跃上了我身边的座位紧紧地挨着我，唯恐会掉进水里，我用手轻抚着安慰它：“有我呢，别怕，旺崽。”

后来在网上查询蝴蝶犬的有关情况，上面说到蝴蝶犬的N种优势，在世界上的各项指标排名都在前十位，说它长相可人，且聪明、温顺、敏感，是主人很好的玩伴，可以带着外出旅游增添旅途趣味，又不会添很多麻烦。

从东江湖回来不久的一个晚上，我准备给它洗澡，它见我在卫生间用给它洗澡的大盆放水，它立即就钻进了茶几底下，任我怎么呼唤也不出来，第一次反抗着我的指令。

我生气了，走过去大声呵斥："旺旺，旺崽，你不出来是不是。你这个狗东西，还要赖啊，看我怎么收拾你。"

茶几毕竟只有那么大，很快它就被我抓住了腿，往外一拖就出来了。我抱着把它扔进装满水的大盆里，它吓得慌忙把前腿攀在盆沿上，老老实实地蹲着，一声不吭，任我在它身上搓洗，用沐浴露洗好后，我又拿着喷头对它一顿狂冲。

把它抱出来放地上，它使劲地甩着头颅，浑身抖动，啪啪作响，想要把水珠全部甩掉。见它一副狼狈样，我好气又好笑，赶紧用毛巾罩着它："旺旺，不准在家里甩，待会儿出去再动。"

恰好我的一个表妹来访，上次她也跟着去了东江湖，所以阿旺对她并不陌生。我们一起去了学校的运动场，旺旺一从我身上下来，又使劲地抖，然后撒腿冲进了塑胶草地，在那里打滚，滚成了夜幕下一朵白色的花，我开心地看着它，闻着风中樟树的清香，心情特别舒畅。

也许旺崽对我给它洗澡产生了不满，它开始向我的表妹献媚，围着她转圈，摇尾乞怜，它想让我吃醋，仿佛得意地说："谁叫你逼我洗澡，我就不和你好！我和她好了。"

约莫半小时以后，我摸摸它身上的毛，差不多被风吹干了。准备回家休息，路过学校值班室时，见电视里正播放着电影明星陈冲与一舞男跳着交谊舞，且难度系数较高。我被吸引停了下来，看陈冲这位年过五旬的人如何跳得出彩，舞姿如何轻盈，与她配舞的男士如何英俊潇洒…… 不知过了多久，我低头一瞧，怎么不见旺崽？

心里一惊，赶紧出来找它，没想到表妹坐着摩托车抱着它气喘吁吁地来了，说旺崽跟着她跑了，到家才发现，于是坐了摩托车送它回来。

看着它跟我走了几步，没走多远，旁边小卖部的老板娘就在喊了："哦嗬，你的小狗不跟你亲，跟着别人跑掉了。"

我一回头，确实不见了阿旺的踪影。我急了，赶忙沿着它消失的方向找寻，一边走一边呼唤它的名字，急切地期盼着在漆黑的夜幕下，它能听到我的呼唤，期盼那白色的身影箭一般向着我飞奔。找得腿都酸了，还是不见它的踪影。

罢了罢了，都是自己的错，不该强迫它洗澡，不给它洗这个澡，就不会出去散步，也就不会把旺崽弄丢，此时，它也就会蜷缩在茶几下的红地毯上乖乖地睡了。也许这是命中注定，我与它只能结一份短暂的缘。

阿旺离开了那么多天，之后每次听到狗叫我就会朝着叫声传来的方向瞧着，以为是阿旺在那里。回到家会想起它娇憨可爱的模样，留下些绵绵的回忆。

（作于2013年夏）

国庆长假记事

梦醒过后又近黄昏，那种茫然无绪的感觉袭上心头，黑夜弥漫开来，就是无边无际的寂寞。不喜欢孤独，却又害怕两个人的相处，这分明也是种痛苦。

一年一度的国庆节又近在眼前。9 月 30 日下午，离下班时间还早，偌大的办公楼里已有空荡荡的感觉。效益好点的单位，全体员工早就出去搞活动，等着丰盛的晚餐侍候肠胃。

七天的长假就在明天迎面而来，国庆过后接着又是中秋佳节，双节双庆于国于家可谓双喜临门。有的赶着外出旅游，有的忙着和朋友约会，有的准备走亲访友，各有各的安排，各有各的戏上演。

有朋友问我，长假有何想法与计划。我没有任何的打算，也无外出游玩的冲动，因为这样的长假去哪个景区都是人满为患。就在家待着吧，有俗话说：“在家千般好，出外时时难。”即使出去也只会就近玩玩，回家的路不会遥远。

一、10月1日，欢度国庆节

早早起来，阳光洒满陋室，整理完家居，拖地擦桌忙完，喷点淡雅清香的空气清新剂，让自己有份好心情，干干净净迎国庆度中秋。

简单的早餐过后，向亲友们发送完节日问候的信息，就守在电视机前等着看中华人民共和国成立六十周年大庆的直播。

直播现场一万多名学生持着红色和黄色的鲜花，组成了四个大字“祖国万岁”。此时此刻的天安门广场气势恢宏，盛况空前，各个方队团体组成了人与花的海洋。

10点整，中华人民共和国国庆六十周年庆典开始！六十响礼炮轰鸣，让中华儿女热血沸腾的《义勇军进行曲》奏响，鲜艳的五星红旗像一束火焰在天幕上燃烧。

10点09分，激昂的军乐声拉开了国庆六十周年阅兵序幕。中共中央总书记、国家主席、中央军委主席胡锦涛，在阅兵总指挥的陪同下，乘红旗牌检阅车徐徐向前，迎着受阅将士的注目礼，检阅了在长安街威武列阵的四十四个地面方队。

10点37分，阅兵分列式开始。在鲜艳的八一军旗引领下，陆军方队、水兵方队、空降兵方队、二炮学员方队、三军女兵方队、武警方队、预备役方队、女民兵方队等十四个徒步方队，迈着整齐步伐动地而来。

喜欢那些从战争岁月流传至今的革命歌曲，荡气回肠的感觉，听着令人振奋，令人激动，想起无数革命先烈仁人志士为了今天的美好，抛头颅洒热血，视死如归。

喜欢三军将士方阵步伐整齐，威武雄壮地通过天安门前，接受党和国家领导人的检阅，雄赳赳气昂昂、英姿飒爽，真是帅气，令中华儿女为之骄傲和自豪！

这一天就在喜庆中回味，晚上的大型晚会，大多是熟悉的歌曲、熟悉的面孔，感觉除了热闹外，再没有什么新意。

二、10月2日，豆腐渣工程的烦恼

清晨，懒懒地从睡梦中醒来，已是艳阳高照。

因为住房的质量问题，楼下主卧室卫生间渗水，墙壁早就毁了，近几天听说漏电，够危险的。昨天女主人就约我，叫我待在家里等维修工人上门。

这个当时所谓的榜样工程，没想到建成后接二连三地出问题。当然最严重的是房屋渗水，让住户们怨声载道，物管负责人头疼不已，而承包工程的头头早就溜之大吉，鬼影子都捞不着。

好在我住中间单元的顶楼，除了多上几层楼，漏水渗水的这些麻烦倒没有。我下面的住户为渗水一事找了我好多次，从厨房开始，因厨房渗水到她家客房，墙壁湿了一大半。后来又说她家的厨房也漏水厉害，要用盆来装。

过不了多久，又说她的卫生间也在漏水，上厕所要戴个斗笠。她的烦恼不断，我的麻烦也不断，请了维修工人上门，没办法我好好的厨房和卫生间地板被毁得一塌糊涂，再去买已找不到同色的了。

这次又得敲，而且更麻烦，我主卧室卫生间置了一个大浴缸，要把它抬出去才能作业。敲敲打打弄了一上午还没完，还把下午的时间也给搭上。等把地板弄干净，已是夕阳西下华灯初上，这一天就完了。

今天是农历八月十四，月亮的脸变得圆圆的可爱起来。

晚上约了位朋友赏月，远离广场热闹的人群，沿林场方向大道边的小路漫步，这儿僻静少人，盛满了月华的恩典，感觉极好。

三、10月3日，家人团聚中秋节

一年一度团圆的佳节又到了眼前，娘家的礼还未送，领导家里也没拜访。

太阳依旧热烈，预示着今晚的月亮一定明亮。做完零碎的家务活，骑了自行车上路，提了些礼品往父母住的地方赶。老妈刚起床，咳着，把脸皱成个核桃，她说感冒好一段时间了。

中午在小妹家约了饭局，坐了一会儿，起身回家。老妈说还回去做什么，到你大妹家打麻将吧，立马她就打了电话过去，她退休后没有任何健康的爱好，除了牌桌上的赌，就是猜算六合彩的特码了，戴个老花镜拿着资料算来算去，很少有准的时候，输得一塌糊涂，把钱全扔到了水里，泡都没见几个。

老父无奈，我们的劝说她当作耳边风，今年为了买房子我向她借一万元，开始答应着，等我向她要时，钱却给了六合彩，还倒欠着好几千，后来见她整个地委顿了下去。唉，母亲这是怎么了？

父母加上大妹夫妇，他们四人常常晚上在麻将桌上度过，大妹不满一岁的女儿这里磕着那里碰着，他们也顾不了那么多。我去了，大妹与老父合股，玩“五元一炮带匹鸟”的输赢。牌桌上的时间过得真快，中午一块儿去小妹家吃饭，饭后小妹夫加入，仍旧是麻将桌上战斗到夕阳西下华灯初上。

累了，我想到外面透透气。于是骑了车往回赶，一路上都是人影晃动，蚂蚁般成群结队往欧阳海广场会集，月亮早就挂上树梢，俯瞰尘世的热闹。

把车放在办公楼前，独自晃悠起来，不时有烟花炮仗的震动。我不想挤进人群，去分享别人的喜庆与快乐，害怕那种人声嘈杂的喧嚣。

八字塘盛满霓虹灯的奢华，光芒四射，波光荡漾，沿着塘边漫步，爬上右侧的楼顶，把月亮抱满怀，感觉这月亮只为我所拥有了，多么美好！

一个人的寂寞，一个人的惆怅，一个人的浪漫……

头顶一轮皎皎明月，让如梦似幻的月色，斟满我灵魂的酒杯，将历尽的沧桑饮尽，今夜的我站在高处凄美绝伦，无人可以比拟，在这薄情的世界里深情地活着。

俯瞰下面的车水马龙，一盏一盏红的黄的孔明灯从广场上升起，朝着南方飘飘悠悠地远去，汇成一条闪烁的星河隐入夜色苍茫，经营孔明灯的小商人今晚可是要发些节日的小财了。

后来我特意跑到人群中，看别人燃放孔明灯，所谓孔明灯不过是用纸做成的灯笼，下面一大块蜡烛，蜡烛燃烧时产生的热量，把灯笼慢慢地托起送入空中，孩子们兴高采烈地欢呼着自己的灯笼升上高空，也许那上面载着他们美好的心愿。

今夜月明人尽望，不知秋思落谁家？

披着月色回家，用一个月饼告别饥饿，算是对这个节日的一点纪念吧。打开电视，中秋晚会的节目撞进眼帘，或歌或舞或吟诵，我被那些美好的画面、千古流传的咏月诗篇牢牢地吸引，这无疑是场品位高雅的晚会，这顿文化大餐喂得我通体舒泰，我的心一片宁静安详，我带着微笑进入甜甜的梦乡。

四、10月4日，赏月东江边

十五的月亮十六圆，想去东江湾漫步赏月，或者去我钟爱的那一方山水——黄草，待上两天，让整个身心在蓝天碧水中泡个痛快，这是国庆节我最喜欢做的事。

与资兴的朋友约好，四号早晨打点起程，我买了些桂阳的土特产——和平豆腐与辣子肉，送给那边的朋友。

到二市场坐车，没想到车站内外人满为患，去郴州的那条线站了一长溜的人在候车，十分钟过去了，没见车的影子，看样子是调度不过来了。步出车站，街道狭窄而拥挤，大小车辆如蜗牛在爬，用一个成语形容再合适不过：蠢蠢欲动。

不多久就有一辆的士在叫唤：“郴州郴州，二十元就差一个，马上走。”

价钱贵了，三倍于公交车。但为了免去候车之苦，只有不去心疼钱。拉开车门坐了上去，随蠕动的车流出城，不知花了多少金子一般的光阴。

到郴州五岭广场下车，立马就坐上了开往资兴的的士，桂阳的士那叫一个贵。

到资兴时 11 点多，去了文友卫卫家，她正与丈夫在厨房忙碌着，他们平时吃食堂，很少在家弄饭，厨艺真的不敢恭维，我帮忙做了个排骨炒花菜。那天中午我第一次吃到排骨炒茄子，搭配得够滑稽吧！

另有一个初次见面的朋友欧阳从兴宁赶来，我们是纯粹的网友，聊过几次以后，有种似曾相识的感觉，有许多共同的经历，兴之所至，便有了这次约见。

欧阳看上去比较清瘦，却背了个沉重的摄影包，很随意的穿着，黑衫牛仔裤，像个流浪落魄的文人，带点岁月的沧桑，带点生活的忧郁。中饭过后他去了郴州办事，我和卫卫午休好好睡了一觉。

红子打电话来问询，卫卫说晚上到东江湾吃饭，然后赏月。

红子开了车来接，好久不见，她还是小鸟依人的模样，听说找了个有车有房、单位也不错的好男人，眼下正度着甜蜜幸福的好时光，她为感情煎熬了几年，能遇上心仪的那一半应是梦想成真了呢。我在心里为她祝福着，愿好人一生平安！

晚餐一大桌子人围着，欧阳也赶了回来凑热闹。

饭后开车到了新建的寿佛寺，寺庙颇具规模，场面甚大，正是依山傍水的好地方。此时，月亮升起在我们头顶，一轮清辉洒下，山影朦胧，寺庙更显庄严肃穆。修剪得很好的花树，投下斑驳稀疏的倩影，风中有隐隐的桂花香，味道好极。

我们在寺侧山上的园林中漫步，鹅卵石的小径幽雅洁净，这山寺之月仿佛有着圣洁的光辉，照得我通体灵透，仿佛一件霓裳羽衣带着我的灵魂向天空高处飞翔，飞翔……

欧阳陪着我在东江湾踏月聊天，谈人生谈世事，那些不堪回首的往事，总有些是弄不明白也挥之不散的。

江堤修建得很好，此乃月夜溜达的绝妙去处，尤其是牵了恋人的手在这花好月圆的夜里，共赏这般良辰美景，静静地聆听彼此心跳，真是妙不可言。

只见一江碧水星辉斑斓，滟滟随波流向远方，“江畔何人初见月？江月何年初照人？人生代代无穷已，江月年年望相似”。人的一生在历史的长河中如水上随意盛开的一朵浪花，转瞬即逝，一丝茫然一缕惆怅漾上心头：“今年赏月我犹在，他年江月映照谁?”

夜凉如水，月影西沉。桂花正吐露着芬芳，鸟儿也在巢中做着甜梦。我疲乏而满足的脚步恋恋不舍地离开东江花月夜，进入夜的另一个世界。

五、10月5日，畅游五岛一村

第二天醒来，日上三竿，又是个艳阳天，兴致勃勃地起程朝五岛一村出发。

要去一个陌生的地方看风景，心里满是憧憬好奇，有青山绿水的地方总是令我向往，今天应是愉快的一天。

坐车去五岛一村的途中，路面正在被拓宽，施工的机声隆隆，崎岖不平的道路扬起漫天尘埃，糟糕透了，不知过了多长时间，到了兴宁镇，也就是资兴市的老城区，然后坐摩托车到五岛一村所在地，没想到这么有名的景区竟然不通公交车。

等那一片碧蓝的湖水进入眼帘时，才洗去路途的风尘，感觉清新、自然。买了旅游的门票登上快艇，划过一湖碧水朝岛上驶去。

我一一看过所谓的鸟岛、蛇岛、鳄鱼岛、锁岛、猴岛和民俗文化村，真是大失所望，鸟岛闻不到鸟语，只有一些蜕了尾巴的孔雀在网里走动，还有一只高傲的非洲鸵鸟孤独地惊艳。

从小怕蛇的我对蛇岛不感兴趣，当然鳄鱼凶恶的模样更不想看，锁岛上除了伫立着一把巨大的水泥锁别无他物，只有猴岛那些可爱的猴子带来不少乐趣，尤其是小孩子兴奋极了，拿了吃的东西逗猴儿尽情地玩耍，我给母子猴拍了许多可爱的照片。

下午回到东江，到电厂和红子一块在俱乐部打羽毛球，好长时间没做这样的运动了，打得一身汗水，虽然疲惫但很愉快。

累了，早早地上床休息了，睡得特别沉稳香甜。

六、10月6日，回家休整

不知不觉已是假期的第六天了，早餐后和朋友挥别，踏上归途。坐公交车才五元就到了郴州，其他的物价在涨，这车费降了几乎一半，真是意料之外的便宜。

很顺利到了家，虽然住在城郊接合部小区新房的五楼，无孔不入的灰尘仍飞扬得到处都是，拖地擦桌好一阵忙活，然后躺在沙发上看电视，看着看着就进入了梦乡。

梦醒过后又近黄昏，那种茫然无绪的感觉袭上心头，黑夜弥漫开来，就是无边无际的寂寞。不喜欢孤独，却又害怕两个人的相处，这分明也是种痛苦。

在万丈红尘中我是粒微不足道的尘埃，不得不存在于天地之间，爱，去爱谁？钟情一时何足求，想相爱不渝又万万不能够。那些因爱受过的伤又在心头隐隐作痛……

第二天，约了朋友过来玩麻将，麻将桌上的时光溜得飞快。晚上和要好的女友绕着办公楼转圈，她在为新一轮的感情受伤，唉，女人啊，总是成为感情的俘虏，为此受尽心灵的折磨和煎熬。

最后一天，约了家人在我那棋牌娱乐室相聚。

这个长假就这样暂告一个段落，短短的七天，亲情友情都享受过了，不亦乐乎。

（作于2009年秋）

独自去『偷欢』

我要逃离这硝烟弥漫的城市，把这一天的灿烂阳光尽情挥霍，到那湖上垂钓一片宁静安详。

今天是农历的大年初一，充满了祥和喜庆的中国传统佳节，也是一年中最为隆重热闹的节日。天地之间烟花爆竹轰响，衬托着“拜年拜年恭喜发财!”千篇一律的声音，还有不时响起的不知转发了多少遍的手机祝福短信，从电视里传出的都是全国人民欢天喜地过大年的联欢画面。

于我来说，似乎世界上所有的节日都与我无关，不喜不悲，平和平淡。只是对于传统的年俗，却生出了许多厌倦。所谓春节，除了小时候的记忆中还有些向往和憧憬外，从懂事以后应该说是从参加工作以后，便不再有对过年的盼望。

少年不识愁滋味，那时因了生活的简单贫困，还有繁苛的劳作，总盼着过年早点来到，可以尽情地吃些油水，可以开心地玩上几天，当然还会有梦寐以求的新衣，喜气洋洋地穿在身上，还有父母给的压岁钱，虽然是少得可怜的几毛钱，也会让我兴奋好些天，盘算着供销社里的小人书（连环画）哪本可以购买。

参加工作后，无形之中便有了人情往来的烦琐，每到过年就得掏空那点可怜的积蓄，走亲访友、拜年送礼，做些无谓的应酬，东家进西家出，忙得不可开交。

年复一年，于我们这些小地方的人来说，没有节日里丰富多彩的节目，除了吃喝、玩牌，偶尔K歌，便没了别的内容，单调且乏味。倒是羡慕少数民族的节日文化，可以把所有人召唤出家门，聚集在草原或广场，唱歌、跳舞、射箭、赛马等，可以把节日的气氛渲染得淋漓尽致，欢快尽兴。

就这样时光飞逝，一年又一年，对过年的感觉由盼望到生厌到逃避。年年岁岁都是相似的虚拟祝福，岁岁年年却是青春梦已老的惆怅。

讨厌过年，最讨厌的就是烟花炮仗，这玩意儿不知是谁发明的，中国古代四大发明火药出场以后，慢慢地烟花炮仗就来到人间。国人不论婚丧喜庆，结婚、生子、升学、乔迁、死人发丧，都爱拿鞭炮说事，烘托气氛，过年尤甚。

这东西虽然制造热闹的气氛，但也生产着噪声和垃圾，还有大大小小、无穷无尽的伤害。每年的春节期间新闻里便会有许多这方面的报道，有人丢了生命，有人炸了眼睛，有人伤了手脚甚至丢了性命。某地一座五星级酒店就因放了烟花炮仗，引发一场特大火灾，把个豪华漂亮的大楼烧得惨不忍睹，损失惨重。

因了这一层原因，我不喜欢出门拜年，就怕沾了哪个小孩的光，飞来一朵烟花盛开在自己的头上，即便三魂不丢两魄也肯定散得到处都是。

而这讨厌的声响此起彼伏不绝于耳，要从除夕那一天开始，响至正月十五的元宵节。居住的空间被这些嘈杂喧嚣包围得紧紧的，令人无法呼吸。我住的是低层，燃放的鞭炮不但震耳欲聋，还硝烟弥漫，让人不得安生，搅得心烦意乱。

讨厌过年，讨厌春节里烟酒鱼肉堆砌的日子，酒酣耳热之际生产着许多酒鬼，酒足饭饱之后制造着许多赌鬼。猜拳行令麻将哗哗响彻云霄，热闹当然热闹，醉鬼们洋相百出、喋喋不休，牌桌上赢了欢笑输了烦恼，几家欢乐几家愁。

每每这时候，就想冲出这烟花爆竹噼啪作响的世界，找一处有山有水僻静的地方，漫步逍遥。

今天的阳光明媚让我满心欢喜，沿新修的公路，朝农家山庄方向驶去。

我要逃离这硝烟弥漫的城市，把这一天的灿烂阳光尽情挥霍，到那湖上垂钓一片宁静安详。

山庄不远，开车十来分钟就到。整个山庄宁静而安详，偶尔有几个人影晃动，看上去像是附近村子里的小青年。此山庄开发了好些年，通过这些年的滚动发展，成为全县首屈一指的休闲去处，可以垂钓，可以休闲，可以聚会。山庄山水相连，绿树成荫，还有些人工的景点修饰得恰到好处，让人赏心悦目，神情也为之舒畅，且让我受用这无边的湖光山色好了。

沿着湖堤漫步，花园式的山庄处处盎然着绿色的生机。湖中横卧着彩虹似的鹊桥，市里的未婚男女曾在这里举办过七夕鹊桥会，演绎几多浪漫的风情。

在桥中的长廊上小坐，享受春风的温柔，看波光潋滟的水面，仿佛美人的笑靥如花，荡漾着无数风情，偶尔会有鱼儿跃出水面，还有小小的野鸭子飞来飞去，溅起一条条雪白的浪花。

湖边的木制回廊别有一番情趣，绿树掩映着，诗情就写在上面，画意也从眼前旖旎着过去。喜欢在上面来来回回地走着，静听着清脆的脚步声响过来响过去，空灵，清澈，悠远……

湖边的山包上遍布着高高低低的野生树种，树林里弯弯曲曲的便是水泥小径，不论从哪个方向都能进入或者出去，山顶有亭翼然，应该是年轻人谈情说爱的好地方。叽叽喳喳的麻雀在我眼前快乐地玩耍，还有许多不知名的鸟儿唱着婉转的清歌，既悦耳又动听。

山后的池塘里，据说养的是灰天鹅，那肥硕的鹅见了生人，便伸长了脖子一个劲地叫唤，热情欢迎的架势让人感动，好在它们上不来，只在水里嚷嚷。

阳光很好，照在树梢，心情也好，能不为俗事所累，不为感情所伤，可以跟着感觉走，看蓝天温柔，哼着欢快的小曲，所有的热闹都是别人的，而我宁愿拥着这份宁静寂寞，行至水穷处，坐看风云起，觉得自己是个幸福的自由人。

（作于2010年）

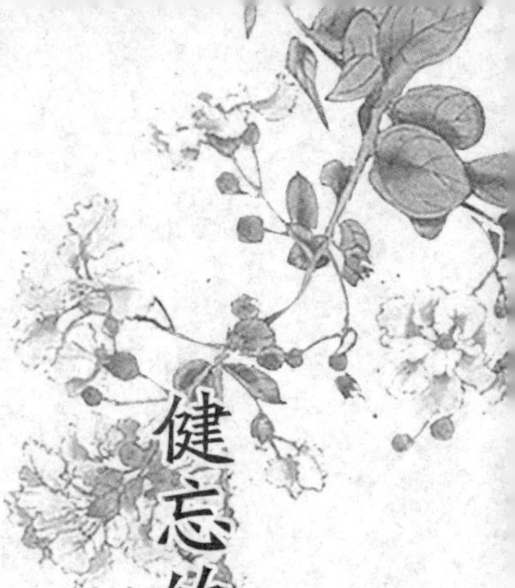

健忘的喜剧

这失而复得的欣喜，这记忆力不从心的轻喜剧还有许多，不一一列举了，我知道接踵而来的岁月里，还会不时地上演。我不得不轻叹，岁月真是不饶人哦！

随着岁月的流逝，人在慢慢地变老，各种功能也在减退，尤其是记忆力。所以说年过四十再去与年轻人比什么考试，那是绝对会惨遭滑铁卢的。不惑之年再去读书，看过一遍再来回忆，有四分之三不知溜到哪里去了，从这点来说，人不服老还真不行。

年轻时背唐诗宋词，读上两三遍就能记个八九不离十，现在却是过目即忘，即使记住了也是暂时的，过个两三天再来回忆便会雾里看花般模糊不清。所以我的脑海里储存的仍是年轻时的记忆，那时唱的歌现在还能张口即来，现在的歌呢，只能对着屏幕唱卡拉OK，曲子能哼哼，词儿不知跑哪儿流浪去了。

在生活中也是如此，丢三落四的，忘了这个丢了那个，老是拍着自己的脑袋，哎呀呀，怎么就给忘了呢？出门前还记得啊！有时出远门，带的东西得写在纸上，否则总有东西给落下，比如，充电器、银行卡、手机什么的。

时常会出现这样尴尬的情形：上班跑到办公室才发现钥匙没拿或手机忘带或照相机找不着，不得不折回家去。家住得近还好，以前住得稍远点还得爬上七层楼，真是急得人想哭。直埋怨自己怎就如此健忘呢，其实年纪才四十出头啊!

在写一篇文章时我引用了一句喜爱的古诗:“小楼寂寞心如月,也难如钩也难圆。”很抽象的描绘,那诗中的意境妙不可言,我的心情就在诗中流淌,可此诗的作者怎么也想不起来是谁,昨天还记得好好的,今天就忘爪哇国里去了,说来好不惭愧。

有几次失而复得的经历,令我记忆犹新。

其中两次与公费医疗卡有关。

有一天偶感风寒,准备去店里买药,到了药店才想起卡忘了带。回到家里翻箱倒柜找了个遍,还是不见踪影,以为丢了,怕别人捡了拿去用,立马跑到医保中心挂失,二十天后花了二十元人民币补了张卡。可是就在补卡的第二天,原来那张卡从我的某个包里现出身影,让我花了二十元冤枉钱虚惊一场。

一年后,单位换了张新卡,原来的老卡作废。新卡拿了以后随手一放,等我想去药店买药时,来找卡再也找不见,办公室及家里所有的抽屉找遍,大包、小包、钱包翻寻也不见踪影,想破脑袋也想不起放哪里了,直骂自己老糊涂,丢是不可能丢的,因为还没用过一次。我想放一段时间,也许会从哪个角落里蹦出来,就像上次一样。过了好几个月,卡仍然没有出现,我有点担心了,还是去挂失吧,因为要用没卡不方便。跑到医保中心问询,说卡上的钱还在,挂失后要等二十天才有新卡。我想也许这卡还躺在我家某个地方,只是我这退化的记忆想不起来而已。

不久后的某一天,我与朋友下乡去樟市,下车时,坐在后面的那位朋友突然对我说:“你怎么把医保卡放在这儿呀!”

我回头一瞧,可不是。那张蓝色的医保卡拿在她的手上,朝我一晃一晃,真是意外之喜。哎呀,我一拍脑袋,这卡我找了好久,怎么会放在这里呢?真是一点也想不起来了。

真得感谢那位比较多事的朋友,如果不是她好奇,在我座位后的袋子里翻看东西,这卡还不知什么时候才能重见天日。可我真是打破脑袋也想不起,怎么会把卡放在那么个地方。

这卡找着后,特意放在钱包里,第二天去医保中心取消挂失,心想这下子不会再也找不到了吧。

“六一”儿童节前夕,我从幼儿园把小侄女接到家里,因为她的活泼可爱，陪她玩了一个下午，送她去爷爷家时，我清楚地记得拿了钥匙牵了她的手下楼，且那钥匙是用长长的皮筋套着可以戴在手腕上的。

结果回来后，钥匙不翼而飞，在我车驾驶座底下找来找去也不见。还好有一把备用的，回到家躺在沙发上想了好久，也想不起到底是在哪儿不见了钥匙。因为把侄女送回去后，坐都没坐就立即转回家了，后来想着是不是抱侄女上车时，把钥匙落在地上了。于是就去问看门的有人捡到钥匙没有，答曰没有。

接下来我就开始紧张，钥匙如果丢失肯定就是在上车时，从手上滑脱的，车就在家楼下，万一被别人捡到，我的妈呀，趁我不在家时就可登堂入室轻而易举地行窃，想拿什么就拿什么，多可怕！想着换把锁吧，这样安全些。

不过自己家里也没什么金银财宝，钱也就是几百大元随身带，除了一台电脑是新买的能搬动，别的电视、冰箱不好搬也不值啥钱，即便捡钥匙之人来偷东西也收获不大，由它去吧。这样一想也就没把换钥匙的事放在心上。反正晚上睡觉打个反锁谁也进不来，可以无忧无虑地睡到自然醒。

时间一天天地过去，每次回家瞧瞧好像没丢啥东西，我把悬着的那颗心放了下来，心里窃喜，那捡钥匙的说不定是良民呢！也许他搞不清是谁家丢的呢！

“六一”儿童节过去，“七一”又来了。那天去郴州跑了一趟回来，车子有点脏，开去洗。见店里停了好几台车，我可没耐性等，遂开了回来自己洗，反正车小用两桶水就可搞定，还可省下十几块钱呢。

车皮洗好后，前座的脚垫有点泥灰，我把它拿出来倒掉，就在这时奇迹出现了，当我拿出副驾位的脚垫时，一条熟悉的黄色皮筋进入我的视线，拿出一看，哈哈，钥匙，钥匙在这儿呢。心里不由得狂喜，真是“踏破铁鞋无觅处，得来全不费工夫”啊！

只是想不明白，钥匙咋会掉到副驾驶位的座位底下去呢？难道是我抱侄女上车时，不注意滑落的吗？

这失而复得的欣喜，这记忆力不从心的轻喜剧还有许多，不一一列举了，我知道接踵而来的岁月里，还会不时地上演。

我不得不轻叹，岁月真是不饶人哦！

（作于 2011 年夏）

儿时飘零的记忆

那时候，小小的我每次去供销社，看着里面的叔叔阿姨就非常羡慕，那时我的理想就是长大后当一名供销社的售货员，有糖和饼干吃，还有连环画免费看，多好！

一、 牛鬼蛇神转圈圈

1966年，“文化大革命”运动正轰轰烈烈地展开。

我呱呱坠地于当时来说比较偏远的农村，叫荷叶公社，现在叫荷叶镇。

我家门前就是赶集的市场，砖木结构撑起一片青瓦，不赶集的时候，这儿是我和村里小伙伴追追打打疯玩游戏的天下。

从孩提时有点儿记忆开始，知道每个星期六赶集，当地人叫赶闹子。每逢圩日，方圆十里的人群向这儿会集，经常召开所谓的万人大会，小小的圩场上人头攒动，热闹非凡。

村东头的戏台是演出样板戏的地方，也是万人批斗大会的现场。在那个“阶级斗争必须年年讲，月月讲，天天讲”的特殊时期，几乎每个赶集的日子，都会在那里开万人批斗大会，戏台上站满了各种“牛鬼蛇神”，他们戴着纸糊的高帽，胸前还挂着个纸牌，全都在“低头认罪”，声讨罪行完毕后，开始游行，只见那群被批斗的对象沿着集市缓缓地转着圈展览。

小小的我坐在自家门前的矮凳上，静静地看热闹，觉得这些大人好搞笑，戴着宝塔似的高帽子，胸前挂着打了红叉的牌子，旁边的人跟着喊口号，这有什么意思呢？觉得成人玩的把戏好没劲，既不跳也不唱，只是苦着个脸转着圈，哪比得上我们小孩子玩得有趣。

那镜头就这样一直镶嵌在我童年的印象中，沉淀成一段再也不会重演的历史剧。

二、大字报上批老师

记得那是读小学三年级，懵懵懂懂的年纪。

小学位于邻村的枫木，所谓学校其实是座破旧的庵堂，破败而简陋。大厅里有两个年级组成复式班，一个年级上完后做作业，再上另一个年级的内容。我们的书包很轻很轻，只有语文和算术两本薄书。

当时流行“宁要社会主义的草，不要资本主义的苗”，号召大家学习张铁生交白卷，我们没有课外作业，也没有任何考试的压力，日子过得很单纯、很愉快。

评先进只看谁的思想表现好，参加劳动最积极，好人好事做得多。那时把德育放在第一位，看重的是思想品德，我们的理想是做共产主义接班人。

忽然有一天，上课时老师不再讲课，而是鼓励我们给老师提意见写大字报，作业不用写了，把作业本全撕下来，用于写大字报。教室斑驳的墙壁上密密麻麻地贴满了大字报，飘扬着我们幼稚的语言，我挖空心思写了好几条，依稀记得有一条是这么写的：

大字报

昨天谭老师上课时骂了我，对我不起，应该向我做检讨。

平时看到老师像是老鼠见了猫怕得要命，没想到现在可以批评老师了，突然觉得自己高大了起来。但明显地与老师对着干还是不敢，更别说把老师揪出来批斗，因为当时我们年纪还小。

现在想起那满墙的大字报就觉得荒唐可笑，可想而知那时候知识分子所遭受的打击，他们的社会地位十分卑下。

我们随时可以骂知识分子和老师为“臭老九”，当然是背地里。

三、忆苦思甜吃野菜

五年小学时光，我过着半工半读的生活，劳动占据了大部分时间。让学生干点活没什么不好，起码可以懂得稼穑的艰辛，明白盘中餐粒粒皆辛苦的道理。

我们在学校附近的一大片荒山上挥舞银锄，流血流汗，革命的红旗在山头迎风招展，轻伤不下火线，几个月的奋战，终于开出了大寨梯田。

每个学期都会在学校的操场上开忆苦思甜大会，请一些苦大仇深的老农给我们讲旧社会被剥削被压迫的故事。

老师时时教育我们要牢记阶级仇，不吃二遍苦，不受二茬罪。

以我们小孩子直观的理解，旧社会暗无天日就是每天都见不到太阳，每餐吃的都是不放油的野菜。所以我们的幸福指数非常高，生在新社会长在红旗下，可以沐浴着阳光雨露茁壮成长，可以当家做主人，再也不用过牛马不如的生活，幼小的心灵里充满了对伟大领袖的无限崇敬和热爱，尽管有时候吃不饱穿不暖，可我们的思想境界高，人穷志不穷。

为了让我们翻身不忘本，有一次集合了全大队各小学的学生，看当时的宣传电影《共大花开》，鼓励半工半读勤工俭学。去的时候每个人都得挖一把野菜，那野菜也就是当时我们用来喂猪的东西，看完电影后每个人分到一碗，既没油又没盐，吃得大家皱着眉头，还不敢埋怨。

虽然那时穷得叮当响，但吃着那忆苦思甜餐还是觉得很幸福，起码不会餐餐吃没有油盐的野菜。回来问奶奶以前是不是那样子，奶奶不语，也许是不敢说。后来听父亲说我们家在旧社会时不是贫农家庭，吃白米饭的日子比较多。

四、连环画的诱惑

20 世纪 70 年代，几乎没有什么电器，除了电灯和手电筒，稍微富裕点的人家会有台收音机什么的，别的还真没多少值钱的东西。

那时没有电视、没有电脑、没有电游，只有干不完的农活和晴朗的晚上玩些丢手绢、躲猫猫的游戏。

能够给我们看的图书也少得可怜，除了学校的课本，就是几本心爱的连环画，而为了这些连环画，我得绞尽脑汁一分一分地攒钱。

家里肯定是没钱给你买这些消费品的，只好捡拾废品去卖；或者上山砍竹子卖；或者趴在供销社的地上，看看柜台下有没有别人滚落的硬币，运气好时可以捡到几枚一分两分的，偶尔捡到一个五分的硬币，会高兴得一天到晚合不拢嘴，梦里都会笑出声。等凑齐了钱，乐颠颠儿地跑到供销社去买回那本看中了好久的连环画，拿到一个僻静的地方仔细地欣赏，这就是我童年的节日，那里有我隐秘的欢乐。

那时候，小小的我每次去供销社，看着里面的叔叔阿姨就非常羡慕，那时我的理想就是长大后当一名供销社的售货员，有糖和饼干吃，还有连环画免费看，多好！

五、歌舞声里唱转折

“文化大革命”期间，各地开展的文艺活动比较频繁，每到重要节日，公社都要组织文艺会演——样板戏、三句半、歌舞等。小学快毕业时，“文化大革命”也接近尾声，到处都贴着“你办事，我放心”那幅画。

为了庆祝1976年元旦，公社组织文艺会演，我参与排练其中一个歌舞节目，有段歌词至今记忆犹新，不是因为有多么优美，而是见证了那段历史的转折。

我们兴高采烈地排练，边跳边唱：“坚决彻底打倒走资派，牢牢掌握斗争大方向……”

就在临演出的前一天晚上，我们接到通知要改歌词，班主任老师亲自在旁督导，歌词改成为“坚决彻底打倒‘四人帮’，牢牢掌握斗争大方向，愤怒声讨‘四人帮’的罪行……”并一再叮嘱我们不得搞错，晚上不睡觉也要把它记牢。搞得我们紧张兮兮，演出时都不敢大声唱出来，生怕搞错。

就这样，历史的转折在我们表演的节目中完成。

（作于2005年秋）

相聚泉水湾

在匆匆流逝的岁月中，『泉水湾』这三个字蕴含的理想，在主人的不断追求中，渐渐变成了现实，这次聚会就是他做东道主。

一

如果不是因为那份牵挂着的同学情谊，如果不是因为想早点见到分别了六年的文朋诗友，在这样下着凄凉冷雨的深秋，我只想宅在家里不愿出门，更不用说出远门。

临行的前两天，接到邵阳李姐电话，问我去不去耒阳参加这次“毛泽东文学院四期作家班”的笔会。我当即毫无犹疑地回答：“去，当然去。”

不提聚会也罢，一提就会回想起相聚“毛院”的那些点滴往事，离开“毛院”后，时光飞逝一年又一年，不知不觉天增岁月人增寿，一晃就是六度春秋的轮回。

近十天的阳光灿烂过后，天气变了，昨天还着一件薄薄的单衣，到黄昏时开始变冷，第二天起来便听到帘外雨声淅沥。接李姐电话时，我立在萧瑟寒风中感叹：“要是提前一个星期开这个聚会该多好！”

这样的天气，适合躲在家里与网络亲密接触，在那无限的空间里做逍遥游，或者流浪远方。

想起六年前我们相聚毛泽东文学院，为了一个共同的爱好走到一起，互相切磋，互相交流，虽然只有短短的四十天，却留下了一段美好的回忆，那段让我受益匪浅的日子，刻在心里没齿难忘。

所以不管是风里雨里，哪怕天上下刀子我也得去。不为别的，只为重温旧梦，只为再见那些亲切可爱的面孔。

二

在“毛院”学习时，我喜欢坐在教室后面，好为自己进出方便自由。同学萧勇来得比较晚，听课时常姗姗来迟，所以也坐后面，我不知道他是做什么的，出于礼貌，偶尔也打打招呼。

他人长得高大帅气，又有千万身家，可称得上是高富帅。后来从别处得知他承包着几处煤矿，事业做得风生水起。窃以为做生意的男人，进入这个文学殿堂，哪儿来的真情实感，不过是附庸风雅而已。

随着时间的推移，不断地听说他的故事。我们都住学校宿舍，他则在“毛院”旁边的宾馆开房独住。除了因为不差钱，也因为与他同寝室有两个胖子，晚上鼾声如雷，哪能睡上好觉？

有男同学在班上调侃，说如有哪位女同学暗恋，可主动找上门去，说说笑笑方便。那段时间里，不知有谁去过没有。

好些同学找他聊天，上街闲逛，都是他请客聚餐，出手慷慨大方，深受男女同学喜爱，学习期间他还请我们全班同学撮了一顿。

有个周末我回家坐了他的顺风车到耒阳，与耒阳的文友共进晚餐时，见他们正在商量创办《泉水湾》杂志的事，不用说是他出资，也是以他理想中的庄园名命名。那时才知道他是写诗的，不但写诗，还写长长的诗。我心里不由得升起了感叹，想不到他这么有钱，在这种环境中生存，竟然还有诗人的情怀。

记得我刚走上文学之路时，喜欢读诗写诗，日记里涂满了长短句，对未来有着美丽而诗意的憧憬。可在红尘中摸爬滚打经年之后，诗意的外壳早已破茧成蝶，游在现实的海洋里，看着蔚蓝，却尝尽辛酸苦涩。

在匆匆流逝的岁月中，“泉水湾”这三个字蕴含的理想，在主人的不断追求中，渐渐变成了现实，这次聚会就是他做东道主。不知道这泉水湾的主人是否还如当年一样风流倜傥，卓尔不群。

此刻，我们正风雨兼程地赶往去那儿的路上，心里充满了无数美好的想象。

到了耒阳，才知泉水湾离城有三四十公里地，接近蔡伦竹海风景区。路却不是那么好走，狭窄弯曲，我有点纳闷儿，萧勇同学怎么跑那么个偏僻的地方建山庄啊！离市区远了点，来去都不太方便，场子做得起来吗？

接下来的同学相聚，因了山庄主人的盛情相待，大家一起吃饭、喝酒、唱歌、跳舞、侃大山，亲切友好，文学创作道路上的共同追求，让大家有了聊不完的话题，彼此看过来看过去，觉得时间仿佛凝滞了一般，六年的光阴都没写在脸上，岁月悄悄过去却不留什么痕迹，好开心啊！也许是经常咬文嚼字的缘故，有了文学这位不同凡响的情人雨露滋润着，当然青春长驻。

只是萧勇这位山庄的主人，当他高大的身躯顶着一头白发出现在我们面前的时候，才感觉到了讶异，变化怎么就那么大呢！

我戏说了一句：“你在这山中修行，看来道行高深了啊！如果把胡须留着，长长的飘逸，应该就有了仙风道骨的感觉。”

他笑着解释说，他是少年白，沾父母的光沿袭下来，以前都是染黑的，现在嫌麻烦懒得染了，还原本来的面目，看多了也就习惯了，复得返自然嘛。

他站在同学们中间，确实是鹤立鸡群，特别显山露水。

三

泉水湾的美自然而宁静，山上茂林修竹，泉水叮咚，一年四季郁郁葱葱，山脚几口清清池塘，养了好多种鱼活蹦乱跳。

第二天清早我独自漫步，看见了彩色的金鱼在水面争抢食料，趣味盎然，增添了生机无限；堤岸落叶满地，水边垂柳仍然依依，芙蓉开出深秋里的娇艳，一座长廊静静地立在水边，给山脚添了一抹彩色的写意。

可惜天冷时间紧，没来得及上山游览。只远远地望见冒尖的小别墅，点缀在竹林间。

上午随主人的引领，我们参观了蔡伦竹海。

进入蔡伦竹海，忽然想起郑板桥的名句：“宁可食无肉，不可居无竹。”这位清代的画家兼诗人一生爱竹画竹，与竹结下了不解之缘，“四十年来画竹枝，日间挥写夜间思”，为竹留下许多名篇佳作。

我也爱竹，不管走到哪里，只要有竹的地方就能让我驻足停留，如果居住的屋前有一小片竹林，就有了生机盎然，诗意横生，清幽的感觉也就有了。

而眼前的竹成了海，据说有连片十万亩，排行亚洲第一。借着古代造纸术发明家蔡伦的名字做文章，史书记载：蔡伦，桂阳人也。如今却被耒阳人演绎得惟妙惟肖，桂阳虽有蔡伦广场、蔡伦井、蔡伦塑像等，相比耒阳的蔡伦竹海造势逊色多了。

不说别的，仅这以蔡伦命名的竹海旅游，就可吸引无数眼球。我们所到之处，占据视线的都是竹的身影，置身竹林赏竹之高风亮节，感竹林之清幽，竹海连山遍野，薄雾轻袅，微风吹过，千万竿修竹摇曳生姿，竹涛阵阵，翠绿沁心。偶一摇动，昨夜的宿雨纷纷坠落，洒你一身的清凉。

游道修得小巧雅致，在竹海中百转千回，洒下同学们一路的欢笑。偶尔点缀着竹排秋千，还有些造型各异的石头，爬上最后的观景塔，因为雾的弥漫，成了雾海茫茫，竹海的雄浑宽广只能在想象中描绘。

如果有阳光的跳跃，景色应该会更迷人。同学们说留点遗憾下次再来吧。

四

返回的途中，听萧勇说起他的家乡就在附近，车经过他家的门前，那里仍旧住着他难离故土的双亲，没多远就到了泉水湾山庄。

此时，我才恍然大悟，事业有成之后的萧勇，为什么要选在这偏远的地方大手笔兴建休闲山庄。原来这里是他心中的一个情结，是生他养他的故乡锁住了他一生的爱恋，他的梦就枕在故乡青山下绿水边竹林里，无处不在，无时不想。即便为此殚精竭虑，将青丝熬成了白头也无怨无悔。

下午的座谈会上，第一次听他畅述人生经历，才知文学支撑着他生命的理想与渴望，不论顺境逆境，诗的火焰一直在他的胸中燃烧，使他在各种诱惑面前，不至于沉沦；在艰难困苦里，不至于绝望。

泉水湾，是他希望与梦想的担当与延伸，也是现实与理想的交汇。也许真的有那么一天，他站在泉水湾的讲坛上，给世界各地的著名诗人戴上竹枝编成的桂冠。让地球人都知道，世界上不仅仅有诺贝尔，还有泉水湾，还有萧勇……

短暂的相聚，甜美温馨且感动，又得依依不舍地道再见了。返回的路上，满载同学的深情厚谊，耳畔响着的仍是那首《泉水叮咚响》的旋律："泉水叮咚，泉水叮咚，泉水叮咚响，跳下了山冈，走过了草地，唱着歌儿，弹着琴弦，流向远方……"

（作于2012年秋）

少年之伤

母亲在我的后面又接连生了四个弟妹，从第三个开始都得我照顾，那些忙不完的家务活，几乎占据了我所有的课余时间。

清早起来，手机里美妙的音乐把儿子从睡梦中叫醒。他今年十五岁，已长成个阳光帅气的小伙子，在城里一所中学读初三。

洗漱完毕，把准备好的面包牛奶放微波炉里热上两分钟，再加个鸡蛋，早餐就 OK 了，然后他骑了自行车去上学。晚上回来，看看电视弹弹吉他，便洗洗睡去。

望着他离去的背影，觉得现在他们的生活是多么幸福，肩不用挑手不用提，除了上课读书，便是吃喝玩乐，一双手修长细腻，不曾有半点劳动过的疤痕。

这让我想起了三十年前的自己，那充满辛酸苦涩的少年……

我出生在一个四代同堂的家庭。说起来可能没人相信，我从六岁起就开始帮母亲干活，干的还是细活，母亲在村里做裁缝，我负责锁扣眼和钉扣子。过年过节或换季是她最忙的时候，那时候没有现成的服装，都是拿了布票去供销社扯上几尺布，然后到裁缝那里量体裁衣做了穿。

母亲忙我更忙，我手中的针线不停地穿梭，锁扣眼和钉扣子都是细活马虎不得，我小小的身子仿佛被粘在了矮板凳上。为了赶活，有时忙至深夜，我的上下眼皮直打架，可是没有母亲的许可是不敢去睡的，锁不好还得拆掉重来，我心怀不满含着委屈的泪水，强打精神一件件锁完。

那时没有拉链，所以服装扣眼特多，男的中山装有九个，男裤有五个，女上衣也有五个，我最喜欢的是女裤只有一个扣眼，锁好一个就是一条，最讨厌中山装，锁大半天还只一件。

到后来，一看到母亲坐上缝纫机我就烦，意味着我没半点时间可以和小伙伴玩，可又不敢反抗，不想为却不得不为之。那成堆的衣服如三座大山压得我喘不过气来，我恨这活，也恨母亲把我当童工，没点童年的空间和自由。有时候真想逃跑，跑得远远的，再也不要回来。

就这样过了两年，母亲从那个大家庭分离出来另起炉灶，父亲在外工作难得回家，作为家中的长女，我成了家中的主要劳动力，除了锁扣眼还有忙不完的家务活，尽管我才八岁。

老家在高寒山区，只要不下雨，清早 6 点天刚蒙蒙亮，母亲还在床上，就吆喝我起床，如果喊到第三声还不起，她从床上爬起来拿了竹棍便会劈头盖脸地打来，打了还得去干活。所以，通常是喊到第二声，我便会麻利地钻出被窝，很不情愿地起来，然后拿了镰刀在磨刀石上使劲磨着，磨刀不误砍柴工，把刀口磨锋利点好割草。

磨好刀挑着笼箕上山，有时是与村里的伙伴一起去，有时是一个人。草上沾着露水，鸟儿尚未醒来，山林寂寂，我害怕得想哭，草丛里稍有响动，就吓得我魂飞魄散。那时草不好找，因为大家都在割，走好远的山路才能割上那么一小担。割草时，稍不注意锋利的镰刀便会吻上我的手指头，我的左手上伤痕累累，时常是旧伤未去又添新伤。

人小笼箕高，挑着草跌跌撞撞回来，撒在猪栏里。回到家中母亲还赖在床上，她从没想过给劳累的女儿弄点早餐，一点也不关心我的辛苦。我至今都不明白她为什么对我这个女儿没点怜爱之心，少年时的我从未感觉到她母爱的阳光温暖我幼小的心灵，我觉得自己就是只干活的牲口，供她驱使打骂。

干完活我还得自己弄早饭填饱肚皮，那时用煤球生火，把火门打开等火上来，炒了冷饭吃算是好的。很多时候因为来不及，我饿着肚皮去上学，一路眼泪汪汪到了学校。如果是冬天还好点，因那时有了红薯吃，晚上蒸好或用火煨好，就可以当作第二天的早餐，干完活回来拿在手上边走边吃。然后急忙赶往学校，因为常常迟到，被老师和同学戏称为“老油条”。

母亲在我的后面又接连生了四个弟妹，从第三个开始都得我照顾，那些忙不完的家务活，几乎占据了我所有的课余时间。

中午放学赶回家，洗衣、挑水、煮饭菜、照看弟妹，下午放学回来，外出扯猪草，秋天去地里挖红薯，把部分红薯挑进窖里过冬，把部分切成丝晒干，用于来年青黄不接时，做稀饭、煮汤或与面粉混合蒸粑粑吃，再把部分放楼板上或灶旁风干，这部分是最好吃的了，过段时间后或蒸或烤，远远地就能闻到烤红薯的香味，味道甜且柔软，让人百吃不厌。

红薯藤用来喂猪，从地里割了挑回来，把一部分剁碎了晒干，用于寒冷的冬天没法找猪菜时给猪吃。这可是件苦差事，电在晚上10点钟就停了，煤油灯下，我挥舞着刀上下运动。记得有一天晚上，可能是太过劳累，我剁着剁着头昏眼花，刀一偏就砍在了左手上，一连伤着中间两个手指头。

母亲看着我鲜血直流的手指头，冷冷地就抛下这么一句：“你别以为剁着手就可以偷懒了，嘿嘿，别做梦，不剁完就别想睡觉。”

这句话刺痛了我小小的心灵，难道我不知道痛的滋味吗？我会故意把自己的手砍伤吗？天底下哪有如此狠心的娘啊！不但不给半点安慰，还说出那样伤人的话，让我记恨一辈子。小小的我曾想过出逃，却不知逃向何方。记得有次挨母亲的暴打后，与妹妹逃到另一个村的姑姑家去。那个姑姑好慈祥、好温柔，她一连生了七个儿女，对每个孩子都疼爱有加，从不轻易骂一句，更不用说打了。我们去了也是“满崽满崽”地招呼。待在那里才能领略到什么是母爱，心想要是做了她的儿女多幸福啊！

我们躲在那儿开心了两天，便被母亲找回，不用说这次打得更厉害。等我们晚上睡了躺在床上，无情的棍子噼里啪啦地落下，打得我们姐妹俩鬼哭狼嚎，让隔壁邻居听了都心寒。

母亲啊，真是枉做了女人，女人的柔情似水即便打着灯笼，在她身上也难找到一点影子，所谓贤妻良母的味道离得她有十万八千里。我们做儿女的不曾吃过她亲手做的一顿大餐，直到现在我们回娘家，都是勤劳的父亲在厨房里演奏锅碗瓢盆曲。她除了沉迷于牌桌，便是戴着老花镜潜心研究地下六合彩。

那个深夜，手上不断涌出的鲜血，滴落在我的心上，满腔无言的呐喊，现实里却无法反抗，无奈的我只好流着泪，去房门后找些蜘蛛网织的茧，还有口袋角落的灰，敷在伤口上，拿了布条包好，边哭边剁小山一般的红薯藤……

活着是如此的无奈与痛苦，还不如早点死去。因为时常被喜怒无常的母亲暴打，好多次都想跳进村后的水塘，早早离开这个没有爱与温暖的尘世。

我想如果我长大了，我一定要给她点颜色看看，一定不认这个所谓的母亲。从那以后，“妈妈”的称呼，在我嘴里沉默了好长好长一段时间，多年后偶尔叫出来，感觉竟是那么生硬。

如今，三十年过去了，那些怅恨被岁月之手慢慢地抹去，母亲老了，已白发苍苍，脸上的黄土高原有了些慈祥。双休日或者节假日，我时常回家陪她打打小牌、聊聊家常，愿她老人家开心快乐，健康长寿。我也成了孩子的母亲，孩子身上哪怕受一点点伤，都会心疼不已，宁愿自己替着。回想起自己的母亲，那时心肠怎会那么冷、那么硬呢？在我心中刻上一道永远也抹不去的伤痕。

哦，那辛酸的少年，那缺失爱的岁月……

（作于 2011 年秋）

亲亲，我的宝贝

阿紫，我的宝贝，爱你，从此便与你不离弃，从此便与你相偎依。幸福着你的幸福，快乐着我的快乐，未来的岁月因为有你，寂寞也是一首浪漫的歌。

我的宝贝不是人也不是宠物，它是我的爱车——长安奔奔 Mini，我为之取名阿紫。

提车回来已三月有余，行程一千三百公里，因为刚拿驾照，业务不是很熟，磕磕碰碰地伤了几次皮肤，撞扁过右边的门，碰花了前面的脸。

年轻时喜欢红色系列，逛街买衣服时眼光总是被鲜亮的红吸引住，深红、粉红、玫红等，尤其是冬天，红色的衣服穿在身上，犹如晃动着一片温暖。

也许是从取了笔名紫薇以后，对紫色便慢慢地情有独钟起来。紫色象征着高贵典雅，在基督教中，紫色代表至高无上和来自圣灵的力量。当然我不是冲着高贵典雅的含义，因为我出身于平民，家中四代务农，从我这一代才走出农村，安居于小城。

紫薇，我笔下的世界；紫薇，我生命的花树。也许是你衬托着我既平凡又不平常的一生，年过不惑，紫色渐渐占据了我的视线，浸满我的心海。

今年春天，一时兴起萌生了要去学开车拿驾照的想法，辛苦几个月拿到驾照后，秋天在桂阳大市场举办的车展上，我一眼就看中了长安奔奔 Mini，选了一辆舒款的紫色，不但价廉还物美。

提车那天，心情好得没法说，亲亲宝贝阿紫呈现在我面前，我几乎是对它一见钟情。开着它试了两圈，就开回了家，老爸放着鞭炮在路口接着，弟弟也过来了，于是吃了顿热闹的晚餐表示庆贺。

爱车虽不名贵，但小巧玲珑，转向自如，一如它的名字“奔奔迷你”，坐在里面也舒适惬意，最适合我这种欲求不高有车就好的人开。也许是情人眼里出西施，觉得它别有一番迷人的韵致，尤其是那极具性感的鼻子、耳朵和屁屁，这是其他的车所不具备的。隆起的鼻梁像是希腊古典的美男子，可谓设计师手中的神来之笔，点缀得恰到好处，养眼却不惹眼；耳朵丰润可人，厚厚的包着可以转动的镜片，紫黑白三种颜色搭配得恰到好处，还有对迷人的会放电的小眼睛；屁屁上所有的灯具放置在一个平面上，爱车行走途中，一闪一亮的好不迷人。另外添置了一个车载MP3，从网上下载自己喜爱的歌曲，一路行来一路歌，那真是一种享受，美美的，醉醉的，其乐也融融。

纵观办公楼前的车阵，宝贝阿紫别具一格，亭亭玉立，宛如精致的江南美女，优雅娴静，不张扬不妖艳，却有那种桃李不言的魅力，不论放在哪个角落都能一眼瞅见。

这是我心里隐隐的骄傲，一不小心成为有车族，以前做梦都不曾奢望过的东西成了现实。

晴日向晚，从办公室走出，伸伸懒腰，走向心爱的宝贝，与它亲密接触，开着它驶出小城的喧哗与尘埃，走进宁静美丽的大自然，欣赏柔艳的夕阳，如一块大煎饼贴在天边，想到了秀色可餐的字眼。

车内的音乐缓缓洗着我的疲倦与忧伤，伤感的情歌里唱着我曾经的爱情故事，让我的往事随风飘落，找一僻静无人的山水相连处，一个人漫步，随意地走着，走着一个人的诗意，品着一个人的落寞，迎着夕阳，沐着晚风，心似白云常自在，意如流水任东西。

我想，如果不能遭遇身心愉悦的爱情，有阿紫陪着，就这样一个人云淡风轻地老去，也没什么不好。

阿紫，我的宝贝，爱你，从此便与你不离弃，从此便与你相偎依。幸福着你的幸福，快乐着我的快乐，未来的岁月因为有你，寂寞也是一首浪漫的歌。

（作于2010年冬）

塑像下的沉思

抬头仰望浩瀚的苍穹，月光如水般倾泻在大地上，四周渐渐安静了，英雄的塑像显得庄严而神秘，它与斜上方明亮的北斗星交相辉映，写着一首永恒的诗篇，与东塔同在。

近段时间以来，我的心情被沮丧包围着，原本日趋宁静而淡泊的心被一些乱糟糟的事伤得七零八落。回首过往岁月，青春的时光如梦一般虚幻短暂，忙忙碌碌的日子总在脚底不停地走着，不知道在人生的道路上追逐些什么。

感觉如镜花水月般的空虚迷茫，心中美好的向往倩影朦胧，总在遥远的地方，向我挥舞着衣袖，再怎么努力地追索，总牵不到她的手。

这是个花好月圆的晚上，这样的夜晚变得越来越珍贵，一年难得遇上几次。所以我邀上好友华一道沿干净舒适的街道漫不经心地走着，感受晚风的清凉，感受城市日趋繁华的夜景，不知不觉走进了小城赏月唯一可去的地方——东塔公园。

新建的东塔门楼古色古香、美轮美奂，给这千年古郡平添了几分韵致，夏夜的公园是全城最热闹的去处。

沿着长长的阶梯拾级而上，便到了烈士欧阳海塑像广场，广场上为生活所迫的人们不辞辛劳地经营着这块夜市天地，他们搬来了电视机、音响全套，让客人们和着夜宵高唱。

英雄塑像沉默而威严，有这么多不甘寂寞的人陪着，并不孤单。抬头望去铜像被月亮镀上一层银辉，显得格外苍劲、雄浑，我们静坐在无人的一侧，沐浴着如水月色，聊些琐碎的心事，让颓废的心情在这无边的月色里渐次消散……

记得孩提时代，我们听着雷锋、邱少云、王杰、欧阳海、罗盛教、刘文学等英雄人物的故事长大。因为欧阳海是我们桂阳人，所以对他感到特别亲切并为之骄傲，在那个属于英雄的年代，我们背诵着“人固有一死，或轻于鸿毛，或重于泰山”“有的人活着，他已经死了；有的人死了，他还活着”等经典语录，这些浸染着我们幼小的心灵，在行动上都以他们为榜样，时时处处效仿他们，争做好人好事，敢与坏人坏事作斗争，要为共产主义理想而奋斗终生。

随着时光的流逝与世事的变迁，往昔的情怀不再，心中纯洁的理想与向往不再，棱角分明的意气被世事打磨得圆滑起来，事不关已高高挂起，人云亦云得过且过。

有些事想做不能做，有些人想揭穿却得罪不起。

朋友劝道：“你无法改变世界，就学着适应吧，适者生存啊！否则只有学着屈原怒沉汨罗江，来个眼不见为净。人的生命只有一次，多珍贵，学学庄子来个逍遥游多好。”

今天晚上，沐浴着月的恩典，背倚英雄塑像，仿佛有些什么敲打着我沉静的心坎，想起四十年前一个旭日东升的清晨，面对奔驰而来的列车，为了拯救数千生灵，在危急关头您把生命做了一次壮美的奉献，那猛推烈马的英姿便定格在历史的记忆中成为永恒，成为代代传唱的《欧阳海之歌》在神州大地回荡……

是啊！您的躯体虽然离开我们已有四十载春秋，可岁月的流逝并未让人们淡化对您的敬仰。得知您就读过的小学依然简陋的消息，远在山东的共青团省委发起了向英雄学习的青年团员募捐活动。在 1999 年的夏天，一所崭新的希望小学矗立在蓝天白云之下，在学校落成典礼那一天，我来到了向往已久却未曾谋面的英雄故里——欧阳海乡凤凰村，原名叫老鸦窝的地方。

可以想象这个挂在半山腰上交通不便土地贫瘠的小村庄，找不到小桥流水的美景，有的只是“枯藤老树昏鸦”的苍凉。您的少年时代就在这贫困的小山村度过，直到十九岁那年成为一名光荣的解放军战士，您才走向外面的世界，部队的生活开阔了您的视野，革命的大家庭锻炼了您的意志，只要祖国和人民需要，您随时准备奉献自己青春的热血和力量。

我也知道，这世界并不十全十美，假恶丑的闹剧还在我们身边不时上演，可扶正除邪、舍己救人的故事从未间断过。他们把生的希望让给别人，把死的威胁留给自己，比如方元乡年仅十岁的彭波、雷坪乡十四岁的江彩桃、仁义镇十二岁的刘丽平，这些小英雄为救别人而牺牲了年少的生命。还有荷叶镇“活着的罗盛教”卢海把英勇救人的故事留在了他所在部队的驻地，还有白水乡在他乡舍己救人的青年周柏成，还有在抗旱一线英勇献身的十字乡党员陈知生，还有回响在密林中见义勇为众人擒凶的正气之歌……

回想起这些，心中便又激荡着前行的信念，毕竟生命中还有那么多美好的东西供我们去追寻，个人的恩怨得失与挫折算得了什么？抬头仰望浩瀚的苍穹，月光如水般倾泻在大地上，四周渐渐安静了，英雄的塑像显得庄严而神秘，它与斜上方明亮的北斗星交相辉映，写着一首永恒的诗篇，与东塔同在。

走在回家的路上，我们哼起了一首轻快的曲子，那是《明天会更好》……

（作于 2002 年夏）

美味可口雷公粥

一锅雷公粥红红绿绿，清清白白，看着赏心悦目，吃了爽口爽心，那股浓郁的粥香味神仙闻着都蠢蠢欲动，雷公自然是欢欢喜喜地下凡来了。

小时候，家住农村，每年春节期间，是农民朋友们难得的休闲时光。辛苦劳累了一年，只有这时候才会放松，吃喝、拜年、走亲访友持续到元宵节。家中的鱼肉差不多扫荡光了，春节也就接近了尾声。

那时候乡下物质与精神文化生活都贫乏，元宵节无香甜滚圆的元宵，更谈不上五彩缤纷的灯会，偶尔会有舞狮耍龙的人，带着人在你家门口象征性地转两下，你就得封个红包讨个吉利。然后沐着春雨顶着春寒，犁田耙田播种，在田里地里忙碌。

不过正月里还有一顿美味，让你吃得口齿生香，没齿难忘，那就是雷公粥。据我所知，此粥在我县南部乡镇家喻户晓，不知从哪朝哪代流传下来，至今不衰。

时令上，雨水过后便是惊蛰，惊蛰前后，正是春雨潇潇、春雷阵阵的时候。我们老家荷叶就有这样的习俗，每逢正月二十五，雷公正在苏醒的惊蛰前夕，就要搞雷公粥用来祭雷，所以这天又叫“祭雷日”。这一天人们都不下地劳动，诚心诚意熬煮雷公粥，敬奉雷公，希望能用雷公粥糊住雷公一张大嘴，发威时别太暴怒，轰隆轰隆地吼叫，伤及地上的生灵。这是人们为了讨好大自然，向冥冥之中的神灵“行贿”的一种方式吧。

说来也奇怪，我在家乡长大，十几年从没听说发生过天打雷劈的悲剧，别的地方却时有传闻，难道真的是雷公粥起了作用?

雷公粥的做法比较讲究，必得要用上好的砂锅在火上慢慢熬，才能汁液香浓，先把大米加适量清水熬成粥，再把过年的红烧肉切成小块，与油炸好的猪肝、猪肠，有条件的还放些墨鱼一起爆炒，还有油炸花生米、油豆腐切成条等，放进粥里一起熬煮搅拌，缕缕香味随着热气袅袅上升，火候差不多时再放上青菜、白菜或是菠菜，搅匀煮熟后离火，粥就成了。

一锅雷公粥红红绿绿，清清白白，看着赏心悦目，吃了爽口爽心，那股浓郁的粥香味神仙闻着都蠢蠢欲动，雷公自然是欢欢喜喜地下凡来了。

那一天，小村庄的上空，飘着缕缕雷公粥的清香，使得我们的口水咽了无数次，常常是垂涎三尺了，还得等待奶奶把满满的一碗粥放在家中祭台上供样（供样是当地的俗语，即祭祀的礼节），点上香烛，口中念念有词，供样完毕后，才能轮到人来吃。

每次我都迫不及待地拿了小碗，守在砂锅边，哧溜哧溜喝了一碗又一碗，把个小肚肚撑得像个小皮球。然后笑眯眯地一抹嘴，“好吃，真是好吃！奶奶，明天再煮好不好?”

“好，好，可是奶奶要明年才能煮给你吃，因为今年的红烧肉都吃完了。”

是啊，那时候，农家一年才杀一次猪，红烧肉只有过年时才有得吃，没红烧肉的香味，雷公粥也封不了雷公的嘴。

自从参加工作离开家乡后，便很少再吃到那香喷喷的原汁原味的雷公粥了。吃过各式各样的粥，什么八宝粥、皮蛋瘦肉粥、红枣糯米粥等，都没有家乡那雷公粥的香甜，有次与朋友去公园门口的粥王店，菜单上有雷公粥赫然在目，便兴致勃勃地点了一份。怀着期盼、怀着美好的追忆等待雷公粥上桌。粥上来了，抢先装了一碗，才喝一口便倒了胃口，寡淡无味且佐料也不新鲜，怎么也比不上记忆中那雷公粥的味道。

（作于2012年春）

别样端午节

葡萄园里蓬勃着旺盛的生机，绿意盎然，看着藤架上悬垂着的一串串葡萄，可爱极了。

今天是一年一度的端午节。

小时候生活在农村，五月初五端午节的热闹里，家家户户嘴里都离不开粽子和鸭子，却少有人知道还有位伟大的诗人屈原，我也是在学校受教育后才知道这位伟大诗人。

后来父母弟妹们相继在城里安家，家人聚会鸭子当然少不了，可粽子好些年没包了，因为街上天天有的卖。

我们这小地方的节日，不过是拜访长辈或领导，然后全家人团聚在一起，大鱼大肉吃一通，最后就在牌桌上昏天黑地地酣战，没什么新鲜有趣的节目。

往年临近这个节日，都会下几天豪雨，把江河湖泊都灌满，好应对即将到来的炎热高温，俗话叫涨端午水来着。可今年本应涨水的季节却闹起了旱灾，让国家领导人忧心忡忡，纷纷从首都飞往农村，与靠天吃饭的农民同甘苦，一起战斗在抗旱第一线，甚至干起了农活，实在是让国人感动。

五月初五，醒得特别早，6点多睁开双眼就发现太阳照进了窗口，想起几天前就承诺去葡萄园帮忙套袋，因为一些事给耽搁了，再不去心里不安。于是我起了个大早，洗漱完毕，迎风上路，十几分钟就来到了湾山农场。

几声狗吠迎接着我的到来，场主李叔两口子已经在葡萄园里忙碌，他们看见我便眉开眼笑，给我示范如何套袋后，我拿了大中小三种袋子，立即投入到紧张的劳动中。

与人为善，老天都给我方便，让太阳躲进了云层里，还吹着凉爽的风，遮阳帽都不用戴了。

葡萄园里蓬勃着旺盛的生机，绿意盎然，看着藤架上悬垂着的一串串葡萄，可爱极了。

自打离开农村参加工作以后，二三十年的春风秋月度过，再没有与土地亲密接触过，葡萄架不高，大多得蹲着套袋，这种看似简单的活，你得不厌其烦重复着做。一个多小时后，腰开始酸了，腿肚子有点发胀，蹲一会儿站起来头就晕乎乎的，感觉到了劳动的辛苦，不用说我的思想很高尚，可身体早就变朽了。

葡萄园有十多年的历史，我也与场主成了多年的老朋友。因为离城近，每年我都要来N次，春节里拜访，春天时采野菜，郁闷时散散步，夏日里摘葡萄……这里的葡萄一直施用沼肥，果大肉圆且香甜，渐渐地有了名气。葡萄成熟的时候，远远近近的人都会来园里享受摘葡萄的乐趣。

果实香甜是辛勤的汗水灌溉出来的。这几十亩的葡萄园凝聚了李叔夫妻俩十几年的心血，一年四季围绕着葡萄园忙碌，水果是三分种七分管，管理是技术活，一点都马虎不得。

春节过后，他们就得忙着给果园施肥，发芽后忙着打顶、抹松、剪枝，挂果了得忙着消毒套袋。几天前我来买乌鸡时，听女主人说为了给葡萄消毒，两人忙到晚上10点多，打着手电筒干活，累得差点就趴下，饭也不想吃倒头便睡。而为了赶天气，消毒后得立即给葡萄套袋，不能淋雨，如果消毒后遇雨，前功尽弃，还得重来。

听她说得这么辛苦，我立即答应没事就来帮忙套袋。

真是佩服他们夫妻俩的勤劳肯干，我套了一上午就有点吃不消了，他们可是连轴转啊！让我想起那首家喻户晓的古诗：“锄禾日当午，汗滴禾下土；谁知盘中餐，粒粒皆辛苦。”

然而现在的青少年，成长的岁月都在课堂上度过，肩不能挑手不能提的，哪能明白农民手中的钱都是用汗水泡出来的，实实在在的辛苦钱啊！

时近中午，父亲打电话叫我回家吃饭了，兄弟姐妹团聚在一起，就等着我了。

揉揉酸酸的腰，抬抬有点疼的胳膊，趁机告辞逃之夭夭。李叔夫妇为不能请我吃饭深表歉意，说难为我这么个整天坐办公室的人，来帮忙做事。

我虽然有点累，心情却舒畅。与其坐在牌桌上虚度光阴，还不如力所能及帮李叔干点实事。

（作于2011年夏）

行走的風景

感悟宁远

夜晚的梦中，有自己幻化成蝶的身影，在明媚的春光中，翩翩起舞于舜源峰上，领略万山朝九嶷的胜景。

5 月的风凉爽地吹着，初夏的气候不温不火。正是翠滴田畴、绿漫溪渡的好时光，我有幸应同学之邀，前往闻名已久的宁远县，去参加湖南省作家采风创作活动。

28 日这天，天气晴好，处理完手头的事务已是下午 3 点，亲爱的阿紫载着我出发，一路上，凉爽的风吹送着大地绿草的芬芳，听着行云流水般的音乐，轻快地前行。

从桂阳到宁远的道路宽敞，车辆不多，可以偶尔欣赏一下窗外的景色，好久没有这样独自远行了，一路水光山影的风景，看得我舒心逸情。

想着就要见到分别已久的同学，还有省内知名的作家，心里更有一份期待和欣喜。

此次活动邀请了省内部分知名作家，如谭谈、王跃文、谢中玉等，还有省文联、省作协的领导前往助兴，一番热闹肯定是有的了。听同学说前不久还邀请了省内知名的画家、书法家来宁远采风创作，可见宁远县领导班子对文学艺术的重视，为宣传宁远推介宁远下足了功夫。

据悉，宁远县已有两千多年的历史，无疑有着厚重的文化底蕴，再加上有个中华民族祖先五帝之一的舜帝南巡时驾崩于九嶷山，源远流长的传说故事为其增添了神秘的色彩，使得宁远的山水有了许多空灵之气。

因为有了舜帝，因为有了毛主席的诗词，九嶷山早就声名远播、家喻户晓。去年到阳明山欣赏高山之巅的杜鹃，回来时顺路到了九嶷山游览了一番。

为期两天的活动安排得紧凑有序，宁远县委、县政府的领导非常重视，不但亲自参加接风晚宴，还安排了一场展示宁远风采的歌舞晚会。给我印象最深的还是用祁剧演唱的毛主席诗词《七律·答友人》：

九嶷山上白云飞，帝子乘风下翠微。
斑竹一枝千滴泪，红霞万朵百重衣。
洞庭波涌连天雪，长岛人歌动地诗。
我欲因之梦寥廓，芙蓉国里尽朝晖。

用祁剧创作的此诗曲调，被一群美女张嘴唱来，音韵悠扬，情感也表达得恰到好处，格外动听犹如天籁。

第二天，下起了小雨，我们兴致勃勃地拜谒了九嶷山舜帝陵，参加了祭祀舜帝活动。以前只是在历史课上知道了禅让的故事，进而知道有个舜帝，而他的生平事迹是在这次活动中才有了较为详细的了解。

舜，历来与尧并称，为传说中的圣王。《史记》说舜名重华，传说舜出生于姚墟，故姓姚氏，名曰重华，字都君。相传舜的家世甚为寒微，父亲瞽叟，是个盲人，母亲很早去世。瞽叟续娶，继母生弟名象。舜生活在“父顽、母嚣、象傲”的家庭环境里，几个人串通一气，必欲置舜于死地而后快；然而舜对父母不失子道，十分孝顺，与弟弟十分友善，多年如一日，没有丝毫懈怠和怨恨。身世如此不幸，环境如此恶劣，舜却能表现出非凡的品德，以德报怨，以德感人，以孝行闻名于天下，成为中华民族的道德始祖。

尧将两个女儿嫁给舜，以考察他的品行和能力。舜不但使二女与全家和睦相处，而且在各方面都表现出卓越的才干和高尚的人格力量，“舜耕历山，历山之人皆让畔；渔雷泽，雷泽上人皆让居”，只要是他劳作的地方，便兴起礼让的风尚；他到了哪里，人们都愿意追随，因而“一年而所居成聚（聚即村落），二年成邑，三年成都（四县为都）”。

经过多方考验，舜终于得到尧的认可。选择吉日，举行大典，尧禅位于舜。舜执政以后，采取了一系列的重大政治行动，一派励精图治的气象。他即位的当年，就到各地巡守，祭祀名山，召见诸侯，考察民情；还规定以后每五年巡守一次，考察诸侯的政绩和德行，加强了对地方的统治。“四海之内咸戴帝舜之功”，“天下明德，皆自虞帝始”，呈现出前所未有的清平欣荣局面。

舜帝是道德文化的鼻祖，舜文化是道德文化。

舜帝文化精神之魂可称为“德为先，重教化”，舜文化是由野蛮走向文明的历史转折时期的中华文化。以农耕文化为内涵的炎帝文化，以政体文化为内涵的黄帝文化，以道德文化为内涵的舜文化，共同构成了中华文化三座里程碑。

了解舜的故事后，对舜帝更多了一重敬仰。他的忍辱负重，他的知人善任，他的统治和驾驭能力，都值得后世学习和效仿。

在舜帝的塑像前，我们都虔诚地站立，叩拜下去。

在舜帝高大的形象前，我感觉到了自己的渺小怯弱。他广阔的胸襟足以息事宁人，感化卑贱恶浊之徒，使他们的灵魂慢慢苏醒，从而弃恶扬善。人类经过几千年的进化，物质文明的发展远远地甩掉了原始与落后，达到了一定的高度。可道德文明是否也在日益进步，超过了我们的祖先呢？

此次宁远之行，虽是走马观花，匆匆走过一些名胜古迹，感慨却良多。感觉到了当地领导对民族文化传承和发扬的重视，当然也不仅仅是如此，他们还将舜的文化和精神身体力行于现实，把宁远县城建设得优雅美丽。

走进宁远，丝丝缕缕的文化气息将我们包围，舜帝的塑像威严中透着亲切，在路口欢迎着八方来客。城市的街道宽敞洁净，绿意盎然，生机勃勃，走在上面感觉舒适轻快，迎面而来的人是那么平易亲切，不知道路时随便问哪个人，都会微笑而友好地指明方向。我在一家水果店门口与店主闲聊，她发自内心地自豪：“我们这儿非常干净，街上看不到什么垃圾，文明卫生城呢！住在这里很舒服。”

是啊，这才是老百姓安居乐业的城市。每当夜幕降临，华灯初上，那五光十色的霓虹灯把街道装点得分外妖娆，流光溢彩，活色生香，人们三三两两悠闲地漫步街头，此情此景让我想起一首宋词来：“东风夜放花千树，更吹落，星如雨。宝马雕车香满路。凤箫声动，玉壶光转，一夜鱼龙舞……”

那是古代京城一年一度元宵节的盛况，如今，现代科技的手段能让人们每夜都能感受元宵节的氛围，真个是火树银花不夜天，越夜越美丽。生活在宁远的人们是幸福的，他们的领导想干事、会干事，带领宁远人民创造一个美好的宜居环境，比什么都重要，那才是老百姓看得见摸得着的真真切切的实惠。走在亭亭如盖的绿荫底下，欣赏着宁远县城的夜色，水边的世界更充满了无限的风情和魅力，我为此而感动。

宁远，取其宁静以致远之意，九嶷山这片山水无疑是美丽诱人的，有着诗画般的意境。想起去年从阳明山赶往九嶷山，一路风驰电掣，畅通无阻，出宁远县城进入九嶷山风景区，那拔地而起的山峰，峰峰相连，在天边罗列出一道黛色的屏障，与近处的村庄、河流、田野优雅地组合在一起，一一进入我们的视线，在我们的眼前徐徐呈现出一幅十里画卷，让人心醉神迷，令我情不自禁地感叹：“江山如此多娇，引我等美女竞折腰啊！”远远地看着，山色空蒙雨亦奇。那朦胧的山影是如此撩人，真想走近了亲密接触一番。

因为这自然之美的诱惑，我们的车不时停下来，把自己的身影定格在这如诗如画的背景上，带回去便是份人生的记忆。

我们住在山里的九嶷山宾馆，那里远离繁华喧嚣，非常宁静，面对舜源峰，可以与传说中舜帝相关的故事亲密接触，感受这方灵山圣水的和谐安详。我们沿着山脚的公路信步走着，初夏的和风凉爽地吹拂着大地，四面青山列翠屏，大地充满着勃勃生机。

从一个林木葱茏的垭口进去，眼前豁然开朗，只见群山环抱中一片广袤的田野，仿佛走进了陶夫子笔下的桃花源，这世界静若处子般，像是听到了天籁之音，应该是舜帝曾经演奏过的韶乐，从玉馆岩方向悠悠地传来。

左侧的山脚有个好大的寺庙，寺中的大佛立在山腰上，远远地注目，走近了才知是永福寺。右边几个小小的村庄矗立田野之上，阡陌纵横，有农家正在辛勤地劳作，正是“稻花香里说丰年，听取蛙声一片”的时光。夜幕四合时分，我们回到了宾馆。

夜晚的梦中，有自己幻化成蝶的身影，在明媚的春光中，翩翩起舞于舜源峰上，领略万山朝九嶷的胜景。

（作于 2013 年夏）

行吟莽山

走过那么多名山胜水，不曾有此感悟，却在这片盛满绿色的世界里，找到了灵魂的知音。

这是我第三次到莽山。

记得第一次到莽山是2002年的春夏之交，《郴州日报》组织了一次文学爱好者笔会在那里召开。满满的一大巴车人沿着崎岖不平的山路进入那片远古的神秘之地，经过近五个小时的颠簸，到达森林宾馆时已是黄昏时分，一车人被颠得做了一次比较彻底的松骨运动，晚饭后疲惫的写手们早早地便上床休息。

当时莽山处于旅游开发初期，进山的路正在扩建成水泥大道，所以一路上坑坑洼洼，走走停停，车辆似喝了酒的醉汉左摇右晃，跳着摇摆舞，搞得车上的女同胞不时地尖叫。

尽管这样，当车进入莽山时，我被两旁的绿色森林所吸引，恋恋不舍的目光与那些枝繁叶茂的大树飞吻着，空气也渐渐变得清新，可以张开嘴尽情地呼吸了。

随后的几天笔会，都在听资深作家们的讲课中度过，只有晚饭过后才有时间到旁边的林子里逛逛，看到漂亮的鸟在林中漫步，好一阵惊喜。听说我师范的一个同学姚高金在此工作，联系上他以后，他跑到宾馆找我，开着皮卡车带着一起闲聊的涛涛、水哥、周巍，朝他工作的相思坑方向驶去。

同学当向导，他的夫人全程陪同，带我们游览了猛坑石、天台山、金鞭神柱等风景点，让我们大饱眼福。从他夫人的口中，我们知道了金叶白兰的故事，也认识了金叶白兰树，还看到了许多红嘴相思鸟在相思树林里跳来跳去，小巧玲珑、迷人可爱。当时正甜蜜地恋爱着，不禁触景生情，引人无限遐想。

笔会的最后一天，安排我们游玩鬼子寨一带的风景区。当时游道尚在修建，我们几乎是沿着崎岖小径缓慢行进。不过这里的原始次森林风貌保存完好，各种奇形怪状的松树撑开一道道风景，美丽着我们的视线，愉悦着我们的心情。尤其是将军寨的瀑布飞流直下，气势如虹，让大家欢呼雀跃，一起在这里留影纪念，有岩石上蹲着的、有在水里嬉戏的、有高声大叫的……表情丰富各具姿态，恰是最自然的本真流露。

回来后，莽山便留在了我记忆的深处。

第二次到莽山，是三年以后，参加市里组织的一次会议。莽山经过几年的建设开发，游道变得宽敞易于行走。我却因心情极度沮丧，心里飘荡着愁云惨雾，哪有欣赏美景的兴致。两次莽山之行，一次在快乐的云端，一次在绝望的低谷，让我体会到爱原来可以这般把人送上天堂也可以把人踹到炼狱。

而这第三次到莽山，与前两次的到访截然不同，此时我已心如止水，无爱、无恨、无怨。也许是与生俱来的对绿色的眷恋与酷爱，让我在莽山一而再再而三地寻梦。

因为我出生在一个山不美、地不肥、水也不好的地方：山上经过疯狂的煤矿开采，逐渐变得贫瘠而荒凉，田地因为缺水而杂草丛生，路上尘烟滚滚，小河干涸断流。所以每每见了好山好水，便生出无限爱恋，想要接近，想要探访，想要深入其中尽情地享受。比如，眼前的莽山，比如东江湖深处的黄草，总是让我流连忘返，读它千遍也不厌倦。

这次到莽山，正值枫叶红了的深秋，不用说可以欣赏到莽山深红浅红金黄淡黄层林尽染的风光，也是爬山登高望远的大好季节。天气不冷不热，少了蚊虫的侵扰，也不用害怕蛇类动物的出没，尽可妹妹大胆地往前走。在莽山风景区工作的姚同学现在当上了工会主席，尽地主之谊热情地款待我们，还委派了一个外号叫“鸟博士”的工作人员陪同我们玩转莽山。

一、浪漫相思坑

第一站到了相思坑，沿途的红枫这一树那一群点缀着山林，温暖着我们的双眼，深秋的林子色彩最为丰富，真个是赤橙黄绿青蓝紫，把大自然描绘得多姿多彩，曼妙迷人。

相思坑是莽山森林公园的一个保护站，第一次笔会时曾来过这里，时隔十年，早已印象模糊。记得相思坑里相思鸟特别多，小巧玲珑飞来飞去，叽叽喳喳声此起彼伏，金叶白兰正长出漂亮的新叶，有着碧绿的正面，它的背面是银白色的，且长着一层金色的绒毛，在阳光下闪耀着光芒，特别引人注目。

金叶白兰树和林中的相思鸟，孕育着一个美丽的爱情传说，相信来过的人都听说过。相传以前有一对瑶族青年，男的叫金叶，女的叫白兰，两人住在一个村，从小一起长大，日久生情，但白兰的父母嫌金叶家贫穷，强行拆散二人。白兰郁郁寡欢相思成病，金叶得知后为其采药，攀登危崖时不幸落下身亡，伤心欲绝的白兰也登上危崖殉情而去，他们的灵魂化作了相思鸟双双飞去，他们落下的地方长出了金叶白兰树。

这片莽莽苍苍的大森林不但生产着旺盛的绿色，也引发着诗人和作家的灵感，一位著名森林诗人写道：

我走进莽山，每株大树都来拜访；大树撑开我的诗，我的诗才郁郁苍苍……

他还写道：

大森林铺开偌大稿笺，任天地挥成千古绝唱。直的山写的是雄奇，横的岭写的是苍茫；浓的雾写的是深邃，淡的云写的是高旷……

这里曾经是作家古华体验生活、勤奋创作的地方，发生在这片大森林的故事为他的许多名篇佳作提供了源源不断的养料，他笔下百分之八十的故事都产生在这里，比如：《相思女子客店》《金叶白兰》《爬满青藤的木屋》……

可惜这里没有把他当时生活创作的地方保留下来，开辟成一个供文人骚客凭吊的地方，也没有一家小小的影院放映他的小说改编成的电影《芙蓉镇》《相思女子客店》《爬满青藤的木屋》，真是有点遗憾，这些本来可以给莽山增加点文化的底蕴与内涵的东西，却没有进行深刻的挖掘和利用。而临近的江西庐山有家电影院一年四季就放映着《庐山恋》这场电影，供游人欣赏和怀念；遥远的新疆吐鲁番葡萄沟里一天到晚响着《吐鲁番的葡萄熟了》这首曲子。

相思坑保护站倒是焕然一新，原来的红砖小瓦房已被漂亮的小洋楼代替，被一片绿色包围浸染，有如遗世独立的一座仙居，住在这里倒是清静，除了少数游人，只听得到鸟声和林涛声。日落黄昏，更是幽静。我们走在山道上，听"鸟博士"讲故事，他能分辨出许多鸟类的叫声，当然也知道生长在莽山的各类植物，同伴不时指着沿途的植物询问，他都耐心地一一作答，还不时模仿鸟的叫声，几可乱真。

二、险峻天台山

第二天天气阴沉沉的，仿佛有雨随时来临。我们随着"鸟博士"的脚步，游览了天台山和鬼子寨风景区。

从林海山庄左转沿山林公路登石阶栈道步云踏雾，便攀上了万山丛中被称作"中南第一险"的天台山。有道是"不上天台山，不识莽山貌"。

踩着满地飘零的落叶，欣赏各具姿态的古藤古树，此时游人不多，我听着手机里云水禅心的音乐，在寂静的山林间漫步，远远地落在同伴的后边，我喜欢一个人静静地享受着眼前的一切，可以触摸大自然跳动的脉搏。听"鸟博士"说天台山是欣赏高山杜鹃花的地方，每年举办的莽山杜鹃花节，这里是主要的景点。我想在莽山杜鹃花盛开的时候，不知哪一年的春天，我会再来，与杜鹃花相约。就在我们站着的观景台下，到处都是杜鹃花的树影。一片一片高大的杜鹃花树，盛开时该是何等壮观、灿烂的景象啊！不用说定是夺人心魄，惹人眼球。站在这里，可以看到群山逶迤连绵，犹如一幅无须着墨的天然画卷，徐徐地在眼前展开，有种君临天下之感。

林间小径引领我们通向一座寺庙——天台寺。此寺第一次来时正在兴建，现在已是香火兴隆了。我有心向佛，与人为善，但我不喜欢烧香，也不懂规矩，看到那一尊尊佛像总感觉有一种莫名的威严，还有香火的沉闷与惶惑，那是个充满神秘不可知的世界，所以很少去寺庙里逛。寺庙的对联有点意思："晨钟暮鼓警醒世间名利客；经声佛号唤回苦海迷路人。"我看也未必，好多人进寺庙烧香就是为着求财、求官、求名利，几乎没有无所求的。因为同伴是信佛之人，以为这高山之巅的寺庙是有求必应般的灵验。于是我陪着她走了进去，见她双手合十喃喃念叨着什么，那样的虔诚与敬畏，我也学样跪拜了下去，我心也虔诚，却不知求什么，默念着"我别无所求，只求菩萨保佑我们平安"，也许像我这样心如止水所求不多的人还真少见。

从寺庙出来，隐隐的有阳光从云层透出，我的心里顿时有暖暖的感动，菩萨保佑我们，佛光照着我们，我们真是与佛有缘啊！出门时似落非落的雨滴，此时化作云霓消散开了。

在中南第一险处，我们听到了来自上面游客兴奋的叫喊声，情不自禁地我们也拉长了声调，狂呼乱喊，那声音在山谷间回荡，那云就在峡谷口翻卷着升腾，在我们的眼前飘荡，这里应是观云海的最佳去处。

景色随着我们的脚步转换，拔地而起的山峰林立，奇雄险峻，我们就在山谷间上上下下，累并快乐着。这里都是石头组成的山，视线所及都是山体悬崖峭壁，石峰千仞，危崖万丈，仰观则惊险逼人，俯视则触目惊心，有拔地而起的蛤蟆石、罗汉石、仙掌峰、童子峰等，最有名的要数"金鞭神柱"，壁立千仞，有如擎天柱一般伟岸挺立。我们围绕着金鞭神柱一路往上攀爬，仰视、平视、俯视，啧啧称叹大自然的鬼斧神工。

不用说，游览莽山的天台山，呼吸到了大自然最纯净的空气，洗心洗肺，也锻炼了久坐办公室的身体，脚步越来越轻快。

三、情迷鬼子寨

中饭过后，我们的脚步踏上了去鬼子寨风景区的小径。因为来过两次，我知道这个风景区是莽山景色最美最值得一看的地方，这里是莽山绿色的植物基因库，生长着种类繁多的植物，有大片大片的华南五针松，也有矮小的灌木林。

进入景区的小路原始古朴，就像是走的人多了，也就成了路。此路像极了辛勤劳作的老妇人之手，手背的青筋纵横交错，积淀着岁月的风霜。树根露出地面，被行人踩得光滑坚实，犹如大地的脉搏，又像是森林的血管。那些树根在地下相聚相握，亲密交往，有着艺术的灵魂，也有着诗意的缠绵。带路的“鸟博士”说，这是特意留下来不做修饰的一段路，让游人感受一下莽山绿色生命力的蓬勃与岁月留下的痕迹。

真的喜欢，喜欢行吟在这样的路上，走在层叠的落叶上面，踩着树根，步履轻轻，犹如走在岁月雕刻而成的画中，匍匐在树下侧耳细听，仿佛听到泉水的叮咚，听到岁月流逝的足音……

鬼子寨是莽山国家森林公园的核心保护区，早在 1957 年就被列为全国十四个自然景区之一，也是当时湖南省的第一个自然景观区。在这里可以看到世界同纬度地区保存最好、面积最大、最具代表性的亚热带湿润地区原生型常绿阔叶林。可以欣赏到垂直分布的植被，从下至上分布着常绿阔叶林—常绿落叶阔叶混交林—针间绿交林—针叶林—山顶矮林—灌丛草甸，间有竹林等多种植被景观，植被着色五彩纷呈，有“第二西双版纳”和“动植物基因库”之称。

木板修筑的游道穿行在遮天蔽日的林荫之中，那些各种叫不出名字的树木，编织成一道绿色的长廊，令人目不暇接。这里的树木不甚粗壮，大多属窈窕淑女型，也许都在争先恐后地往上长，为争那点阳光空气，使劲地拉长着身子，昂扬着头颈。

到达第一个观景台，须经一个长长的陡坡，有水声潺潺从下面传来，知道崖底下便是小河了。这里斜斜伸下去的陡坡上，生长着深绿浅绿，高高低低的灌木，温暖的阳光在叶子上跳跃，犹如美人柔媚的眼波，向我抛着万种风情，让我心神摇荡痴迷不已。

我倚在栏上，静静地享受着眼前的一切，这大自然馈赠给我的美味佳肴，我得细细地咀嚼，好好地品味，哪怕只是瞬间。这层层叠叠的盎然生机，这风轻日暖的天气，这美妙无穷的原始次森林，给了我心灵深处的震撼，这如梦似幻的人间仙境，让我挪不开脚步。如果可以，我真的愿意化作这丛林中的一棵小树，成为大自然交响曲中一个不起眼的音符，生生世世与这片山水长相依伴。

走过那么多名山胜水，不曾有此感悟，却在这片盛满绿色的世界里，找到了灵魂的知音。我怔怔地伫立在那儿，俯视着往下铺展的深绿浅绿，像是只蜜蜂飞进了春天的梦里。而此时，却是落叶飘零的深秋啊，这里竟有着童话般的梦幻与旖旎。

同伴呼唤的声音远远地传来，我孤独的身影恋恋不舍地离开。亲爱的，我只有把我的思念留下来，把我的爱恋撒落成一地的种子，在这里生长，在这里蓬勃。

鬼子寨之名，来自明朝末年农民起义军首领李自成的传说。李自成当年兵败退守莽山，为了抵挡清军的围剿，在险峻的峡谷设计水淹清兵，满山满谷鬼哭狼嚎，清军被击退以后，以为那些在林中跳跃的是鬼不是人，又因为山形崔嵬，状如寨栅，鬼子寨由此得名，也许“鬼子”两字容易让人想起日本鬼子，现在更名为“将军寨”。

这一路的松树特别多，或高耸挺拔，或苍凉古朴，或身躯伟岸，或亭亭玉立，造型各异，气象万千，汇成了莽山松的大合唱。有的凌空于绝壁之上，有的扎根于花岗岩缝隙之中，有的倒挂于峭壁，有的盘旋于路边。它们或立、或卧、或俯、或仰，与岩石相依相伴，他们选择了岩石，便选择了一种坚定的信念。一棵松便是一首诗、一幅画，它们装点着莽山，使莽山有了动感，有了灵魂，我像是闯入了一个天然的盆景大公园。一路上我的相机与它们亲密接触，与它们亲切对话，什么迎客松、美人松、情人松、蟠龙松等，都留给了我美丽的倩影，又可爱，又迷人。一首诗突然闯入我的脑海：“咬定青山不放松，立根原在破岩中。千磨万击还坚劲，任尔东西南北风。”

将军石在我们的视线中忽远忽近，这里有着张家界的风貌，从将军石上跌下的瀑布成了游人眼中的一帘风景，时值枯水季节的深秋，也就领略不到雷霆万钧的瀑布威力，只有一条小小的白练从上面垂下，“哗哗”的水声传来。听“鸟博士”介绍说，莽山旅游节开幕式上，一位攀岩勇士从底下一步步攀登上崖顶，掀起了莽山的红盖头，可以想象那种场面该是何等惊险绝伦，让人屏声静气、目瞪口呆。

四、尾 声

“鸟博士”介绍说脚底的游道是景区的工作人员自力更生，肩挑手提筑就的，他也出过不少力呢！这么崎岖的山径，这么陡峭的石壁，他们该付出了多少艰辛和汗水，我们心里油然而生敬意。我们走在云梯一样的游道上，都是用上好的木板一块一块铺就的。我们只是匆匆的过客，他们则是森林的守护神，与山为伍，与林为友，年年岁岁花相似，岁岁年年人不同，从青丝到白头，就在莽莽苍苍的大森林里转悠。陪同我们的“鸟博士”已是头顶华发，从出生到现在几十年来，就没离开过大山。但他没有抱怨，甘于平凡，守着平淡，他的双足踏遍了这里的山山水水，成了森林的一部活字典，哪里有什么物种，哪里发生过什么故事，他都能一一道来。

回程的路上，有条小河相伴，水流清澈见底，卵石粒粒可数，鱼儿皆若空游无所依。不用说，绿色的森林涵养着纯净的水资源，林茂水丰，峰峦百转，流水千曲，它们由泉而溪，由溪而河，由河而湖，成为珠江源头之一。莽山的珠江源漂流便引来无数游客、无数惊叹，还有那猴王寨的群瀑跌落出的飞花溅玉形成的一个又一个深绿清幽的池潭，衍生着浓度丰厚的空气负离子，让人神清气爽、心旷神怡。

行吟莽山，不但给了我一次视觉的盛宴，也给了我一次灵魂的洗礼。保护好大自然，大自然会回馈给我们许多美好，生活在美好的大自然里，人会变得纯净、快乐而简单。

（作于 2012 年秋）

阳明山上赏杜鹃

那淡紫的杜鹃在高枝上轻摇，花团锦簇、密密匝匝，平生与它初次相遇，也许只有在这人烟稀少的高山上才有它清幽的花魂吧。

上周末听朋友说起永州有个阳明山，说山上的杜鹃花此时开得正艳，问我是否有兴趣前去观赏。当时并不以为然，想着跋涉几百公里，只为了看一眼杜鹃花，有点小题大做，而此花在我们这儿的高山上也有，虽然平地难得一见。

后来见五岭户外QQ群发出了去阳明山活动的邀请，里面还详细介绍了此山的一些景点，说拍摄《青年毛泽东》曾在那里取景，还谈到了蒋介石与阳明山的一些渊源，相传山上万寿寺的住持点明了他的命运——“成在川，败走湾”，因而在他败走台湾后，把官邸所处的山改名阳明山，以表纪念。

杜鹃花是我春天里最喜爱的花之一，以往总喜欢去野外摘上一大把，然后用水养在瓶中置于几案，陋室便充满了春天的气息，洋溢着温馨，多了一份明媚。

想起小时候，每到春天，家乡骑田岭下的缓坡上，便开满了映山红，似漫山遍野燃烧着的团团火焰，给了少年的我无限欢喜，或摘上最美的一朵插入发间，或把花朵用泉水洗过，放在嘴里嚼着，便有种酸酸甜甜的汁液，在口腔里回味。

儿时美丽的画面，仍在记忆深处鲜活。现在的故乡，青山绿水是曾经的历史，因煤矿的疯狂开采，那杜鹃花红遍的山岭早已被开挖得沟壑纵横，植被也被毁得面目全非，令人不忍，看着就忧伤。

能够与漫山红遍的杜鹃花亲密接触，确实是种无法抗拒的诱惑，我一改初衷，准备去阳明山走一趟。

于是开始招兵买马，听说周末的阳明山人满为患，计划提前两天去，趁人少的空当尽情看个够。周四那天下午大雨喧哗，于是改在周五出发，由我这位驾龄才半年的新手开车上路。问过永州的朋友，说去那里的路非常好走，差不多是一条主干道，从桂阳经嘉禾到宁远，然后至双牌。阳明山就在双牌县境内，可以一路风驰电掣地前行。

天气很好，阳光温暖，和风吹送，开着车窗一路音乐流淌，路面平坦宽敞，同伴见我是新手，一路叮嘱我慢点，速度控制在八十迈以内，两个小时多点到达阳明山境内。

路的右边有座巨大的牌坊，穿过牌坊就开始了进山的路程。没想到此山既高且陡，原以为可以把车停在山脚下，然后徒步上山。来了才知进山的路还有几十公里，走是不可能的了，只好硬着头皮开车爬坡继续前行。

这样陡峭弯曲的山路我不曾开车走过，真是大姑娘上轿头一回。我的宝贝长安奔奔 Mini 才 1.0L 的排量，载着四人能否冲上这千余米的高山，我心里着实忐忑，加上本人有点恐高症，看着旁边的悬崖峭壁，心就提到了嗓子眼儿胡乱蹦跳，几乎是咬牙切齿地在山梁上爬行，每到急转弯处，就怕对面来车，而我走的是外边，旁边是空的，稍不注意就有可能发生非弹性碰撞，岂不就要翻着无数筋斗滚下去？而这样的急转弯多哉多乎哉，令我胆战且心惊，暗暗祈祷菩萨保佑、阿弥陀佛。

坐在副驾驶的帅哥小张，为我捏着一把汗，时时提醒着我“慢点、慢点，对面来车了”。

后面的美女不时惊叫，为窗外迷人的景色，还有出现在视野的杜鹃花。他们还幸灾乐祸地提醒着“我们能看你可不许看，开好你的车哦”。

真是坐车的轻松，开车的难受，做个掌舵的亏大了，我的视线只能紧紧地贴着路面，每根神经都在弹着钢琴，哪敢往右斜视看那气势磅礴的大峡谷啊！好在我们选择的时机正确，今天的游人不多，一路上几乎是唯我独行。阿紫表现杠杠的，挂了二挡仍动力十足，载着四人拐弯抹角往山上冲。

经过一个多小时的艰难跋涉，终于来到一条狭长平缓地带，两边竹海摇晃着绿色的帐幔，杜鹃花的笑脸不时在竹林里闪现。这里宁静美好，空气新鲜，途中有一新建的酒家，叫阳明山寨，傍着竹山林海，门前一条清澈的溪流潺潺，遗世而独立，我把方向盘往左一打就转了进去，停下来。

长途奔波了三个多小时，又经过一段惊险的山路，紧张的神经松弛下来，我摸摸身上冷汗湿了薄衫，同伴表扬说我表现不错。可我不想再开了，于是决定在此休息，明天再做打算。问候山庄的主人，说有吃的、住的。暂且享用眼前的风景，做做深呼吸，让丰富的氧离子畅游我们的心扉。

此时，夕阳无限好，我们兴致勃勃地爬着对面的竹林，林间小溪水潺潺，野花开得清丽妩媚，被我们的镜头一一留住。那淡紫的杜鹃花在高枝上轻摇，花团锦簇、密密匝匝，平生与它初次相遇，也许只有在这人烟稀少的高山上才有它清幽的花魂吧。

薄雾轻扬笼罩竹林上空，炊烟在不远处的村庄上袅袅升起。沿着寂静的公路漫步，相对于田野上正插秧的农民来说，我们是一群来自市井的闲人，吃饱了撑的没事来这看风景。

山庄的主人是一对年轻夫妇，在这投入几十万元扎根创业，依山傍水应是风生水起的好地方，当然得忍受离群索居的寂寞，有几亩鱼塘在旁边波光荡漾。晚餐的桌上我们品尝了这里无污染的草鱼，还有香菇和腊肉。果然美味，吃得我们通体舒畅，赞不绝口，偌大一栋楼就我们四位凑着热闹。

房间干净整洁，只可惜硬件设施差了点，没有电视和卫生间，只有一个单间有卫生间和热水器。我们只好轮流洗澡、玩着字牌，这东西是消磨时间的好手，不知不觉夜就深了。

窗外溪流的声音此时格外动听，还有山风掀起的阵阵林涛送入耳鼓，呼啦啦有点吓人，要是一个人还真不敢在这住。

清晨，在鸟的歌唱中醒来，睁眼看时间 5 点 15 分，同伴睡得香甜还微鼾。我轻轻地步出房间，站在走廊上伸着懒腰，竹林上空还笼着轻纱一般的梦，四周寂寂不见人影，静静地聆听水声与鸟鸣的合唱，于我们这些蜗居市井之人，也是一种难得的享受。

慢慢地看见窗外有了太阳的痕迹，6 点多钟叫醒同伴起来吃早餐，听山寨主人说到阳明山管理处还有十多公里，得买门票才能进去。上周末人山人海，山下排着长队购票都得等好长时间，早点去可以赶在众人之前免去排队等候的麻烦。

恋着这里的菜好吃，对主人说中午下山我们还来这里用餐。我们迎着朝霞沐着晨风上路，精神状态都不错，一路谈笑风生就到了景区大门口。

很快购好票，看了进山的路线图，本想到小黄江源风景区下车，然后步行上山至万寿寺，再赏杜鹃花海。结果因为不熟识路径，也害怕爬山的辛苦，便一路开着车往山上走，山高坡陡急转弯多，神经又紧张起来，提心吊胆还算顺利地来到了万寿寺。

“莫道君行早，更有早行人。”寺前的小广场上停了好几辆车，还有导游带着一个小团队，正在寺前讲解着牵强附会的故事。山上气温较低，风也大，我在主殿和观音殿前虔诚地拜了几拜，求菩萨保佑我们一路平安，再无别的奢望。

在寺里转了一圈，去寺后的万寿泉洗手喝水，相传此泉乃观音所赐，常饮之可祛病消灾、强身健体，曾经听相士说观音菩萨是我的守护神，好几次死里逃生化险为夷，冥冥之中就与观音菩萨有了亲切的感悟，有了一副菩萨心肠，与人为善，行侠仗义。相信饮了此水，我会一路平安！

步出寺庙后门，山上的杜鹃花海映入眼帘，红艳艳的一片。此情此景让我想起了唐朝白居易的诗，稍作改动便与眼前的景色有了贴切的相似：“人间四月芳菲尽，阳明杜鹃始盛开；长恨春归无觅处，不知转入此中来。”

一路上，不时有杜鹃花刷新我们的视线，到底是旅游景点，赏花的游道宛若游龙，在花海中穿梭。那簇簇丛丛的杜鹃，真个是把山头映红了，灿若云霞，飘在万绿丛中，格外娇艳迷人。

不时有惊叹声送入耳鼓，都在为这自然之美而赞叹。

我们在花丛中流连忘返，人面杜鹃相映红，情不自禁唱起了革命歌曲《映山红》：“夜半三更哟，盼天明，寒冬腊月哟，盼春风，若要盼得哟红军来，岭上开遍哟映山红……”

据悉，生长在这里的万亩红杜鹃，是世界上最大的野生杜鹃花基地，已入选世界吉尼斯纪录，被誉为“天下第一杜鹃红”。每年吸引着成千上万的游客前来观赏。此山有着“齐秀九嶷”之誉，凝天地之灵气，聚日月之光辉，集山水之精华，山青水碧、云腾雾绕、鸟语花香，竹海林涛，莽莽绿海令人陶醉。

相传，七祖佛爷郑秀峰当年出家来到这里，常常思念父母，难忘故土。观音菩萨为了让他安心修炼特赐了这一片杜鹃花海，因而才有了秀峰禅师的坐化成佛，才有了终年香火不断的万寿寺。

阳明山因为海拔一千六百余米，山上气温较低，4 月下旬，山下的杜鹃早已凋谢，这里的杜鹃花方始盛开。一山山，一坳坳，争奇斗艳，铺天盖地，都是清一色自然生长的杜鹃花树，有大红的，有浅紫的，有纯白的，有粉红的，重重叠叠，挨挨挤挤，真个是漫山红遍，层林尽染。置身如此绚丽的花海，恍若自己是蝴蝶、是蜜蜂、是小鸟，好像被花神挂了花环、缠了花带、披了花袍……这个季节的阳明山，延续了春天的美丽与辉煌。让人爱，让人恋，也让人难忘！

我已忘了初次驾车上山的害怕与艰难，只为了这瞬间的美丽，累并快乐着。

与杜鹃花亲密接触，相看两不厌。站在高山之巅，俯瞰峡谷幽深，千沟万壑匍匐脚下，气象万千，来时的路如一条细细的线在山的一侧绕来绕去，也如挂壁云梯盘旋而上。

未到山顶，因雨点滴落下来，同伴大呼小叫往回赶，怕淋着雨感冒。看看远处，东边日出西边雨，一半阴云密布一半阳光灿烂，头顶的天空霎时阴了下来。

想着那么辛苦地赶来，还未爬上祖爷赏花台，就要返回，我的心里实有不甘。

回到万寿寺，太阳又露出了笑脸，和我们捉着迷藏。寺的周围生长着许多苍天古木，叶儿吐着春天的翠绿。此时的寺前停满了许多大大小小的车，还有不少的旅游大巴。来路上，一辆接一辆的车鱼贯而来，据寺里的僧人说，中午前后人潮汹涌，看花的路上摩肩接踵，到处晃动着人头。

趁现在来的来了，人们还走在赏花的路上，路上车辆不是很多的时候下山。我本想多逗留一会儿，禁不住同伴的催促，恋恋不舍地开车上路，阳明山杜鹃花的美丽稍纵即逝，但不会被我们抛在脑后。当然会在相机里留着，然后写成文章在网络上永恒，可以世世代代永垂不朽。

（作于 2011 年春）

坐着大巴去北海

这是我有生以来第一次坐这样的卧铺大巴出游，感觉这车就像是一个临时组建的流动大家庭，男女老少同处一室，得同甘共苦度过两天三晚的时间。

一

北海是广西的一个海滨城市，曾经站在改革开放的前沿，向着那些想发财致富的人挥舞着热情的双手，这块弹丸之地曾经云集着来自全国各地的开发商，在 20 世纪 90 年代初把房地产炒得热火朝天。

我也曾梦想过脱离清贫简单的生活，到南方明媚的天空下，到一望无际的海边，在北海的浅海中扑腾了几下，但那又苦又咸的海水滋味令我当了逃兵。

现在想来真是庆幸，要是给资本家卖命，人老珠黄的女人早就给扫地出门，当鱿鱼给炒了，哪有现在的生活。

十几年前相约北海的笔友，但因一场台风的袭击而耽搁。声音听了熟悉却一直未曾谋面，那位笔友也有了进步和提高，当上了人武部的政委，这两年不时地邀约令我又有点雀跃。

北海远在千里之外，我当然想自己出行随意逗留，因为没有直达的火车，途中要转乘三次，甚是麻烦，权衡再三，决定还是随旅行社的团队出发，夕发朝至，虽然不自由但少了中转的麻烦。

等炎热的夏天渐行渐远，秋日的温婉来临之时，我去旅行社报名随团去北海，恰好老爸与小弟的岳父也去，两位老人年逾古稀，想不到还老夫聊发少年狂，不辞辛苦跑那么远去看海。

无意之中我成了陪游，这应该是菩萨的安排，让我尽些孝道。

这条线路是旅行社推出的周末游，给那些上班族提供周末度假旅游的方便。

11 月 5 日，周五下午，提了一袋给远方朋友的土特产提前乘的士出发，以防路上堵车。走过尘土飞扬、坑洼不平的郴桂公路，听着司机满腹抱怨，说这车跑此路要短命许多（注：郴资桂公路因为扩宽破旧立新搞了两年了，未曾见多少成效，只是给出行的人添堵，先给你填一肚子灰，再给你松松骨，然后再堵上几小时车没商量）。

5 点多赶往郴州汽车南站集合，傍晚时分大巴载着三十五个旅客出发。

二

这是我有生以来第一次坐这样的卧铺大巴出游，感觉这车就像是一个临时组建的流动大家庭，男女老少同处一室，得同甘共苦度过两天三晚的时间。

车很大，里面有四十多个躺卧的位置，分三条排列，两条过道窄得只能容一人侧身而过，下铺的座位太低，坐在上面腰都没法直，出气也不顺。两位老人坐下铺，当然我就得往上铺爬。

由于是空调卧铺车，车窗都关着，里面弥漫着一股臭脚丫子味，难闻得要命。我发出强烈的抗议，导游小姐才拿了空气清新剂洒上，她说等车开动以后来点空气，气味就小了。

每次停车让旅客去唱《泉水叮咚》时，我总是最后一个上车，爬上我的铺位躺着，由于空间逼仄且硬，躺在上面不太好受，暗夜中行车，窗外一片乌漆抹黑，什么风景也看不到。只能听着车辆行驶的噪声，虽然走的是全程高速，但经过减速带时车颠簸得厉害，哪里睡得安稳。整晚都在做松骨运动。

男女老少同居一室，鼾声此起彼伏，我在铺位上辗转反侧难以入眠，迷迷糊糊地瞌了几下眼，还尽是离奇古怪的梦。

熬了十几个小时，第二天清晨终于到了北海，腰酸背疼地下了车，哈欠连天，既疲倦又困顿，真的好想找个宾馆舒服舒服，可这由不得你安排。匆匆早餐过后，紧接着就是紧张的参观游览日程。宾馆得等到晚上才能入住，只能硬着头皮跟着转。

好在两位老人精神状态尚可，我是自愧不如啊！

其间有几个购物点，我实在不想去，不去还不行，导游要求你配合，说是旅行社要按人头拿回扣。

晕乎乎地看了海洋博物馆、转了银滩、去了老街，就已是夕阳西下了。吃过晚餐，才把我们拉去宾馆休息。

住的地方远离市郊，接近银滩，叫作“百吉别墅宾馆”，一栋栋小巧的别墅点缀在绿树丛中，环境倒也宁静幽雅。

北海的朋友约我晚上出去喝咖啡，疲倦已极的我无奈地拒绝。洗漱过后关了手机倒头便睡，导游与我同住，她说我的鼾声吵得她无法入眠，忍无可忍把我叫醒了一次。

真是造孽，可我不是故意与她过不去，我也讨厌打鼾的人，却不知道自己也打鼾，可能是太累的缘故吧。

三

第二天一大早，朋友打电话过来，说开车来接我出去玩。

我带着老爸坐他的车去了盛产珍珠的合浦县，天气挺合人意，阳光灿烂、微风送爽，一路上尽是热带绿色植物美丽着我的视线，由于这里地势平坦，棋盘似的田野上尽是收割机忙碌的身影，好一派如诗如画的田园风光，将我的心里抚慰得妥妥帖帖，舒服极了。高大茂密的桉树挺立在公路两旁，农作物长势正好，生机勃勃呈现一派欣欣向荣的大好景象。

早餐过后，朋友带我们去了星岛湖，乘了游船观光，湖光山色美在眼里、荡漾在我心上，有快乐的旋律在上空飞扬。据悉星岛湖可与浙江的千岛湖相媲美，湖中遍布星星点点的小岛，曾是电视剧《水浒传》的拍摄基地，电视中的水泊梁山就在这湖中诞生，那些修筑的寨堡、梁山聚义厅之类，有些被火灾所毁，有些还在供游人欣赏。

一座小岛上建有一长溜儿别墅，听朋友说建好几年了，一直闲置在那儿，成了烂尾楼。远远望去甚是豪华，近了一瞧里面空空如也，换得几声叹息而已。

中午朋友尽地主之谊点了一桌子的海鲜，朋友坚持要让我一饱口福，说难得来一次，北京的款爷为吃海鲜坐飞机来北海，既来了就好好享用吧。

朋友这样海派大方，一方面当然是冲着我们多年的友谊，好不让我感动，另一方面反正是吃公家的招待餐，不吃白不吃，在座的还有部里其他领导。

鱼、虾、螺之类撑满了我的肚皮，酒足饭饱之余，有点疲倦，不想去游山玩水了，朋友提议去泡脚。这玩意儿既享受又休闲，闭上眼躺在那儿什么都可以不想，时光就这么匆匆地溜走。

约了旅行社的陈导，请他们从北海返回时告知一下，我们在合浦等着。

夜幕降临华灯初上，我们还带着中午的醉意，提着朋友送的土特产大袋小包上路，说着“再见，再见”，也许就是永远。

晚风挟着寒意，我紧了紧风衣，钻进车中，迎来的又是一夜长途奔波。也许是中午酒喝多了的缘故，一路上《泉水叮咚》唱了又唱，在狭窄的空间里爬上爬下，吃够了苦头，我下定决心以后再也不坐这样的车出来受罪了。

适逢亚运会在广州召开，来去的路上设有检查站，全副武装的警察昼夜值勤，查验一个个过客的身份证。

凌晨时分，高速路上发生事故，堵车了。隐隐觉得车窗外人声嘈杂，暗夜里路边晃动着随地大小便的黑影，我疲倦得迷迷糊糊，半梦半醒着不知过了多长时间，车子才重新启动，好些人嚷嚷着回去赶不上今天上班了。

车到郴州，我长舒一口气，算是平安归来。我打定主意，回家洗个热水澡好好睡上一觉，把摇摇晃晃的神经调整过来。

（作于2010年深秋）

浮光掠影游云南

高原湖泊有着不一般的韵致，宁静安详，空气虽稀薄却清新，湖边水草丰美，野花星星点点开着，远处有牛羊悠闲自得地啃着青草。

云南俗称彩云之南，包含着许多美丽动人的想象，那里四季如春，鲜花竞相开放，那里聚集着好多少数民族，石林的造化，大理的古韵，丽江的浪漫，让外来的游人目不暇接，流连忘返。

当然我也是粉丝之一。

早在 20 世纪末昆明世界园艺博览会举办的时候，我兴致勃勃地与孩子他爸坐火车出游，没想到身边的男人还未到云南就一路嚷嚷着要回家，比儿子还难伺候，把我的心情搅得稀烂。

就这样一路争吵着、别扭着到了大理，去丽江的心情没了，两人黑着脸打道回府。这一趟出游在记忆中透着伤感，美丽的风景似乎在映衬我遇人不淑的悲哀。

时间在平凡琐碎中流逝了十几个春秋，眨眼间到了 2010 年，正值夏日炎炎的时候，单位领导决定给我们一个考察学习的机会，好几年没外出观光过了，大家欢喜之余都感谢领导的善解人意。

一、长途奔波的疲倦

整理行装完毕，背着个双肩包踏上行程。出发时间是2010年7月23日下午2点，查点大大小小同行者共十六人，由我们的李组长带队，暂且等在畅游神州旅行社，由该社的导游小杨带着我们奔向远方。

送我们去长沙黄花机场的车是台老式小中巴，空调不是很好，车厢内弥漫着一股不太好闻的气味，憋闷得让人想吐。李领队向杨导提出意见，回来时换台好一点的车接我们。

到黄花机场附近吃过晚餐，就进机场办理登机手续，说是晚上8点半的飞机，结果等到10点飞机还没到。据机场解释说是天气原因，雷雨中飞机无法飞行导致晚点，不知何时抵达。于是我们被安排到机场的宾馆休息，飞机来了再叫醒。

睡意绵绵的我们在宾馆草草洗漱过，倒在床上进入了梦乡，睡得正香着呢，电话吵醒我们说是飞机来了，一看手机凌晨两点多，极不情愿地起来，睡眼蒙眬地走上飞机。尤其是三个小女孩，被坐飞机的新奇鼓舞着，几乎是眯缝着眼被大人拖着往前走。

半夜三更坐飞机，生平还是头一遭。如果是月明星稀的夜晚也许还有些看点，可以近距离与月亮交流沟通一番，然而我们头顶的天空笼着黑暗和寂寞，只有飞机的引擎声在耳边呼呼作响。一个多小时后我们到了昆明，当地的导游小张迎接我们，我们在清晨的凉风中等车，等了很久车子才姗姗而来。

上了车又跑了大半小时才找着人稀地偏的住处，安排我们睡个回笼觉，刚合上眼没多久，又催我们起床吃早餐了。

这一夜的折腾弄得我们疲惫不堪，腰酸腿疼、迷迷糊糊地就到了旅游中巴车上，直接开往大理丽江。

张导的嘴里没多少有趣的故事，云南十八怪说不出几个来，旅途比较沉闷，闭上眼睛继续睡。快到大理时，张导才说当地人把吃饭叫作干饭，把肚子干大了再说。这里称呼女性叫“金花妹”，男的为“阿鹏哥”。

大理是白族人聚居地，上关花，下关风，苍山雪，洱海月，吹奏着一支风花雪月的古老名曲，著名的老电影《五朵金花》演绎了苍山脚下蝴蝶泉边一段美丽的爱情故事，这地方由此而闻名遐迩。

沿途欣赏着翠滴田畴、绿漫溪渡的诗意，成片成片的玉米在风中翻着绿色的涛浪，还有这里新农村建设的成果丰硕，粉白的农家外墙上那些彩绘吸引着我们的双眼，一村一品各有特色，好一派诗情画意惹人醉。有几个村子墙上画着各式各样的蘑菇，一看就知道这里盛产蘑菇，导游说这些蘑菇都属山珍，大多出口日本及东南亚，给村民带来安定富裕的生活。

大理喜洲最具白族建筑特色的是“三坊一照壁、四合五天井”民居，只在匆匆驶过的车窗外装点着我们的视野，洒下些许惊叹。

途中进了一家庭院参观，品尝一苦二甜三回味的白族三道茶，欣赏了为之表演的歌舞。这个古色古香的严家大院，雕龙画凤，曾经也是大富大贵，不知是不是电视剧《茶马古道》里的茶王杨家所在之地。

品茶过后上车，朝丽江奔去。一车人摇摇晃晃的，无心看窗外的风景，尽是倦意包围、东倒西歪地打着瞌睡。

日落黄昏，车子到了目的地，在饭店门口来了一个地导，黑黑的皮肤、亮亮的眸子、结实的身材，地道的丽江纳西族美女，张导说胖金妹来了，接下来两天由她为我们服务。

她自我介绍说姓何名娟，可叫小何，可叫阿娟，也可与当地人一样称呼胖金妹。这里把女的称作胖金妹，男的叫胖金哥。

她招呼着大家，先把肚子干大了再说。旅游餐别想吃好，但求吃饱，靠我们从家里带的辣椒制品，勉强下咽。

导游把我们带到一家新开不久的在明商务酒店下榻，让我满肚子的遗憾，来丽江为什么不住在古城里呢？住在古城的客栈多好。可跟团走不由我说了算，住宿条件离合同规定的三星级标间差远了，还是私人开的旅社。

一夜误点的飞机，一天的车上奔波，浑身的细胞都在抗议，犹如腌在坛子里的酸萝卜，我累得差不多快趴下了，再无心思去逛那向往已久的古城，洗漱过后上床倒头就睡。

二、玉龙雪山掠影

天刚蒙蒙亮，睡得正香呢，就听到了敲门声，说是起床吃早餐了，在家很少那么早起过，才 6 点哦。我极不情愿地爬出温暖的被窝，早餐实在没啥好吃的，不过是馒头稀饭。为了上山时不太饿，勉强咽下两碗。

想起有人形容跟团旅游的句子来：“起得比鸡早，吃得比猪差，跑得比马快。”不禁会心一笑，原本出来游山玩水是放松心情、休闲养眼的，可现在都自嘲说旅游是花钱买罪受，尤其是跟旅行社走，匆匆忙忙之中，得在规定的时间、规定的地点完成规定的游览。

早餐过后我们朝玉龙雪山出发，车行驶在宽阔干净的街道上，神情为之一爽。阿娟一脸的微笑盛开在酒窝里，一路上她的嘴巴不停地为我们解说：“玉龙雪山是纳西族人心中不容亵渎的神山，也是至今无人征服的雪山，虽然海拔才五千五百九十六米，比珠穆朗玛峰低了两千多米，但珠穆朗玛峰已爬上去过一千多人，而玉龙雪山仍然是座处女峰。”

她说几年前有个日本登山队在攀登的过程中，遭遇雪崩全军覆没。对此有两种说法，第一种是他们爬山时，因为触犯了当地对神山的禁忌，纳西族的东巴教主施展法术，圣山的守护神三朵神显灵来着，给了这些不知天高地厚的来者当头棒喝，从那以后再也无人敢去那片净地。第二种是根据科学的解释，说那座山上尽是风化的岩石，登山用的铁锚铁爪无用武之地，爬到那上面不连人带锚滚下来才怪呢！

晨风凉爽，阳光初照，视野清晰。阿娟用手指着前方兴奋地说：“大家快看，那就是玉龙雪山，你们的运气不错，我们好长时间没见它的面容了，丽江的5月到10月都是雨季，山头云遮雾绕的难得一见。”

说得我们心情为之一振，待认真一看却看得我们大失所望，那雪山没多大高度，而且只有山顶那么一点点积雪，既不挺拔也不壮观，也许要到冬季才会有雪山的巍峨与挺拔吧。后来我才知道是视觉差异，在古城看雪山，雪山不高大，要在山脚下往上看才能感受它的雄伟。

丽江是纳西族人的故乡，纳西族有自己的文字——东巴象形文字，有自己的宗教——东巴教，有自己的音乐——纳西古乐。

在纳西族，据说是“女人的天下，男人的天堂”，纳西族人婚姻习俗是女人结婚要把男人娶回家养着，女人里里外外一把手，男人做什么？琴、棋、书、画、烟、酒、茶。纳西女人认为男人不是用来干活的，是用来疼的！因为他们那里海拔高，紫外线强烈，所以稍微勤劳一点的女人都会被晒黑。越是黑的胖金妹就表明她越是勤劳，越能养家！纳西族人的审美标准是以胖为美，以黑为贵！

做个纳西男人多么享受，多么幸福啊！衣来伸手，饭来张口，一生只与阳春白雪打交道，简直就像生活在天堂一样。听得我心里既羡慕又感叹，纳西男人远离人间烟火、家务琐事，只与琴、棋、书、画、烟、酒、茶为伍，自在逍遥不是神仙胜似神仙。

导游嬉笑我们其中的两位胖子，说他们值得二十头牦牛，是纳西姑娘最喜欢的体形。

“呵呵，你们两位胖金哥留在这里不回去算了，找个胖金妹过日子，琴、棋、书、画、烟、酒、茶多享受啊！”

进大门时，有几位当地人拿了用鲜花编织的头饰上来售卖，看着漂亮，也同情劳动人民的辛苦，我掏三元买了一个，谁知开车的司机怕弄脏车子，突然向前开去再一个急刹，把三位卖花者颠得东倒西歪，其中一个还摔进了驾驶舱，好不尴尬。

这司机好不地道，都是为了生计，何苦这样捉弄人家！

到东巴谷下车后，云开日出视野清晰，东巴谷里气温较低，我买了条披肩御寒，此后几天这块披肩发挥了巨大的作用。我们家乡赤日炎炎似火烧，这里却是春寒料峭伴雨眠。

东巴谷里人头攒动、热闹非凡，东巴象形字印满山谷，大家跟随导游的脚步走马观花匆匆看过，谷里点缀着摩梭人、他流人等一些民族的特色建筑。

东巴教很古老，由于经文讲师被称作东巴，故名东巴教。纳西族普遍信奉东巴教。东巴，作为宗教职业者，在社会上地位很高，被视为人与神、鬼之间的媒介。他既能与神打交道，又能与鬼说话。能迎福驱鬼，消除民间灾难。东巴一般父子传承，世代相袭，不脱产，有妻室儿女，无儿招赘者传与女婿。

从东巴谷转出来，上车朝玉龙雪山脚下驶去，途中经过甘海子。景区内游人如织、景色如画，等候大巴时排着好长的队伍，时不时下着雨，在这里得做到伞不离身，雨一会儿停一会儿下，抽羊角风似的，阴晴不定。

导游说现在玉龙雪山只能坐小索道到半山腰处，然后步行爬山去云杉坪观光再回来。

玉龙雪山以险、秀、奇著称，主要有云杉坪、白水河、甘海子、冰塔林等景点，玉龙山主峰扇子陡，位于玉龙山南麓，也称“白雪山”。在平原中看它，像是一座竖立起来的银铧。攀登上白雪山来看它，它像一把白绫折扇展开在那里，所以有扇子陡和雪斗峰的称谓。整个雪山集亚热带、温带及寒带的各种自然景观于一身，构成独特的“阳春白雪”主体景观。

甘海子是玉龙雪山东面的一个开阔草甸，甘海子全长四千米左右，宽一点五千米，海拔约两千九百米，甘海子给人一种开阔空旷的感觉，在高耸入云的玉龙雪山面前，有这样一个大草甸，为游人提供了一个观赏玉龙雪山的好场地，在这里观看玉龙雪山、扇子陡等山峰历历在目。从甘海子草甸到四千五百米的雪线，可以看到各种各样的花草树木，甘海子大草甸是一个天然大牧场，每年春暖花开，百草萌发，住在甘海子附近山涧的藏、彝、纳西族牧民们都要带上毡篷，骑着高头大马，驱赶着牦牛、羊群、黄牛，到草甸放牧。

从甘海子到云杉坪之间，有一条幽深的山谷，谷内林木森森，清溪长流，谷底这个清泉长流的河，叫白水河。因河床、台地都由白色大理石、石灰石碎块组成，呈一片灰白色，清泉从石上流过，亦呈白色，因色得名“白水河”。白水河之水来源于四五千米高处的冰川雪原融水，清冽冰凉，无污染，是天然的冰镇饮料。

云杉坪，这里又名“殉情第三国”和“情死之地”，海拔三千二百四十米，是纳西族人心中的圣洁之地。我们在雨中乘上登山缆车，然后再沿着林间铺设的木板栈道，缓步轻移，沿途欣赏到不同种类的参天大树，原始森林一般的景观在我们的镜头中呈现，视野开阔之处便是云杉坪到了。

云杉坪是玉龙雪山东面的一块林间草甸，雪山如玉屏，四周林木环绕如黛，守护着这块人间仙境，如童话一般的世界，一年四季鲜花竞相开放，宁静而美好。在云杉坪周围的密林中，树木参天，枯枝倒挂，枝丫间的树胡子，林间随处横陈的腐木，枯枝败叶，长满青苔，仿佛千百年来都没人打扰过，就像一个宁静的远古世界。

传说云杉坪是纳西族第一对情人殉情之地，也是后来相爱的男女为反抗世俗的婚约，用来盟誓的首选之地。传说，这里可通往“玉龙第三国”。据《东巴经》记载，“玉龙第三国”里“有穿不完的绫罗绸缎，吃不完的鲜果珍品，喝不完的美酒甜奶，用不完的金沙银团，火红斑虎当乘骑，银角花鹿来耕耘，宽耳狐狸做猎犬，花尾锦鸡来报晓”。

后来，民间相传，说在丽江玉龙雪山顶上，每到秋分的时候，上天就会洒下万丈阳光，在这一天，所有被阳光照耀过的人们都会获得甜美的爱情和幸福的生活！可这招来了善妒风神的嫉妒，每到这天，天空总是乌云密布，人们的所有梦想都被那厚厚的云层所遮盖。风神善良的女儿，因为同情渴望美好生活的人们，就在那天，偷偷地拨开云层剪下一米阳光，撒在悬崖峭壁上的一个山洞中，让那些对爱情执着同时又不惧困难和危险的人们，可以在那天得到一米阳光的照耀，从此过上幸福美满的生活！

这就是那个一米阳光的美丽传说！曾经热播的电视剧《一米阳光》即以丽江为背景而演绎。

从云杉坪沐浴着雨下来，裤腿已湿了一大半，又排队等车去观看张艺谋导演的《印象丽江》，那是一个巨大的室外剧场，不管刮风下雨按时演出，演员都是从当地的少数民族中挑选出来。我们披着雨衣进场，在喧哗的雨声中看完了整个表演，除了看丽江女人的辛劳，就是看男人平日里的懒散，喝酒打跳玩生活。当然也许最有成就感的男人就是茶马古道上的行者，经风雨见世面，历尽磨难与艰险。

回来后从黑龙潭进入丽江古城，终于可以与神往已久的地方亲密接触了，说不出的新奇与兴奋，讨厌的就是老天时不时泣涕涟涟，小巷中尽是摩肩接踵打伞的游人，磕磕碰碰、跌跌撞撞挤入眼帘的全是商店，我们在这些卖披肩、银饰、玉器、小吃等物品的店铺中转来转去，头都晕了。

古城的美是目不暇接的，小桥流水，垂柳依依，古色古香，鲜花点缀，那份宁静里躁动着游人的喧哗，弥漫着商人的铜臭味。酒吧一条街更是古城之夜热闹的去处，品茶、饮酒、听歌、发呆，抑或放纵、抑或迷失。

因为雨下得让人烦闷，在水边用过晚餐，打车回到酒店休息，导游胖金妹说丽江还有时间玩，今天早些休息，要养足精神为第二天去香格里拉做准备。

三、香格里拉让人醉令人迷

起了个大早，简单早餐过后，踏上了去香格里拉的征途。

路不是很好走，从车窗远眺拉市海、梅里雪山和玉龙雪山夹着的峡谷，颠簸着过了长江第一湾，原计划游虎跳峡的项目因为天气已经搁浅，直奔香格里拉的普达措国家森林公园。

经过虎跳峡镇时，来了个当地的藏族姑娘做导游，长得文雅秀气，说一口标准的普通话。她说人们到了这儿称呼又变了，女的叫“卓玛”，男的叫“扎西”，我们可以叫她“卓玛央宗”或“卓玛”。

一路上，她向我们介绍些藏族的风俗习惯，好奇的我不时提问。从交谈中得知，这位卓玛央宗毕业于云南民族学院，接受过高等教育。她要我们猜她在家排行第几，我们知道她肯定有好些兄妹，就放心大胆地猜。有说五个的，有说八个的，但是没一个人猜准，她说她有十五个兄弟姐妹，而她排行第十二，听得我们的嘴巴张成个大大的“O”形。

藏族同胞一生中要去拉萨朝圣一次，非常虔诚，朝圣的路都是匍匐在地叩首又爬起来问天的。这位卓玛说她十二岁时跟着爷爷去朝圣过一次，那是一辈子也难以忘怀的艰难出行，有了那次经历，以后的人生不论碰到何种困难挫折都可以等闲视之了。

卓玛告诉我们，她父亲与家人将卖冬虫夏草等积下的六万元钱全都捐给了寺院，希望有个幸福美满的来生。

说着聊着就到了香格里拉，卓玛告诫我们上山后，由于海拔超过三千五百米，可能有缺氧的危险，还有就是山上较冷，要大家备好氧气还有就是租好棉衣。

大家都觉得身体要紧，钱是小事。于是跟着导游到商店里买氧气和保暖设备，氧气像是我们在商场买的空气清新剂。为了预防感冒，我还买了一双波鞋，租了件棉衣。

进山之前，车厢里全是吸氧气的“吆吆”声。我换上波鞋披上棉衣全副武装，拿着伞走进雨中，欣赏这座森林公园的美丽风景。没走多远，就有了高原反应，胸闷气短，四肢乏力，只好拿着氧气瓶使劲吸。据导游解说普达措国家森林公园是一个无任何污染的童话世界，公园内有明镜般的高山湖泊、水美草丰的牧场、百花盛开的湿地、飞禽走兽时常出没的原始森林。碧塔海、属都湖两个美丽的淡水湖泊素有高原明珠之称。

园内旅游车到了景区第一站——属都湖，愿意徒步的沿湖走上第二站，身体状况不太好的坐车去观景台照照相。既然来了，再难也得亲临第一线饱饱眼福，不过三千米路怕什么啊！我鼓起勇气下了车。

高原湖泊有着不一般的韵致，宁静安详，空气虽稀薄却清新，湖边水草丰美，野花星星点点开着，远处有牛羊悠闲自得地啃着青草。湖清清，天湛蓝，林涛载水声，鸟语伴花香，马儿叮咚的脖铃声、远处牧棚里悠悠冒起的炊烟，显得与周围的自然环境是那么和谐，原始森林里的各种林木千姿百态，气象万千，好多树上长着胡子，有如遗世独立、仙风道骨的长者。

风景确实很美，脚下用木板打造的栈道舒适宜人，一边是清澈碧绿的湖水，一边是林木茂盛的原始森林，清清溪流映着野花蔓草。只可惜高原反应令我胸闷气短、头重脚轻，一瓶氧气很快被吸没了，我只得放慢脚步老态龙钟似的踽踽独行，途中不得不停下来休息，同来的人把我甩得老远。还有讨厌的雨如孩子爱哭的脸，雨中漫步湖边，撑着伞独自彷徨，有种淡淡的忧伤袭上心头，世界是那么美好，我的心境却是如此无奈苍凉。

好不容易走完属都湖，上车朝下一个景点奔去，一路风雨兼程，我再也不敢轻举妄动，森林、草场、牛羊、鲜花一一从车窗外闪过，另一个名叫碧塔海的湖区没敢下去欣赏，乡愁在雨雾中弥漫，想象此时若是在家多好，吹着凉风听着歌躺在沙发上舒服着。

再迷人的风景，因为身体的不适也黯然失色。

傍晚回到香格里拉胸口还是闷闷的，草草用过晚餐，又去参加一个自费的藏民家访，每人一百三十五元，同行的人吃烤羊肉一千元一只。

这儿的藏民比较富裕，家家户户都是独立宽阔的庭院，院子装饰着非常精美的雕刻，二楼的客厅非常大， 能容几百人聚会。那天晚上大家在那大吼大叫，把地板跺得震天响，尽情宣泄了一回。

四、古城丽江再回味

第二天早起往回赶，到虎跳峡镇用过中餐后回丽江，一路上只有三个孩子活泼的声音响彻车厢，他们在旅途中的表现非常棒，不叫苦不喊累，一停下来就玩游戏。我不如他们，岁月不饶人啊！感觉腰酸背疼、走路吃力，到丽江休息两小时后高原的反应才慢慢平复。

回到丽江还住原来的酒店，好不让我失望。我想再去古城逛逛，因为找不到同行的人，只好打着雨伞独自走向古城，一路行来，和一首戴望舒先生的《雨巷》一样的缠绵，一样的幽怨，心里的雨也滴落得凄凉忧伤。

撑着来自天堂的雨伞
独自彷徨
在悠长悠长的古巷
我希望遇着一个
寂寞的访者，他是有
古城一样的颜色
古城一样的意蕴
有着唐诗宋词的经典
他彷徨在这熙熙攘攘的人群中
落寞的眼神写着尘世的沧桑

像我一样
像我一样地
无语彳亍着
冷漠，凄清，又惆怅
他默默地静静地
飘在这古城的诗中
走进丽江烟雨蒙蒙的画中
有我，无我
热闹是他们的
快乐是他们的
眼里全是繁华与喧嚣
心中诉不尽无人能解的寂寞

我们就这样走近
投过太息一般的眼光

扣动着彼此的心弦
像梦一般的
像梦一般的美好虚幻
就这样擦肩而过
就这样无语凝噎
再回首
再回首时是一片烟雾迷茫

撑着花雨伞，独自
彷徨在曲折幽深的古巷
小桥流水鱼儿嬉戏
杨柳依依古韵悠长
丽江的夜啊是那么灿烂辉煌
酒吧漏出朦胧暧昧的灯影
疯狂的音乐响着呐喊与尖叫

而我只希望遇着
遇着那样的一个访者

古城还是那样热闹非凡，我在古城的小巷中悠闲地漫步，所有的民居都成了商店，浓浓的商业气息充斥着大街小巷，吸引着我眼球的是那些散落在巷子中的客栈，客栈小巧精致可爱，小小的院子点缀着恰到好处的盆景花卉，墙上有许多游客的留言，如果今生有机会再来，我想我一定会选择这样的客栈住上几天，细细地品味丽江的古韵和浪漫风情。

就这样一个人漫无目的地走着，逛到暮色四合华灯初上。在路边热情咪咪的邀请下，随意走进了“桃花岛”酒吧，见我孤身一人，侍儿把我引上了二楼单人座，朦胧的灯光中见墙上写着些不伦不类的标语……

主持人拿着话筒卖力地表现，台下游客拿了木板使劲地敲，又是“也梭，也梭，也也梭”，我下面有几位来自四川的美女格外起劲，又喊又叫的，喝着酒抽着烟，随着音乐在座位上扭动起来，世界末日般尽情地发泄。

表演的节目也还上档次，不是那么媚俗低下，我点了瓶啤酒和一盘毛豆花了五十大洋也值。据说酒吧是不夜城，表演 11 点半结束，以后的时间游客随意安排。

只可惜因为住在城外要早回，节目未完就溜了，当然也就无所谓惊心动魄的艳遇了，留点遗憾下辈子再来做丽江的男人。

五、楚雄仿古新城的美丽

第二天早餐过后，起程返回。

途中在大理稍作短暂停留，沿崎岖的山路往楚雄奔，说是赶到那里吃珍稀蘑菇火锅宴，天气好的话晚上可以欣赏到彝族火把节，尽情地围着篝火狂欢。

新建的仿古建筑精美绝伦，可惜天公不作美，细雨缠缠绵绵地下，我们撑了伞大街小巷转着，这片新开发的旅游区娱乐设施齐全，歌厅、酒吧、饭店还有许多缅甸商人开的玉器行，青石板的街道，城中流水潺潺，垂柳飘舞着绿色的长袖，雨中漫步也别有一番滋味，城中的彝人部落建设得有板有眼，美轮美奂，有山有水有赏石，点缀得恰到好处，月白风清的晚上坐在水边的木亭子里，喝着茶品着小吃，聊天、听音乐或是一个人发发呆，应该是很不错的享受，可我们只是匆匆的过客，走过路过之后此生不会再来。

因为雨，自然是没了火把节的浪漫与疯狂。

在蚊虫飞舞中，睡了极不舒服的一晚，第二天仍旧 6 点起床，简单的早餐后一路赶往昆明。

六、 疯狂购物尽兴而返

在昆明用了中餐后，马不停蹄地游览了闻名于世的石林，那些造型各异、巧夺天工的石头，在我们的照相机中留影，跟着导游转来转去，走马观花也就一个多小时。

真是万幸，等我们上车天就下起了雷阵雨，驶往市区，导游带着我们进了购物场所。

难怪导游路上一再提醒我们别乱买东西，原来是把我们集中在昆明再“剥皮”。

在大型的茶叶商场，品茶、看茶、购茶一个多小时，然后又去玉器店赏玉，还有什么鲜花精油，从这些地方回来，大家手上都提着大袋小袋的东西。

说了不买不买，明知道在这些地方购物是宰你没商量，在令人眼花缭乱、琳琅满目的商品诱惑下，还是忍不住买上了，钱不够卡来刷，洗刷刷洗刷刷，根本控制不住啊！

在昆明待的最后一个晚上，车子把我们送到飞机场附近的宾馆，不时有飞机起起落落，从头顶掠过，惹来孩子们的欢叫声。

晚上我们走了好几公里也没见着像样的超市，我在心里发誓，以后再也不与旅行社打交道了。想出去玩时找几个要好的哥们儿姐们儿自助游，想去哪就去哪，想睡哪就住哪，又自由又快活。

上午自由安排，下午还有购物的项目。

从花卉市场转一圈出来，惦记着给亲友买些纪念品，大家手上又是大包小包拎着，收获颇丰，包里早已装不下，还得另外添加。

吃过晚饭，早已归心似箭，乘晚上 9 点多的飞机返回长沙，到长沙差不多第二天凌晨，坐了旅行社的大巴马不停蹄往家赶，到桂阳时天已放亮，街上有晨跑的人在锻炼了。终于平安归来，又是周末，可以好好睡上两天懒觉，阿弥陀佛。

（作于 2010 年 8 月）

走马观花随团游

随着飞机的徐徐上升，我们从高处下望尘寰，看到城市、村庄、山脉、河流一点一点变小，四通八达的公路犹如一根根细线在大地上缠绕。

一、蜻蜓点水看大连

初次进党校科干班学习，一个半月的时间里同学一场，好些人还叫不出名字，彼此对面不相识，仿佛是眨眼间就临近结业。还算机会好，经校领导努力争取，迎来一次外出考察学习的机会，全班同学分两路出发，一路前往西安、延安一带，一路奔赴大连、山东等地。

4 月 17 日清早，我和大队人马都打点行装去久负盛名的大连一线，跟随旅行社的美女导游李某，马不停蹄地坐汽车赶火车到了湖北武汉，再从武汉的天河机场乘飞机飞往大连。

跟随旅行社出游有好几次乘飞机的经历，为了省钱都是晚上飞，除了飞机的轰鸣声，几乎看不到任何风景。这次终于乘上了白天的飞机，可以看到蓝天白云的壮丽景色，心里不由得窃喜一番。没想到等我们上了飞机，才发觉这次坐的是最小最差的飞机，空间狭小，在座位上连转身的余地都没有。

随着飞机徐徐上升，我们从高处下望尘寰，看到城市、村庄、山脉、河流一点一点变小，四通八达的公路犹如一根根细线在大地上缠绕。同时，心里会有一种莫名其妙地紧张和担忧，偶尔还会祈祷："菩萨啊，请保佑我们一路平安！千万别在空中盛开成一朵灿烂的云霞。"

飞机升到万米高空以后，开始平稳地飞行，我们像是悬在空中，浮在棉絮般的云彩之上，感觉一切都开始静止，天蓝得那么深邃，弦窗外白云在天边旖旎，太阳光刺痛了我们张望的双眸。

一阵新奇过后，时间变得漫长起来，有的同学就吆喝着玩字牌。在字牌的起起落落中，不知不觉就到了大连的机场。在短暂的晕眩过后，耳朵也开始轰鸣了一阵，平安着陆，悬着的心也轻轻地放了下来。拖着行李来到机场外，大连的美女地陪带着大巴等着我们了。

大连的变化很大，从前在海边的垃圾场变成了花红柳绿的星海广场；坟墩头上建起了森林动物园；昔日荒僻的渔村、渔港变成了如今闻名遐迩的"金石滩""海之韵"；数百家工厂、数十万居民大动迁，腾出地方搞绿化。使大连绿地增多了，空气清新了，城市扮靓了，旅游也随之红火起来。所以大连有三多：广场多、绿地多、美女多。

我们到大连时已近下午 4 点，第一站就到了大连的标志性建筑——星海湾广场。它是亚洲最大的城市广场，为纪念香港回归而建。该广场总占地面积一百一十万平方米，广场中心由九百九十九块四川红色大理石铺设而成，大理石上刻着天干地支、二十四节气和十二生肖，导游说如果站在自己的生肖上摄影，可以带来好运，于是大家纷纷寻找自己的生肖拍照留影。

广场的四周雕刻了造型各异的九只大鼎，每只鼎上以魏碑体书有一个大字，共同组成"中华民族大团结万岁"，象征着中华民族的团结与昌盛。从中心广场南行，映入眼帘的是城雕，城雕的一部分是足迹浮雕，一部分是翻开的一本书的弧形台式广场。城雕建于 1999 年 9 月 19 日，为纪念大连开埠建市一百周年而建。足迹浮雕长八十米，有百岁老人、初生婴儿、老红军、老干部及各个行业有代表性人物的一千双脚印踩出。这些脚印自北向南通向大海，是按着年龄排序的，排在第一行的是 1899 年大连建市那年出生的，最后一行是 1999 年出生的。表明了大连的百年历史是由勤劳奋进的大连人民创造的。海边潮来潮往，世事起伏难料啊！百年城雕的尽头是打开的书形广场，面对无垠的大海，寓意着百年后的大连又翻开了新的一页。

我们在广场流连了一番，这里的春天还没到来，草未绿，花未盛开，景色仍如冬的萧条。

半小时后我们坐上大巴环游大连的滨海路。这是一条风景独好的环海公路，如果假日能携手爱人来这儿优哉游哉地玩上一两天，乃是人生一大愉快而浪漫的乐事。据导游介绍说滨海路修于20世纪70年代，原是一条战备公路。20世纪80年代初邓小平来参观，建议开放，从此这条路变成了一条旅游观光路。

滨海路全长三十二千米，贯穿十二个主要景点，驱车行驶在这条公路上，一边是长满针阔叶混交林的山峦，一边是烟波浩渺的大海和千姿百态的礁石岛屿，沿途奇景迭出，美不胜收。有“中国城市滨海观光第一路”之称。只可惜时间太过短暂，匆匆而过如昙花一现，转眼就是黄昏降临，徒留遗憾，也许这辈子再也没有与之亲密接触的机会。

吃过晚餐，下榻宾馆，开始自由组合“翻瓦片”的活动，我们在大连度过了出行的第一夜。由于这里晚上气温低，街上行人稀少。

第二天早餐完毕就坐车赶往旅顺，在这里看了些简单的景点：鸡冠山风景区、军港、炮台、汽车博物馆、俄罗斯风情一条街等，因为禁不住导游的忽悠，部分同学花二百元看了三个自费的项目：坐索道上白玉山看军港全景、观美女模特表演和《闯关东》电视剧摄影基地。说大连的美女多，来去匆匆的途中我们没遇上一个，只好花钱去看了，T型台上来来去去就那么几个美女模特，她们的玉腿白皙而修长，款款而行摇曳生姿。此行本是观光团，可有些同学禁不住东北特产的诱惑，在导游的推荐下，去了一家所谓的平价超市购买海产品，进行了第一轮狂购。后来在俄罗斯风情街发现所买的东西贵出好多，大呼上当，悔之晚矣。

一天的行程到此结束，大连之旅还没找到感觉就说再见了，晚餐过后坐船航海去山东。

朦胧的夜色中，我们来到码头，只见在电影画面中看到过的海上客船，呈现在眼前，大家不由得发出了惊叹：“我的天，好高好大呀！”

我也是生平第一次亲眼目睹如此庞然大物，客船水面以上有五层楼高，我们沿着扶梯蜿蜒而上，大约住的是三等舱。晚上我们就得睡在船舱里，月黑风高的夜晚，海上的景象什么也看不到。看上去豪华的客船，提了东西上去才发现设施简陋，除了睡觉的高低铺、一张桌、一张沙发和一个洗脸池，再没别的东西。方便还得跑公共厕所，想洗澡得另外出钱。有个男的找厕所看一边是女厕，以为另一边是男厕，刚想钻进去，结果出来个女的，吓得他抬头一瞧，怎么还是女厕啊。原来这女厕所一左一右两个门，估计男厕所在别的什么地方，他没找到。

二、神仙一般飘过烟台

第二天天还蒙蒙亮，不到 5 点钟，客船到达目的地。我们打着哈欠、伸着懒腰很不情愿地从床上爬起，草草洗漱完毕，等着下船，等了差不多一个小时才排队，蠕动着一层一层往下走。

下得船来，世界还是一片朦胧。出了站口，山东的地陪已等着了，她得陪我们跑完以后几天的行程。戴着小眼镜挺机灵的一个美女导游，有同学很是欣赏她，说谁要是娶了她回家，等于娶了个企业，一路上都在游说忽悠我们自费看景点和购物。

烟台是个非常有名的地方，也是我向往已久的海滨城市。

烟台位于山东半岛东部，濒临黄海、渤海，与辽东半岛及日本、韩国、朝鲜隔海相望。这里山海相拥，风光旖旎，一望无垠的金沙碧浪、景观奇妙的大小岛屿、闻名遐迩的蓬莱仙阁、缥缈奇幻的海市蜃楼，使烟台成为中外驰名的旅游度假胜地。烟台还是我国北方著名的水果产地，烟台葡萄酒、烟台苹果、烟台大樱桃、烟台海参等八种产品成为国家地理标志保护产品。

我们坐在车上听着导游的介绍，欣赏车窗外的旖旎景色，一边是蔚蓝色的海洋，一边是漂亮整洁的城市。整个城市干净亮丽，绿树成荫，空气清新，这里被评为最适合人类居住的地方，居民安全感强，家家户户都不用防盗网。不像我们桂阳，没有不装防盗网的，即便装了也屡屡被盗。

如果时间允许的话，真想去这个美丽的花园般的城市溜达溜达，做一次幸福中人。可惜跟着团队身不由己，在烟台只欣赏了蓬莱阁的美景就匆匆而别，奔赴威海。

蓬莱阁景区位于胶东半岛最北端，这里素有“人间仙境”之称，传说蓬莱、方丈、瀛洲是海中的三座仙山，为神仙居住之所，亦是秦始皇东寻求药、汉武帝御驾访仙之地。广为流传的“八仙过海”神话传说，便源于此。蓬莱阁始建于北宋嘉祐六年（1061年），与黄鹤楼、岳阳楼、滕王阁并称中国四大名楼。其内部由天后宫、龙王宫、吕祖殿、三清殿、弥陀寺等六个单体和附属建筑共同组成规模宏大的古建筑群。

遗憾的是此行没有去蓬莱欣赏海市蜃楼的幻影，而是去了八仙渡风景区，在望瀛楼里面陈列着的奇珍异宝让我们大开眼界，尤其是那些栩栩如生的大型玉雕，令游客惊叹不已。还有许多以珍贵木材为原料的雕刻，甚至还有大军阀韩复榘睡的龙凤床，无不精雕细琢、工艺精湛。我猜想这里随便哪件宝物都可能价值连城。

八仙渡风景区里点缀着奇花异草，造型别致的假山，流水环绕，靠海一边是休闲长廊，仙风遗韵呼之欲出。我独自沿着廊外的海堤漫步，眺望这一片纯净的海，海水清澈见底，鹅卵石粒粒可数，游鱼空游无所依。吹着清凉的海风，看着海天相接处的一片苍茫，顿生无数感慨，当年的八仙是如何在这海面上飘来飘去的啊！生为烟台人是多么的幸运，有那么美丽的居住环境，还有如此引人入胜的美景，没事时可以上这儿来发发呆，愿做平民不羡仙了，多好！

三、步履匆匆到威海

到了烟台，海市蜃楼也只是传说中的盛景。我们在八仙渡这人间天堂徜徉了不到两小时。在导游的号令之下，全体集合上车前往威海，导游姓孙，一路上都在称赞她所生长的这块齐鲁大地，说是如何如何的物产丰富，文化底蕴是如何如何的深厚，当然这块大地毫无疑问是个粮仓，因为许多城市靠海，海产品特丰富，比如：海参、鲍鱼、海螺等，这里地势比较平坦，土地肥沃，盛产的小麦、花生、大豆、苹果、红枣等闻名全国。传承几千年的孔孟儒家文化，都发源于这里，山东曲阜一带出圣人，比如孔子、孟子、孙子等，我们都戏称导游是孙子的后代，她告诉我们当地人对陌生人的称呼都是老师。

她见我们对烟台旖旎风光恋恋不舍的样子，就说威海更美丽。在去威海的路上，我们看见了许多黄色的迎春花正在盛开，宽敞的公路两旁还有许多苹果园，枝头光秃秃的尚未冒绿芽，北方的春天姗姗来迟。孙导说这里的农民都非常富裕，每亩苹果的收入每年好几万元呢！这里的民居都是四合院，宽敞通透，里面种些花花草草或者果树，安居乐业，让我等羡慕不已。

途中孙导忽悠我们说去看一下竹炭生活用品馆，买不买东西无所谓。但是她会送我们明天的海上看青岛项目，坐船不用我们出钱。为了配合她的游说，我们乖乖地下车，到购物点听导购介绍产品的神奇与用途。我们这些善良的人又开始头脑发热，多多少少买些东西表示支持。有种竹炭枕头说是睡上去可以止鼾无梦非常舒适，买了晚上睡着试试，如果无效，明天叫导游来退就是。我因为爱做梦而非常烦恼，所以花二百多元提了个试试看是否有如此神效。有同学说我上当了，无效肯定退不了。晚上我枕着它安睡，指望一夜无梦，谁知头挨上去仍然梦中漫游到天亮。梦见车胎爆了还走得飞快，让我提心吊胆了一晚上。第二天清早就给孙导说效果不佳退了，开车的帅哥不高兴了，说这枕头试一次肯定没效果，要多睡几次才行。我说提了回去睡上 N 次无效，上哪退去呀？后来还是退了，不至于说话不算数，还算讲诚信。只是小孙和司机的脸色不好看，不买的话少了他们的提成，可我的这点薪水也不是捡来的可以随便送啊！

威海市地处山东半岛最东端，北、东、南三面濒临黄海，北与辽东半岛相对，东及东南与朝鲜半岛和日本列岛相望，是中国著名的港口及旅游城市。这里风光秀美，四季分明，依山傍海，是旅游避暑胜地。它的海岸线长达一千千米，约占山东省的三分之一，沿海分布三大渔场，是中国最大的渔业生产基地之一，海产品应有尽有。

孙导开始鼓动我们吃海鲜，说出来一趟不容易，到了海边不吃海鲜便是遗憾。晚餐要我们每人自费一百二十元预订海鲜，让你吃到不想吃为止。

到达威海吃过中饭，导游就带领我们走向定远舰，曾经的定远舰已在甲午风云中沉没海底，参观的舰是后来仿制的。舰艇上罗列了甲午海战的历史，我们学过历史的人都知道，那场战争以中国的彻底失败而告终，警示国人落后就要挨打。

孙导给我们介绍了自费景点——刘公岛，但我们没有一个人响应。站在定远舰上眺望刘公岛，那么一点大的地方，有什么看头呢？再怎么忽悠也没人上当。

从舰艇上出来后，就去逛韩国服装城。我本想坚持住不再冲动购物，坐在大巴上休息。后来见同学们一个个兴高采烈地买了许多东西，漂亮的小拖箱才几十元钱一个。禁不住蠢蠢欲动下了车，直奔韩服城。里面的商品果真琳琅满目，而且物美价廉。

然后就是晚上吃海鲜的时间。满桌子的海鲜，真的是吃到我们不想吃，还剩一大堆，要说起来口味并不咋地，一股子腥味。不吃后悔，吃了更后悔。

饭毕又坐了一个多小时的车到达住宿的地方，美丽的城市威海就在视线中消失了。所住的宾馆位于海边，我饶有兴致地沿着海边漫步了大半小时，欣赏了沿途的无限风光。

四、雨打风吹看青岛

第二天清早朝青岛进发，这次路途时间很长，几乎一个上午都在车上度过。连续四个小时的路程，为避免乏味无聊，导游给我们做起了节目，自己唱了个五音不全的歌曲，然后同学们依次表演，有唱歌的、有说笑话的、有脑筋急转弯的，笑话都带点黄。于是整了一车的欢笑声，因“黄”与“皇”同音，以说黄段子多少排名，男的有太上皇、皇上，女的有太皇太后、皇太后、皇后。有个同学刚出发时讲了个卖猪崽的故事，于是给自己弄了个“卖猪崽”的外号，每次上车清点人数时不见他，同学们都会说卖猪崽的还没来，不知到哪里卖猪崽去了。笑得一车人前俯后仰。

这样一路行来，我们同学一个多月彼此不相识的，通过这次出游差不多都熟悉了，开起玩笑来无所顾忌，好在大家心胸宽广都不计较，随便怎么打比喻都和和气气。旅途开心而愉悦，男同学非常主动地帮助女同学提东西，助人为乐，亲如一家。

快到目的地时，孙导又开始了自费景点的介绍，极力怂恿我们去青岛啤酒厂参观学习喝原味啤酒，还有什么德国的小皇宫建筑。一人一百三十元，去的人不是很多，开车的司机脸色变得铁青，有点不耐看。后来我与他交谈了几句，他像火药似的大倒苦水，说我们一路辛苦陪送你们，没钱谁干呀。油钱都不够花，就靠这点自费景点的提成，你们还不乐意。出来就是花钱玩的，花钱看世界的，舍不得花钱还出来干什么。

听得我哑口无言，好像是我们的不对。唉，这世道没钱被人瞧不起，连开车的司机也如此势利，还说是文明发源地的子孙后代。一个劲地往钱眼里钻，却不提服务两字，整个行程没有垃圾袋提供，车厢里脏兮兮的也不打扫，我想帮忙还找不到扫把。

车到青岛就是中餐时间，吃过中餐就是自费项目，参观青岛啤酒厂，三分之二的人去了，三分之一的人留车上，我下去逛了一下，买了一瓶黑啤，准备晚上与同桌同学 happy 一下。

下一站就是昨天导游承诺送我们的海上看青岛项目，这时候，天开始变脸，气温陡然下降了好多，上船还未坐好，雨就哗哗地下了起来，海面一团模糊，看不到什么美景，只感觉到冷飕飕的缩成一团，转回来匆匆上岸。孙导说把我们带往栈桥放在那里，然后带着自费的同学参观德国小皇宫，我们不乐意了，天下着雨，把我们放那儿淋雨啊！后来因为我们的抗议，同意带我们一起上山，但不准我们下车乱逛，我们说是否把眼睛也闭上啊？

就是那么一栋小房子，在导游的游说下，带来大批游客，看样子导游的提成肯定不少。青岛市的路狭小弯道多，转得我们头都晕了。

我没去看德国小皇宫，也就没法描述德国小皇宫的模样，肯定是精致奢华的地方，我们几个就在外面转了一下。我因为感觉冷，要司机开下门拿衣服，他一脸的不高兴，说地面湿会把车子弄脏。不就因为我没自费吗？这孔孟之乡的人好不地道啊！我说我们在大连那边自费了，在这里自费的是那边没自费的，我们分批出钱给导游赚点外快，再说我们出的钱是观光团的高价，你们不应该这样子啊！如果觉得划不来就别接团啊，搞得我们好像欠了你们祖宗八代许多钱似的，好不郁闷。

曾经说过再也不跟旅行社打交道，不跟着他们外出旅游的。跟着旅行社真的是花钱买罪受，在规定的时间完成规定的动作，有人形容："上车睡觉，下车尿尿，景点拍照，回去好像什么也不知道。"还有人总结跟团旅游是："起得比鸡早，跑得比狗快，吃得比猪差。"感觉这里的人怎么就把白菜煮得一塌糊涂，跟我们那儿的泔水差不多呢？真是亏待游客的胃！

从那个所谓的德国小皇宫出来，天就很暗了，而按旅游行程规定的景点却一个也没带我们看，同学们有意见了，大声抗议，说你们导游只图赚钱，该看的不带我们看，我们要投诉。

孙导脸上挂不住了，在青岛才半天时间，在两个自费景点转悠了那么长时间，其他景点不用说时间肯定不够用了。后来去栈桥走了走，黄昏就已降临，风景优美的八大关景区只在车窗外匆匆闪过，导游说现在有国家领导人在那儿，我们的车不能停，所以只好车游了。还有一个五四广场也没时间逛了，导游说吃过晚饭再去那儿走走，夜景更漂亮。好在我们都是素质比较高的人，否则不知发生什么样的不愉快呢。

孙导就这么忽悠着我们。晚餐过后，去青岛标志性广场——五四广场走了走，大型城市标志性雕塑——“五月的风”在夜幕中如一团熊熊燃烧的火炬，雕塑采用火炬的造型，据说重五百余吨，是目前我国体重最大的钢质雕塑，充满动感的艺术造型和火热红艳的颜色，表现了由青岛的主权问题引发的“五四”爱国运动，点燃了中国人民新民主主义革命燎原烈火这一主题。与之相隔不远的2008奥帆赛场——浮山湾，在我们的视线中点亮几盏灯，一片模糊朦胧的远影，兴味索然地拍了几张照片完事。接着奔向住宿的地方，青岛半日游完毕，实在是没什么美好的印象。

听导游说明天上午又是好几小时的车程，到达泰安，去当地的党校听课，开展所谓的异地教学活动，且略去不提。

五、济南泉城匆匆过

时间已是出游的第五天，好些同学与爱钱的导游产生了冲突，因为景点安排得不妥当。在去济南的路上，导游又推销起了当地的特产——阿胶和红枣，引起了大家的反感， 应者寥寥。司机的脸色更黑，孙导满脸尴尬。

济南是我国有名的泉城，城中有七十二泉，尤以趵突泉、黑虎泉、五龙潭、珍珠泉四大名泉久负盛名，自古享有“家家泉水，户户垂杨”之誉。济南拥有的泉水之多，流量之大，景色之美，独步天下。

第二天清早出发，去了趵突泉公园观光。大家排着队进去，感觉到了柳絮飘飞，细细的，毛茸茸的，纷纷乱扑行人面，像是飘着鹅毛雪。公园修得很好，点缀着许多乱石、假山、古树，还有亭台楼阁。趵突泉为七十二名泉之首，泉水分三股而淌。

泉北有宋代建筑“泺源堂”，西南是明代建筑“观澜亭”，池东为“来鹤桥”，桥南立木牌楼，横额上书“洞天福地”“蓬山旧迹”。清朝皇帝乾隆在此游览时，观趵突泉后大为兴奋，当即题“游湍”，赐名“天下第一泉”，留《趵突泉游记》石刻碑文。趵突泉东北侧有金线泉。泉中金线忽隐忽现，弯曲多变，明亮有光，奇妙有致。金线泉以东为漱玉泉，绿柳飘扬，清水碧波，金鱼戏水，十分优美。泉北，建有幽雅恬适、翠竹婆娑的“李清照纪念堂”。

李清照是我最欣赏的宋代女词人，她的词婉约浪漫，有时多情，有时忧伤，她的名篇我曾背诵过，也在写作时借用过。在参观李清照纪念堂时，有悠扬的笛声传来，悦耳动听，演奏的水平非常了得，听得我一时痴了。循声望去，见一侧清静的回廊上，有一年过半百的男子悠然自得地吹着手中的笛子，旁若无人，那么专注，那么忘情。

笛声送我恋恋不舍地出来，很快隐入人群中，看清澈的泉水中游着许多色彩斑斓的鱼儿，供人观赏。还有退休的老人在园中下棋、打牌、“修长城”，怡然自得，乐在其中。只是飘飞的柳絮有点让人烦，稍不注意，眉毛眼睛都会沾上。

两个小时很快过去，导游招呼着大家上车赶往泰安，下午得去爬泰山。

我对爬山不是很有兴趣，即便是最有名的高山。因为我的腿关节不是很好，平地徒步走上几个小时没事，可爬山或爬楼就负重不起。所以我与另外几名女同学选择了坐缆车上到南天门，再步行到玉皇顶。男同学几乎都爬了上去，还有几个巾帼英雄跟着登山。他们大多选择爬上去再坐缆车下来，也有部分男同学是走下山来的。

泰山是我国五岳之一，位置在东边，又叫东岳泰山。它有着丰厚的历史文化底蕴，曾有许多皇帝来此举行封禅大典。尤其是汉武帝来的次数最多，唐朝的武则天女皇来此做的大典仪式最为隆重。因而泰山留下了许多传说故事，还有碑刻诗文。可是对于许多旅客来说，他们只是匆匆上来下去，只为爬山来过此地而已，并未领略到其中的意蕴，当然我也是不明所以，因为时间太过短暂，哪有空去细细欣赏。

快接近山顶时，风刮得大起来，灰尘直扑游人脸面，没想到这里会这么脏，按常理来说高山应有清新的好空气，谁知竟那么多垃圾随风飞舞。

我没去山顶看那汉武帝的无字牌，转了下来往回走，选择步行下山，从南天门下去，紧接着就是一条笔直陡峭的石梯，有一千多级台阶，下得我们小心翼翼。一路往下看，竟都是爬山者龇牙咧嘴、大汗淋漓的痛苦百相，有拄着拐杖的、有男女互相搀扶的、有爬一级停下哼哼的……感觉他们就是在自虐。

泰山下来，大家都累得一塌糊涂，晚上早早地睡了，准备第二天游览曲阜的“三孔”。

六、曲阜的孔庙、孔林、孔府

这是出游的最后一站，清早起来，洗漱完毕整理好行装，早餐过后奔往曲阜。

途中小孙的喇叭嘴简单介绍着曲阜的来历。大家都知道孔子是我国家喻户晓的人物，是中国古代一位对后世影响甚为深远的思想家、政治家、教育家、杰出的世界文化巨人。他所创立的以仁政德治为核心的儒家学说在中国以及朝鲜、日本、越南等亚洲国家被奉为封建社会的正统思想，被尊为“至圣先师”“万世师表”。为了表达对他的推崇和对儒家思想的尊奉，在他的故乡曲阜建起了规模宏大的孔庙、孔林、孔府。

孔庙、孔府和孔林是中国规模最大的集祭祀孔子、嫡系后裔的府邸和孔子及其子孙墓地于一起的建筑群。它位于曲阜城的中央，汉代以后历代皇帝都提倡尊孔读经，对孔子不断追谥加封同时扩大他的祠庙。

据悉，在孔子去世的次年（前478年），他的故居就被改作庙宇，陈放他生前使用过的衣、冠、琴、车、书。汉代时将祭祀孔子列入国家祀典，孔庙由国家进行维修。经历代帝王的多次扩建，成了庞大的古建筑群。

走进孔庙，游人如织，摩肩接踵，呈现在眼前的都是各具特色的古建筑，穿梭在那些巨大的碑林里，可以感觉到古代帝王对孔子的推崇和重视，皇恩浩荡，孔子一家世代享尽殊荣。每一块石碑下面都是巨大的石雕乌龟，石碑由乌龟驮着。我不知道这些沉重的石碑在交通和机械都不发达的古代，是如何从遥远的皇都运送到此地的。难道是乌龟驮过来的？不可思议。其中有块康熙年代祭祀孔子的石碑，导游说由于石碑太重，下面的乌龟无法承受，张开了嘴至今都合不拢。大家一看，确实是与众不同，其他的龟都是闭着嘴的，只有它张着嘴，好像在大口大口地喘着粗气。

时间匆匆，我们也只是蜻蜓点水般转悠了一圈，来不及深究细察。出得庙来许多人去看孔林，孔林是孔子及其后裔的家族墓地， 内有坟冢十万余座，从孔子开始延续了两千多年，其延续时间之久、墓葬之多、保存之完好举世罕见。我因为对坟地有种与生俱来的恐惧，没有前往，便到孔府及孔府的后花园逛了逛。

孔府是孔子嫡长孙的衙署，位于孔庙东侧。历代王朝尊崇孔子的同时，并福泽其后代，对其嫡长孙屡屡赐官晋爵。始建于宋代的孔府，经历代不断扩建形成现在的规模。占地二百余亩，有房舍四百八十余间。官衙和住宅建在一起，是一座典型的封建贵族庄园衙署，大堂用于接受皇帝颁发的圣旨或处理家族内部事务。

在孔府内转来转去，转到孔府后花园，花园幽雅清新，可称园林佳作，也是园宅结合的范例。在那里欣赏到了牡丹的娇艳，古树的繁茂，别致的园林美景。后接同学电话，催我出去集合，才恋恋不舍地告别。

当我们坐在回程的火车上时，不知不觉出来一个星期了，从大连到山东走马观花般，匆匆游览完毕，大家归心似箭，此行落下帷幕。

（作于 2012 年春）

那些匆忙掠过的风景片段

我想啊，人生不光只有苦苦的追求与奋斗，也要停下脚步，看看花，看看树，听鸟唱歌，享受生命与自然的乐趣，不是吗？

这是一次毫无预兆的说走就走的旅行。赤日炎炎，一年中最热的时候。不过今年的气温偏低，北方雨水连绵，京城还暴发了洪灾，正闹得沸沸扬扬。

这次纯粹是应朋友之邀，仓促出行。出去几天的时间有一大半在火车上度过，其间匆匆掠过眼帘的人或事或风景，成了我笔下点点滴滴的记忆。

一、坐上了火车到北京

匆忙整理好行装赶往高铁站，记得那天是 7 月 27 日，乘坐高铁到长沙，再从长沙转车到北京。

高铁不用说速度极快，而且环境干净舒适也安静，少了一般火车的嘈杂与拥挤，档次与层次也就高了许多，感觉这是个金领白领的世界。前后左右的人来不及搭上一句话就到了目的地。当然因为快速地掠过，窗外的风景是不能玩味欣赏的，看着就头晕。

长沙到北京的火车是晚上8点出发，第二天上午9点多到达。整个就在黑影中穿行，坐的是软卧包厢，四人一间，我是第一次坐这样高档的卧铺，这得感谢朋友的成全，听送我的人说此票是从票贩手中购得。

久未坐火车，没想到现在不论什么样的火车，旅客进站都得凭票和身份证，票证相符后才能放你进去。据悉此举是为了杜绝票贩子倒票活动，然而上有政策，下有对策，没票的临时旅客总是能从票贩手中购得高价票，票贩会用你的身份证买一站最近的票用于进站时使用。进去后上车便不会查验票证是否相符，就可以顺利到家了。我从北京回家时，因为购不到火车卧铺，采取的就是这种方法，票价才三百多元，票贩另加两百元。

上了火车，才发现软卧包厢四人，只我一女性。三个男人都长着北方的体型，高大健壮，互不搭理，各忙各的。好在本人长得安全可靠，不至于形成骚乱。因为空调较冷，我盖上被子躺在床上与手机为伍，到互联网上闲逛，读读最新流行小说。很快就到了熄灯时间，各自安寝。

此番经历如果炒作起来便是：一个女人与三个男人同居一晚。发生的故事是互不干涉，各忙各的。我对面的男人可能是北京土著，满口京腔，不停地接电话或打电话，就京城水灾的问题聊了大半晚上，全部灌入了我的耳鼓。

一夜就在火车的“哐当”声中，时睡时醒，梦的碎片飞满整个车厢。

清晨时分，睁开蒙眬的双眸，打开手机提醒我到了河北境内。洗漱时站在镜前看着一脸的疲惫，我是个非常简单的人，用清水洗过，拍点柔肤水抹点乳液即可。旁边的一位美女却是事事四五通，不知道在镜前涂抹了多长时间，我洗脸时她已在那里，十几分钟过后我上厕所时，她还在那里，够认真，够仔细。整个脸像是贴了张脸谱般，使得原本清秀可人的脸，平添许多脂粉气。

火车在清晨的薄雾中快速前行，华北平原的景色一望无际，此时应是华北平原最美丽的季节，绿油油的麦子在晨风的抚摩下，荡漾着绿色的波浪，漫向遥远的天边，那么平展那么舒坦，高大挺拔的白杨树，撑起一道道风景线，红瓦粉墙的民居格外醒目，点缀在广袤的原野上，可以想象这里的农民过着衣食无忧的日子，感觉宁静而美好。

坐在车窗边，因为有了这些风景的装饰，旅途便生动了起来。

不知不觉便到了伟大的首都——北京。北京郊区的某些地方正遭遇着洪灾的侵袭。可中心地段仍然车水马龙热闹繁忙，仿佛什么也没发生。

来接站的帅哥是初次见面，没想到他如此高大伟岸，走在他身边感觉到了压抑，需仰视才行啊！

我们在宾馆用过早点，他说今天要去沈阳，本想听他聊剧本或者故事的。他说那边有事得过去，没办法我只好跟着他一道前往。

下午在帅哥的陪同下去了因奥运而举世闻名的鸟巢和水立方外围转了一圈，拍了几张照片，来这参观的人群一拨一拨的，走了又来了，还好没有达到拥堵的状况。

看着这两座建筑，让我想起2008年奥运会期间的一则趣闻，说是浙江某商家突发奇想，非常有创意地用鸟巢和水立方为其生产的男女内裤抢注商标，“同一个世界，同一个梦想”，哈哈哈！国家商标局的同志笑得眼泪都出来了，佩服该商家不愧为精明的生意人，因为事关国家形象，此请求没有得到批准。

后来打的去了“北影”，许多影视演员就是从这里走红银幕的。帅哥是潇湘电影制片厂的名导兼制片人，他一年到头奔波在北京和拍摄地之间。我们去了北影的一个拍摄基地：明清风情一条街。有几条街道陈列着一些明清时代的房子，有些人影在晃动，估计在拍电影。

二、马不停蹄奔鞍山

从北影回来稍作休息，与帅哥周导聊聊剧本创作的话题，然后跟着他马不停蹄地踏上了继续北上的列车，终点站是沈阳，坐高铁也得四个小时，到达时已是半夜三更。下车有人候着，坐上面包直奔鞍山，因为他执导的电影《青春雷锋》在那里拍摄，好奇的我跟着去看稀奇。

一路疲倦地奔波，到鞍山四海宾馆时，早已人困马乏，挨床即睡，早上7点多有人敲门说是该吃早餐了。

早餐完毕，就跟着剧组去了鞍山钢铁厂，这里是全国最大的钢铁生产基地，雷锋当年曾在这里当工人，为了实现参军的梦想，他从这里走进了军营。

虽说早就知道鞍山是我国最大的钢铁生产基地，不看不知道，一看吓一跳。好大的一个工厂啊！坐车从大门进去还得十多分钟才到雷锋叔叔工作过的化工车间。厂内还有小火车轨道，是用来运送材料的。

厂区虽是绿树成荫，却挡不住尘埃飞舞。我们刚从车上下来，就闻到了刺鼻的气味，有个人拿了两个口罩过来，边走边说别过去，因为发生了硫酸泄漏，口罩给了导演和女秘书，没我的份了。我只好捂着鼻子，等在原地不动。不远处的空中管道正在呲呲冒气，估计那就是硫酸跑冒了。

等了大约半个小时，才过去到拍摄现场。有几个外景工作人员正在往天桥上张贴标语，他们用伸缩梯把“入伍光荣”四个大字钉在高处。仅是这项布景就忙碌了差不多个把小时，剧组工作人员陆续进场，听说光工作人员就上百个，还不算演员。

准备工作细致琐碎，我第一次见这种场景，也叫不出哪儿是哪儿。他们都在紧张地忙碌，我成了个闲人，百无聊赖地这转转，那瞧瞧。沿着厂区参观了一番，办公楼比较陈旧，估计好几十年了，可能还是雷锋叔叔在这儿时建起来的吧。空中密布着大大小小、横七竖八的管道，整个厂区通过这样的管道连接着，一个流程接一个流程。

听工人们说这是化工区，属于没人愿意来的地方，不但环境恶劣，劳动强度也比较高，我想如果长期在这工作，肯定会得职业病。感觉这里空气污染严重，炼钢炉里从早到晚吐着滚滚烟雾，如果是在炉旁工作的同志，还要耐得住高温、经得起烘烤。我才待了小半天，就有点 hold 不住了。而这些工人在这里可能要待上一辈子，也许他们是“久入芝兰之室不闻其香”了，待久了习惯也就成自然了吧。

拍摄准备工作差不多花了两小时，部队借用的几台车过来了，那些临时演员穿上了服装在路边候着，一卡车穿着军装的年轻小伙子包括主要演员雷锋、乔安山等，在喜庆的锣鼓声中缓缓驶过我的面前，原以为就这样拍摄完了，没想到这么个简短的镜头，反复来回预演了好几遍。

听导演说现在天气不好，没出太阳，还得等太阳出来再拍。

时间接近中午，他们还没收工的迹象。导演说他们中餐是盒饭，就在这里吃了，然后继续干。

我受不了那刺鼻的气味，赶紧逃离。原以为拍电影好玩，没想到这么复杂、这么累，看似简单的事情重复做，原来演员也不是那么好当的啊。

三、闲逛鞍山市区

在走出工厂的路上，遇到了该厂的一个工人，我向他问路并打听一下工厂的情况。他说："我们鞍钢最大的时候有近四十万职工，现在精减了一部分，也有二十几万人吧，这个市就是以我们厂为主体建起来的。"

没想到厂子有这么大，我们县城才十余万人口，就那么拥挤，这钢铁厂真牛啊！据悉，鞍山有我国的"钢都"之称，鞍钢是中华人民共和国第一个恢复建设的大型钢铁联合企业和最早建成的钢铁生产基地，被誉为"中国钢铁工业的摇篮""共和国钢铁工业的长子"。

我问鞍山有什么好玩的地方。

他说最好玩的地方是千山，有"东北明珠"之称，那儿是佛教圣地，很多外国人来这里都会去游玩，如果我想去他会陪我去。他把手机号码给了我，叫我想去时就打电话给他，他当向导。

没想到这里的人这么热情好客。

谢过之后，各走各的。当然我不会去什么千山，因为我对宗教不感兴趣，更不懂如何烧香、如何去求神拜佛。

我一直以为，与人为善，便是心中有佛。

走在鞍山的大街上，陌生的城市、陌生的面孔，我也就无所顾忌随便乱逛，街道倒也宽敞洁净。行人不是很多，找了个快餐店解决温饱问题。这个快餐店整洁干净，菜肴丰富，价格便宜，最低九元起，加一个荤菜加两元。眼前摆着三十几道小菜冷盘菜，五彩斑斓，活色生香，还有稀饭、包子，有蛋有鸡肉，随便你自己挑拣。我拿了个大碟子，盛满了各种各样的小菜，太好吃了！可惜我们桂阳没有这样干净卫生的快餐店，心想我要是没工作，就在桂阳办一家这样的快餐店，生意肯定火爆。

走出快餐店，问了去宾馆的方向，便朝着那个方向前进。反正下午没事，我就游览一下这里的市容市貌吧。

只要是去到陌生的城市，我就喜欢选择高层建筑，坐着电梯上到顶楼，在楼顶转一圈，城市的风光就可尽收眼底，还可判断哪个方向风景优美，选择自己要去的方向。这次我又如法炮制，沿着街道朝着附近最高层建筑走去，大都市里高层电梯房经商的多，这里却是私人住宅多，都是防盗门守着进不去，好不容易遇上有几个老人下楼来打开门，我瞅个机会就钻了进去。

进入电梯直上最高层，穿过一条弯曲幽暗的隧道走上天台，爬上栏杆把鞍山市一览无余，鞍钢几乎占据了城市的半壁江山，林立着吞云吐雾的烟囱。如果从那里喷出的都是有害的烟雾，生活在这里的人们可是遭罪不少，时间长了肯定得为健康买单。

另外一边则是绿树葱郁的山冈，犹如原始森林一般。山脚有一条小河逶迤而出，有人在那钓鱼。我想我要去的地方就是那儿了，于是下得楼来朝着那个方向前进。打开手机搜索有关鞍山的旅游景点，这里的景点挺多的，有温泉、有千山、有药山、有白云山，山呢我不想爬了，时间有限。

景点里有二一九公园的信息，可能我看到的地方就是该公园的一部分。

看起来近，走起来也花了大半个小时，才到达河边，沿河堤走向山脚。整座山被绿色的森林覆盖，空气中的氧离子越来越多，带着花的芬芳。山脚是条小巧的柏油路，有市民在一空坪上跳起了广场舞，看时间才发现已近黄昏了。难怪有那么多的人来来往往，都是出来散步、锻炼身体的。我就沿着那条林荫小径漫步，看一路风景。

正寻思着如何回酒店呢，没想到从山脚转出来，我住的酒店就在前面，好一阵欢喜。明天就可以从这里走向二一九公园了。

逛了大半天，累了，暂且休息。

周导忙着指导拍电影，说是有场夜戏，还在工厂那边，要拍一场雷锋与工人们雨中抢救水泥的画面，还得实施人工降雨。这鞍山的夜很凉，淋场雨不感冒才怪。剧组的同志忙至深夜方回，电影人表面风光的背后，还真是辛苦二字造就。

四、宽广美丽的二一九公园

第二天醒来，阳光已透过窗帘洒满房间。

早餐是免费的自助餐，在那里遇上导演他们，他们今天要去外景地拍摄。与他商量好今晚离开这儿回北京，他说前段时间拍的电影《湘南起义》，准备在人民大会堂举行首映仪式，有许多前期工作要做。

我收拾好行李，准备中午回来时退房。

然后打的去了火车站购票，为了免去转车的麻烦，购了从鞍山直达北京的票，有十一个小时的车程，差不多是从长沙到北京的距离吧。

车票到手，便可无忧无虑地玩个痛快。

也许是一个人生活久了，也就习惯了寂寞，习惯了自由地来去无牵挂，习惯了热闹人群中独来独往，感觉到我的孤独是一座花园，那里有美丽缤纷的世界。

“当我沉默时，我觉得充实；我一开口，便感到空虚。”这是鲁迅先生的一句名言，此时我就在这句名言里行走。问了位可爱的警察叔叔，他告诉我二一九公园就在前面不远处。走吧，走吧，顺便看看城市的风景。

走过街心公园，矗立着一座高大的雕塑，我猜可能是这座城市的标志性建筑。下面是一个大大的平台，周围点缀些小件雕塑，还有鲜花绿草，平台上有许多放养的鸽子，悠闲地踱着方步，有家长带着孩子给鸽子喂食，眼前一片和平安宁的景象。

走过去不远，便是二一九公园的大门了。用手机上百度，搜索的信息里知道该公园的大致情况如下：

二一九公园位于鞍山市中心东部，建于 1950 年，为纪念 1948 年 2 月 19 日鞍山解放而命名，是中国最大的综合性公园，同时也是中国最大的城市公园。公园总面积九点六平方千米，内设花卉区、山景区和游乐区等。水景区由五个大小不同的人工湖组成，可以划船、游泳、垂钓，湖岸有映碧楼、环翠阁、怡莲桥等亭榭、长廊，山水相映、柳暗花明；山景区主要为东部山区，区内植被繁茂、道路蜿蜒，有十余个赏景亭和一座高三十八米的瞭望塔。登山远眺，钢城全貌尽收眼底。被誉为“天下第一珍宝”、世界玉石之最的重达二百六十点七六吨的岫岩“玉石王”就坐落在公园东南部的玉佛寺内，经精雕后，现以巨型玉佛雄姿呈现于世。

公园大门是一座半圆形的白色装饰建筑，名为“飞轮逐日”的白色椭圆形构架；前面立着一把巨大的钥匙，主题雕塑为一把寓意深刻的大钥匙——“未来之匙”。从这里进去，真是别有洞天非人间啊！让我看了一眼便情不自禁地喜欢上了，那么开阔那么大气，山水相连，楼台亭阁点缀其间，参天大树挺立在道路的两旁。

公园向所有的来者敞开着欢迎的怀抱，里面游览道路干净清爽，看不到垃圾纸屑，保持公园的环境卫生成了游人的自觉行动。阳光灿烂，但吹过来的风很凉，进园不远处便是波光潋滟的湖面，上有许多彩色的游船。湖边的柳树挥舞着绿色的长袖，在水中倒映着万种风情，甚是养眼。

这里不但水清、树绿、花红，而且空气清新，真是天然的大氧吧！湖水是蔚蓝的，波光粼粼，水中倒映着蓝天白云。湖的中心有个小岛，岛上树很多，郁郁葱葱的绿！蔚蓝色的水，蔚蓝色的天，蔚蓝色的空气，蔚蓝色的心情。

这么优美的地方，我也是醉了！

这里是市民休闲的地方，白天是那些上了年岁的退休老人的活动场所，吹拉弹唱十八般技艺都在这里上演，公园这座大舞台正表演着一台大型的文艺晚会，我成了一位忠实的听众。有京剧、有小调、有民族唱、有美声唱，有独唱、有二重唱，还有合唱，演唱者水平都很专业，声音嘹亮、悦耳动听。

还有这一片那一丛的白杨树间，有舞剑的、有练太极拳的、有静心打坐的，真是五花八门，让人眼花缭乱。而且每一个群体都有一个钢柜子立在林间，估计是用来放道具的，他们各占一方天地互不干涉。

有好些尼龙网做的吊床，五颜六色很诗意地挂在树上，人们躺在上面悠悠地晃荡，可听歌、可看书、可睡觉，多么令人羡慕的景象，他们在享受生活带给他们的美好。

回到酒店退房后，吃过中餐，我又回到了公园继续消磨离别前的时光。

禁不住诱惑，买了个紫色吊床，虽然时间短暂，但我也想做一回神仙。

陌生的人群，陌生的面孔，且不去理会，我只要享受这无边的景色和浪漫就好了。

把自己挂在了树上，躺在尼龙网里闭上双眸，静静地，听天籁一般的声音：风声、鸟声、歌声……

多么美妙！多么惬意！

我想啊，人生不光只有苦苦的追求与奋斗，也要停下脚步，看看花，看看树，听鸟唱歌，享受生命与自然的乐趣，不是吗？

只可惜，我不过是匆匆一过客，转眼就要从这里消失，这一下午就变得弥足珍贵。要是我的家乡也能有这么个美丽的公园，该多好！

不知过了多长时间，身边忽然响起了悠扬的乐声，抬头一看，有人练起了太极拳。行云流水一般的音乐，缓缓流过我的心田，可以静心，也可以清心。灵魂如透明的蝉翼，轻轻飞舞……

夜色开始弥漫，林中空无一人。我收拾起吊床，依依不舍地返回。这时来公园锻炼的人摩肩接踵，有一大部队背着音响喊着口令，步伐整齐地走进了人们的视线。

我得走了，再见，二一九公园，迄今为止我见过的最舒适美丽的城市公园。

回来的路上，想起鞍山这座城市，可以说是两极分化的典型：一边是山清水秀、鸟语花香的天堂，一边是烟雾弥漫、气味难闻的“炼狱”。

可二者却和谐地共存着，那些钢厂辛苦工作的人们，经过炼狱的磨砺，然后到这里享受天堂的美好。尽情地工作，尽情地游玩，也不失为一种互补吧。

（作于 2013 年夏）

贪不得便宜的港澳游

我的心开始蠢蠢欲动，并将这个所谓的好消息告诉了亲友，立马就有好几个人也跟着动了心，都认为花八百元去开开眼界实在是笔划算的交易。

前不久参加了四天三夜港澳游，想起来如鲠在喉，不吐不快，也希望看了此文的人不再上当受骗。

我是个热爱自然山水之人，城市的高楼大厦、灯红酒绿入不了我的眼。香港、澳门尽管是热门的旅游之地，但我从未想过要去那里凑热闹，也不曾做详细的了解，只知道香港有个维多利亚港湾，澳门有个葡京大赌场。

这次去港澳一游纯粹是一脚不慎踏进了消费陷阱，因为本人在一小区购了房，去年年底管理人员就告诉我，说以前回馈顾客是聚餐发礼品，今年是送港澳游，这次港澳四天三夜欢乐游是由东江湖青年旅行社承揽的。

四天三夜的行程包吃住及来往交通费才人民币八百元，而且在条款里注明了“绝无强迫消费、欺骗旅客的行为”，哪有不让人心动的？

我的心开始蠢蠢欲动，并将这个所谓的好消息告诉了亲友，立马就有好几个人也跟着动了心，都认为花八百元去开开眼界实在是笔划算的交易。

于是报名参加，并各自去公安局办理港澳游通行证。

出行时间是 4 月 3 日，一同前往的有二十人之多，美其名曰“港澳四天三夜欢乐游”。

其实就是被旅行社和导游整成购物的出游，前后走马灯似的换了五拨导游，不但吃得比猪差，起得比鸡早，还限制着你的人身自由，不掏空你的口袋不罢休。回来后想想都害怕，以后是再也不敢贪便宜上当受骗了。

一、遇上美女蛇咬了第一口

4 月 3 日早晨 8 点 10 分的高铁。不到两小时就把我们送到了深圳。从深圳下车后，第一拨导游前来迎接。

导游是个身段苗条、唇红齿白、戴眼镜的美女，上车伊始就不停地说话，除了解释过海关的注意事项，就是介绍购物了。

现在的导游哪是导游啊，简直就是导购。用那三寸不烂之舌游说，说海关免税店有许多物美价廉的东西且质量有保证，只是因为过关时间短，没办法让大家去自由购买，只好介绍几款实用的好东西，有需要的可以在车上报名，过了这个村就没这个店了。

她推销了好几种商品。

首先是介绍一种“电视棒”的东西，她说有了这棒，家里的高清机顶盒不需要了，里面有几百套电视节目可供浏览，还可以自动搜索卫星及网络信号，随时可以上网看电视、看 3D 电影等，一个棒的费用是二百四十元。

她这一忽悠，许多人开始盘算，家里的电视、电脑一年的收视费上网费加起来近千元，如果买个这东西回去，岂不省去了这笔开支？既方便又实惠，何乐而不为？于是先后有十来个人表示购买，我们一家就要了三个。没想到满腔热情买的这个电视棒，回来一试发现没有网络的地方竟是个废物，这是后话暂且不提。

美女一脸春光灿烂。紧接着又介绍起了套装活络油，二百八十元三瓶，说如何如何好，且绝对正宗、效果非凡。于是又有几人响应，其中包括我那七十七岁的老爸。后来到香港才发现其实三瓶才一百元。

再接着又介绍了一款学习软件和太阳镜之类的。

她拿出一张表格，大家填写各自要买的东西。

接下来她就开始忽悠我们兑换港币和购买转换插座，九十元人民币兑换一百元港币。说什么银行卡在香港不好用，除非是全世界联网的；如果过关再换港币，既不方便又有可能换到假币，还举例说有位老太被别人换了假币哭诉无门。

于是车上的人纷纷掏钱兑换港币，至少是每人一千元，包括我的亲友，当即就有厚厚一沓人民币到了美女手上。她说到了香港，那里的插座与内地的不一样，必须转换后才能用，于是十元一个的转换插座又卖出 N 多个。后来到了香港才大呼上当受骗，在香港购物完全可以用人民币，信用卡更受欢迎，兑换港币八十换一百更优惠，而且转换插座才五元一个。大家都叫骂起“美女蛇”来，这“美女蛇”太会宰客坑人了啊！

在短短的半个多小时行程中，这美女导游是微笑着宰你没商量，至少有几千元的收入进了她的腰包。

二、香港游第一天——走马观花看景点

经过比较烦琐的出关进关手续，终于走进了香港这块弹丸之地，糟糕的是我们的手机全都没有信号，隔断了与家人和外界的联系。这本就是中国的领土，怎么来玩一趟还要搞得如此麻烦，有点让人匪夷所思。

来了两位男导游迎接我们，一个叫罗建明，另一个叫刘德达，自称是刘德华的哥哥。

倒了两次公交车，才到了旅游车等候的地方。

时间已近中午，先解决温饱问题再说。

没想到伙食如此之差，我参加过那么多次随团旅游，这是最差的待遇。所有的菜几乎都是用水煮出来的，油星都难得看到，米饭不知是存放了多少年的陈米，发出一股难闻的霉味，令人难以下咽，让人感觉好像回到了暗无天日的旧社会。不用说，这出来的几天都是这样的团餐迎接我们，有人戏称为“减肥刮油餐”。

还好我们带了几瓶家乡的坛子菜，每天一瓶悠着点享用，否则根本吃不了饭。

中饭后上了车，导游给我们发了一张打印的纸，才知接团的单位叫作“伟业国际旅游（香港）有限公司”，纸上列着在香港游的两天行程，我一看

觉得与我们在东江湖青年旅行社讲的不一样，太多购物点了，就提出异议，结果是到了别人的地盘，哪有你说话的地方。

紧接着便是马不停蹄、蜻蜓点水式的游览。

穿过海底隧道，沿着浅水湾前往太平山，看到了许多名人的住宅，导游沿途解说。从导游的解说中，我们知道了这里的一鳞半爪，这是个用金钱构筑起来的世界。

由于香港地盘小，人口密集，寸土寸金，房子最为昂贵，五六十平方米的房子要好几百万元。原以为大陆人买房子成房奴，到了这里才明白香港人才是真正的房奴。普通人一辈子就为几十平方米的房子奋斗，许多平民百姓住在鸽子笼似的房间里，有的几代同堂，高低铺、墙上床司空见惯。

听到这里，我心里涌起了作为大陆人的自豪，我们现在的居住条件是香港人没法比的。而且这里的东西都靠进口，几乎所有蔬菜食品都是通过大陆输送过去，他们没有可耕种的土地。要是没有祖国大陆人民做香港的坚强后盾，只怕香港也不会有今天的繁荣。

街道两旁都是密集拥挤的房子，那些豪华的高楼大厦看上去又高又扁，像是刮阵风就可吹倒似的。

最后去了海洋公园，这可能是香港最好玩的地方。各种各样的娱乐设施，看得你眼花缭乱，惊心动魄。我们坐着快速的过山车一路尖叫，感觉五脏六腑都要被甩出来了，吓得我们面如土色，今生再也不敢体验这所谓的刺激了。

吃过晚餐后，去了紫荆花广场转了转，说是香港回归时举行仪式的地方。夜幕下的广场幽暗狭小，远不如我们的欧阳海广场宽敞气派。

导游说这朵紫荆花是用意大利彩金做的，时间长了也不会变色。后来才知这是为第二天鼓动我们买所谓的意大利彩金埋下伏笔。

三、香港游第二天——购物

第二天清早 6 点半起床，匆忙吃过简单的早餐，带上行李坐上旅游巴士，把我们送往一座叫“黄大仙”的寺庙，导游说这座寺庙香火旺盛，很有灵气的，有求必应，是香港市民经常朝拜的地方。

十几分钟就出了寺庙，导游笑着说："好了，大家拜了黄大仙，运气会好起来，既平安又发财。香港也没什么好玩的，这里是购物的天堂，接下来就请大家去买东西洗刷刷啦。"

导游一路上就介绍珠宝、钻石及钟表的情况，说香港都是明码标价，质量绝对有保证，没有假冒伪劣商品，可放心购买，而且是零关税，东西要比内地便宜实惠，并强调说出来玩就是花钱的，花钱买开心的，自己花钱让别人赚点辛苦钱，这钱才有意义，像个守财奴有什么用，会花钱的人才会赚钱……

刘导的嘴里滔滔不绝，仿佛全是人生真谛，大家都要遵照执行。

接下来的一整天就在各购物点之间游走穿梭，而且限制你的人身自由，每个店都得待够他们规定的时间，除非你购物达到了他们的标准才能提前出来。

所带的现金和银行卡里的钱在一天里洗涮涮洗涮涮，被打劫得差不多了。

香港的气温达到了摄氏三十度左右，大家都穿着短衣或裙子，在外面热，可商场里的空调开得低，冷得让人受不了，人在里面待着简直是活受罪，后悔得肠子都青了，不该来这鬼地方。

购物第一站：骏升珠宝店（九十分钟）。我们进到里面，里面黑压压的人头攒动，都是些旅游团队，如我们这般被骗来刮油挨宰的。

店里五六十号促销员，手拿计算器和销售单据，虎视眈眈地看着我们，我们几个商量，还是买点东西吧，明知这是杀猪价也得认了，谁叫我们跟这种团出行呢。为了快点出去，里面太冷了，空气也不好，我们买了戒指、项链万多元的东西，导游登记好我们买的东西才把我们放出去，没买东西的限制在里面待够时间才能出来。

购物第二站：时计宝店（六十分钟）。刚从第一个珠宝店出来，立马就到了第二家，把人们赶鸭子一般赶进商场。我不愿进去，里面太冷了，与另外几人表示抗议。导游不高兴了，说不进去就不管你们了。我说我身体不好，里面空调那么冷，我会感冒的，病了谁负责啊？

后来带队的小何对站在外面的人进行劝导，说出门在外受制于人，最好服从导游安排，配合导游工作，否则他们扔下我们不管，怎么办啊？还说这两个导游算好的了，不买东西也没骂人，刚才看到好几个别的团导游在骂人呢！

我们这是干吗来了？花钱买罪受啊！反正我是不想进，硬挺着就是不进去，看能奈我何。导游的脸黑得像块炭，权当没看见罢了。

从这里出来又到了一家钟表城，香港免税品名表店（九十分钟）。转来转去就到了吃中饭的时间。

中饭过后又是购物。

去了另一家珠宝店、电子产品店、巧克力店、土特产店。我的腿都站酸了，在嘈杂的人声中吵得头也昏了。

粗劣的晚餐过后，把我们送回酒店。

在送我们回酒店的途中，导游念起了苦经，说带我们这个团算是亏本的买卖，因为购买力不强，只能靠带下一个团挣回来。接着又说这两天司机辛苦，司机是没有薪水的，靠在车上卖点纪念品赚点钱养家糊口。接着就拿出了钥匙扣，一盒开价一百元，于是每人买了盒昂贵的钥匙扣。买完了，还要我们鼓掌感谢司机为我们辛苦开车。呵呵，想想都令人啼笑皆非。

一天下来，车上的人收获颇丰。大包小包地拎着，有人买了拉杆箱，有人买了大大的蛇皮袋，得两人抬着回酒店。

所谓香港游告一段落。

四、澳门的一天

第三天清晨6点多起床，来了位能说会道的美女，自称是香港旅游局的送关员，开始和大家讲故事绕弯子，把大家绕进去之后，向每位客人推销一个紫荆花盒纪念品，让大家打开开关，国歌的声音就响了起来。于是大家又消费了一百元。

过了海关，导游给大家发了瓶矿泉水和一个干巴巴的面包当我们的早餐，就急忙跑了，说要迎接下一拨客人。

我们坐在码头休息室等候8点的轮船去澳门。

到了澳门，又换了个女导游，这位女导游长得不怎么样，说话却温柔有趣，大家都心甘情愿受她指挥。遥望了澳门赌王上面有个铁公鸡的风水宅子，又到妈祖庙转了一下。然后就是车游澳门，到大三巴的景点停留十分钟，拍个照离开。

紧接着又是购物点。

导游小姐似乎体贴我们干瘪的钱袋，温柔地劝我们在商店里一定要待够时间，买不买东西不要紧。

导游说这是澳门最大的一家珠宝店。我们进去一看大失所望，简陋得不行。那些东西再也吸引不了我们的眼球，里面还有其他团队的人，大家都愁眉苦脸、苦大仇深的，坐没地方坐，互相倒着此次出游的苦水，上当受骗倒霉死了。有好些可怜的老人，站在那里一脸的无奈。这家店让人觉得冷酷无情，明明有凳子在那闲置，就是不给你坐，有的老人实在累了疲了，只好坐在地上……

越是这样越没人愿意买东西，我本想买点吃的，见商家冷漠，也就打消了念头。傻站在里面坐牢一般煎熬着时间，盼望着一个小时赶快过去。

出来以后坐上车，这个女导游素质不错，只微笑地调侃了句："大家够给面子的啊，零购物。"

好在澳门只有这一个购物点。

下午把我们送到了威尼斯赌城。导游要我们每人花一百六十元人民币，说是今天澳门游的费用。去赌城的路上，导游说澳门赌场特别多，在这里聚众赌博是合法的行为，这里的经济税收几乎都靠赌场支撑。赌场的兴建是最讲究风水的，门的朝向及大小都有深刻的含义。

到了澳门肯定得去赌场，否则就失去了来澳门的意义。走进这家继葡京之后新兴的赌场，不用说里面装修得富丽堂皇，有一景叫"蓝天白云"，是人工绘制上去的。

里面人来人往，热闹非凡，有许多表演节目的地方。我们看了一会儿节目表演，大家无暇欣赏赌城的风貌，都往赌博的大厅里涌去。大厅里摆满了老虎机、转盘等赌博工具。往老虎机旁一坐，还没明白怎么去赌的规则，我们几个就在老虎机上乱按一气，一个半小时飞快地过去，仅剩的一点港币全都交了出去。我们都跑澳门送钱来了，澳门想不富裕都难。

从赌城出来，导游把我们送往拱北海关。过关以后，便是珠海。

五、珠海购物

在香港才待了两天，时间好像特别漫长、难过，离开澳门赌场穿过珠海的拱北关口，终于回到大陆，可以不受剥削了，大家松了口气。

到珠海又换了个戴眼镜的男导游，斯斯文文的，可能书没少读，口若悬河嘴巴特会说。说我们今天运气好，可以住在市中心的星级酒店，方便晚上去海边玩。这酒店房间真的大，比香港的要大一倍，舒服多了。晚上大家自费到饭店用餐，终于敞开肚皮吃了顿好饭。

第二天睡觉睡到自然醒，早餐过后，上了大巴，导游沿途给大家讲了赌王何某风流传奇的一生。

我以为到了珠海可以自由活动，没想到还是离不开购物。当然说得好听点是带我们去工厂参观丝织品和玉石品加工。在路上，导游和颜悦色地开导我们，说人的一辈子差不多有三分之一的时间是在床上度过的，床上用品一定要讲究，那些珠玉金银不过是外在的饰物，花几千几万买那东西还不如买床蚕丝被实在。接着把蚕丝被的好处吹得天花乱坠，仿佛不买一床回去享用就对不起自己勤劳辛苦的一生。

然后就把我们从后门带进了丝织品加工厂，里面的讲解员推销本事真是了得，把蚕丝被赞扬得天上没有地上无双，既高档又实惠，出口国外最低六千元一床，贵的好几万元。既然我们来了就是团购价，买一送一，然后买一送二送三，花样百出，又激起了人们的购买欲，买起了价格不菲的蚕丝被，伸着头被宰了最后一刀。

钱不够就凑，几个人凑了一套，再不够电话家人打款来。导游又进来说用他的积分给大家争取优惠，多送点什么抱枕之类的东西。再次掀起了购物热潮，出得门来，好些人手上又多了一袋被子，沉甸甸的，包括我和老爸。

紧接着，又去了一家珠宝店。我不想再去描绘珠宝商推销珠宝的嘴脸，真是花样百出，无所不用其极。我的口袋还剩几十元人民币，无动于衷地坐在那里假装打瞌睡。

送我们去火车站的途中，导游又装起了可怜样，说有老婆孩子要养，请大家支持下，让他回去好交差，给他点面子多少买点东西，只见他从箱子里掏出了香烟和零食，说不赚大家的钱只为完成任务，便宜些给大家。感觉这一车的人都是心地善良之辈，见不得别人装可怜，于是东拼西凑的大家掏出了最后一点零钱，一包香烟一包鱿鱼丝等买回去送礼……

这趟港澳游，我这不怎么花钱的，算起来前后也花了近一万块。而且还花得那么窝囊背气，心不甘情不愿。这时才明白一个亘古不变的真理，便宜不是那么好贪的，贪了小便宜也许付出的代价更惨重。

港澳如果不靠大陆游客做奉献，哪有那么繁荣富裕和那么好的福利。权当我们做了慈善，支援港澳同胞吧！

（作于2015年春）

桃源今在寻常处

——和平村见闻

漫步在这乡间的柏油路上，穿行于油菜花开的田垄上，耳边莺声燕语，犹如置身诗中，融于画中。

笔者经常去东江，而和平村就在必经的道旁，和平村位于苏仙区望仙镇，一处仙气氤氲的地方。

因为路的两边都种满了密密麻麻的竹子，不能见着全貌，偶尔从伸进去的路的缝隙里窥视，可见林荫道的两旁，田野宽阔，屋舍俨然，像是别有洞天。随着时间的推移，尤其是新农村示范村建设的深入，这里的景色变得越来越美丽，仿佛那里长着一双勾魂的眼，诱惑着我这颗多情的心。

于是想着哪天有空一定要拐进去瞧瞧庐山真面目。

今天久违的太阳露出了明媚的笑颜，按捺不住外出踏春的心情，开着宝贝阿紫就朝有山有水的地方驶去，去看春花浪漫、绿水悠悠。路过和平村时，透过竹篱笆的油菜花隐隐向我频频抛着媚眼，情不自禁往右打一把方向盘，就往右边的小路溜达了进去。

真是不看不知道，一看真奇妙，眼前的景色美得让人心跳。不用说，这里的道路经过了绿化、美化、亮化和硬化，那些寻常农家已不寻常，漂亮精致的小洋楼点缀在油菜花海之中，原来这里还是花卉苗木基地，种植了许多观赏性的红叶石楠，这些树在阳光的照耀下，新梢和嫩叶呈现着一片艳丽的火红，熠熠生辉。红叶石楠与油菜花的金黄相互映衬，相得益彰，不断刷新着我的视线。

柏油路在花海中蜿蜒曲折地伸向山脚，仿佛不经意间闯进了安徒生笔下的童话世界，哦，不，应是陶渊明笔下的桃花源。陶渊明理想中的桃花源在今天根本不用刻意寻找，通过这些年轰轰烈烈的新农村建设，那种桃花源般的理想世界已变得寻常可见。

有三三两两的游人在悠闲地漫步，还有一对准备新婚的男女在这拍摄着婚纱照。

母鸡在村前树下觅食，几条狗在阳光下打着盹，农家乐的山庄前聚集着人群，在那打趣闲聊，几位老人坐在家门口晒着温暖的太阳，嗑着瓜子，道着家常，村民在享受这难得的农闲散漫时光……

多么宁静、安详、温馨、迷人的画面，让人欣喜，让人陶醉，让人留恋，如梦似幻。

田野上阡陌纵横，我像只蝶儿轻舞，织锦似的花毯一块接一块地在眼前铺呈开来，高低错落，柔柔的春风里弥漫着甜甜的花香，轻拂着我不再青春飞扬的脸，也轻抚着这颗安于平淡寂寞的心，沁人心脾，通体舒畅。

年年岁岁花相似，岁岁年年人不同。老去的是岁月，不老的是永恒的春天。

漫步在这乡间的柏油路上，穿行于油菜花开的田垄上，耳边莺声燕语，犹如置身诗中，融于画中。

途中在一块开满油菜花的地里，有四个特别醒目的红色大字，写着“农耕乐园”，旁边辟有一片开心 QQ 农场，可能是供游客体验农活之用。还有一条清澈的溪水在田间绕来绕去，居住在这里的村民沐浴着党的阳光雨露，享受着惠民政策的扶持，日子越过越滋润，生活环境越来越舒适，好不令人羡慕，幸福指数不用说远远赛过蜗居在城里的小市民。

沿途的村民利用自家的房子，办起了许多农家乐，热情欢迎着前来休闲度假的城里人。路边还有提篮叫卖的村民，他们加工自家的土特产招呼过往的游人，有清明粑粑，有甜红薯，有土鸡蛋、水芹菜、蕨菜等。

但愿不久的将来，春风化雨般的惠民政策能润泽四方，延伸至更边远贫困之地，让神州大地处处都是桃花源。就如一首歌中描绘的：“我们的祖国是花园，花园的花朵真鲜艳，哇哈哈，哇哈哈，每个人脸上都笑开颜……”

如果下个周末阳光明媚的话，我也要带我那常在牌桌上奋战的老爸老妈来看看这里的风景，呼吸呼吸这乡间清新的空气，我想他们肯定会爱上这里，梦想着要是能生活在这里多好啊，做个农夫，饮着山泉，耕着良田……

（作于2015年春）

风一样的心情

冬日里那一米阳光

午后，踩着你的影子，在落叶缤纷的山径漫步，风景在路旁铺陈着，所有的心事，在冬日的闲情里一一晾开。

这个冬天，被一份柔情浪漫地浸染着，恍若置身于春日桃红柳绿的江南，听鸟声婉转，心是历经沧桑后的疲倦却也轻轻地舒展。

你是那缕温暖的一米阳光，从缘分的天空走来，流泻进我尘封已久的小窗，这幽暗的心房，因为你的到来，有了如梦似幻的朦胧，隐约中听到一首春天的歌儿在我耳畔轻轻弹唱。

我一直在想，前生，我若是佛前那柱袅袅青烟，你一定是将我带至佛前的那双手，可以让我忘记前尘往事里的那些暗伤。

这个飘雪的冬天，因遇见你，有了一米阳光的闪烁。因你，展开了握花的手，将明媚带至我筑梦的小溪旁，那童话里的小屋依然，遗世而独立，只为守候着前世相识的你，今生踏月乘歌而来。

我们漫步在飘满落叶的山间，我冰冷的手一经你的轻握，内心的寒冷开始融化，雪块纷迭，使这个单调的季节充满了丰富的想象。心湖轻漾，柔情万千，伏在你肩头的脸有泪轻轻地滑落，只想告别昨日的伤与痛，问尘世要一些简单的快乐与幸福。

或许，你只是不经意的临窗站成一抹季节里的暖，指尖便泛了绿意，风过，便有轻微的叹息迭声响起，那些轻绕于心里的暖，薄薄地铺呈绚烂，在我孤单的世界里妖娆。

因为有了你的微笑装饰，严寒渐渐褪去冷硬的外衣，携着一缕轻柔和风，绿了清楚的孤独，夜也变得活色生香，寂寞开始逃亡。

你爱的呼唤，自蜡梅枝头飘落，溅起的回响从悬崖峭壁间荡向悠悠的远方。我像是只飞蛾，循着回声的方向，幸福地飞向你，在你燃起的篝火上空，翩跹起舞，在告别尘世前，抖落身上所有的镣铐，做一次最完美的表演。

此时，寂寞也是微笑的寂寞，孤独也是快乐的孤独，漫步在爱情海的堤岸徐徐回望，有你暧昧的惑激起千重浪，溅湿我沉重的冬衣，偶一抬头，看到空中有只火鸟在无声地燃烧。

我祈祷，那没有痛苦的爱，却难止住泪流多少；我祈祷，忘记离去的你，却又唱起那首爱的歌谣……

午后，踩着你的影子，在落叶缤纷的山径漫步，风景在路旁铺陈着，所有的心事，在冬日的闲情里一一晾开。松林里鸟声轻啼的婉转，耳旁流着云水禅声，我们的相拥使这个季节色彩斑斓。

风，总是适时而起，轻拂了发梢，素手轻扬，于风里轻拾一片枫叶。这样的风情万种，写在眉尖心上，站在时光的罅隙里，轻叹流年如水，挥手间又是彩霞满天。

素手轻撩了琴键，有清澈的韵律自纤指流淌，抚过时光里的浮华，沉淀下软软的静美，一抹浅笑于唇畔浮现，如梦，似幻。梦里，有暗香盈袖，莫道不销魂，帘卷西风，仍有那回忆吹送着淡淡的暗香，伴我走到来年的春季。

（作于2012年冬）

一曲蓝调溅起的忧伤

寂寞的夜里，那只透明的高脚杯，盛满了玫瑰色的怀念。我的心事是那落了一地的花瓣，一片又一片，撒落在俗世的尘埃里，只有清香依然。

我的手机音乐里有一首蓝调音乐，忘了是什么时候下载的，每当那优美的旋律在耳边响起，即便是非常浮躁的心也会很快变得平静，融入音乐营造的氛围里渐入佳境，有如月光下的湖水闪烁着空灵的光辉，依稀看到天鹅在水面优美地舞蹈，有种落泪的伤感和惆怅一点一点地将我包围，旋即又一点一点地将我释放，这首曲子的名字叫《柳濑蓝调》，又叫《柳濑的小镇》。

常常是一个人，在夜里散步时听它，在月光下听它，在乡间小路上听它，在海边的沙滩上听它，听它千遍也不厌倦。每次听着这首曲子，我的世界便只有这些乐音飞舞，被吉他弹奏的乐音带入另一个风花雪月的世界。

首先飘入耳鼓的是一把伴奏吉他，几个简单的音符，轻柔抒情，仿佛是一个人行走在洒满秋日阳光的乡间小径上，也悠闲也逍遥。接下来是一把主吉他响起，听到拨片在吉他弦上弹奏的声音，清晰透明，悠扬回旋，两把木吉他一刚一柔，遥相呼应，把你带入如烟的往事，那些人生美好的季节，甜蜜伤感的恋爱，又在眼前重现，又在心底激荡。与此同时，一把低音贝斯加入，还有钢琴的声音珠圆玉润，感觉像是牵了爱人的手，徘徊在海边的沙滩上，听海鸥歌唱，看浪花飞溅；或者是漫步在流水潺潺的清澈溪边，看春天的落花飞絮随水漂流。随着音乐的继续，一把电吉他悠然响起，最富浪漫色彩的萨克斯风从前吹到后，吹着那些美好的往事来到眼前，仅做短暂的停留又如云烟飘散。

此时，正是初冬里一个月明星稀的夜晚，在水之湄，我寂寞的影子与月共舞，倚栏眺望，湖水泛着细碎银光，小镇上奶白色的射灯，划过乡间的寂静，在夜空中闪烁，手机里的蓝调缓缓响起，那六根弦上的哀愁，伴着时浓时淡的桂花芬芳，在我心湖上潺潺流淌。

身后轻倚着的木楼，掩着过往，一半明媚，一半忧伤。蔚蓝色的吊床盛着我尘世的躯体，轻摇着月光里的梦幻，柔情无限地触摸着这水边亲切的呢喃，将我的孤单摇成一袭长长的黑影，被月光拉得好长好长。

玫瑰色的杨梅酒，有着杨梅的芳香，是我酝酿着的春天里那些曾经的美好，还弥漫着氤氲的情感，记得你微醉的笑脸有如天边灿烂的晚霞，你唇间的软语缠绵，飘散成薄雾般的思念，伴随着我过了一年又一年。

寂寞的夜里，那只透明的高脚杯，盛满了玫瑰色的怀念。我的心事是那落了一地的花瓣，一片又一片，撒落在俗世的尘埃里，只有清香依然。

这江南水乡的小镇，有着世外桃源般的宁静，最能疗伤。那清澈的湖水可以洗去俗世尘埃，也可以漂洗灵魂的忧伤与疲倦。曾经为爱痴狂、为情伤痛，那些如烟往事都在蓝调的悠扬里重现又消散。

“一叶落，几番秋。江南独倚楼。曲阑干，凝伫久。薄幕更堪搔首。”贺梅子的叹息悠悠，越过千年的时光，飘到了我的耳旁。此时万籁俱静，我独立在水之湄的亭中，斜倚着栏杆，沐着淡淡的月色，水声细细拍打着堤岸，我的音乐带着晚秋的风和桂花的芳香，在这夜空里飘荡。

这月夜如梦似幻，朦胧神秘，令人流连痴迷。只有一个叫木村好夫的游吟诗人，用温暖醇厚的弦音，飘来令人迷醉的声音，娓娓地弹奏着，带着我游历生命的感动与温暖，人就这么轻轻地中了毒。所有的欢愉与刺痛，都在这琴声里，宛若烟火，宛若流星，美丽地绽放。

人生如梦终须醒，小楼犹解庭前月，照我前世今生的凄清与迷茫，今夜，哦，今夜，谁会踏月而来，与我共舞这曲韵味深长的蓝调，一起浅吟低唱？

（作于 2013 年 7 月）

那夜幕下的幽幽暗香

她的香太过浓烈，闻多了会醉。
我依依不舍地缓步离开，月色星光下，
那香味散发得好远好远……

夏夜的星光银辉下，弥漫着浓郁的幽幽芳香，我知道那不是别的，应是夜来香。

初识这种植物，是在邓丽君甜美而略带忧伤的歌声中，她的一曲《夜来香》唱得深情款款、优美动听，听着听着就听到了我的心里：

那南风吹来清凉
那夜莺啼声齐唱
月下的花儿都入梦
只有那夜来香
吐露着芬芳
我爱这夜色茫茫
也爱这夜莺歌唱
更爱那花一般的梦

拥抱着夜来香
吻着夜来香
夜来香
我为你歌唱
夜来香
我为你思量……

记得那时候是20世纪80年代初，在歌里唱着夜来香。

时隔三十多年，我才识得庐山真面目，上个月去北湖公园游玩时，行至百福墙边，看到一丛翠绿的植物，上面长满了小小的米色的细长花苞，我问身边的朋友这叫什么植物，答曰“夜来香”。

哦，夜来香，这就是夜来香！我曾无数次地想象她盛开时美丽芬芳的模样，没想到竟是这么平凡普通，这么的不起眼，我低头闻了一下，也没感觉到她的香味，说实话心里有点隐隐的失望。

直到上个周末外出休闲度假，住在湖边的农家乐，晚上出去散步时，忽然闻着一股幽幽暗香，那香味如此浓烈，扑鼻而来，比桂花的香更甚。这样的季节会有什么花开得如此芬芳呢？寻着那香走过去，就在农家乐侧面的路边上，我看到了一丛蓬蓬勃勃的夜来香，与白日里所见的完全是另外一种模样。走近了一瞧，只见她头顶着由密密麻麻的小花织成的花冠，那些花都张开了喇叭似的小嘴，吐露着浓郁的芬芳，在夜里欢呼，在夜里歌唱，也在暗夜里妩媚妖娆。

这时我才恍然大悟，原来这花之所以叫夜来香，是因为她只在夜里绽放，也在夜里芬芳，难怪上次在公园与她初相识，看不到她的美丽，也闻不到她的花香。

此时，一弯如钩的新月挂在树梢，轻轻地踏着朦胧夜色，与音乐共舞，与淡淡的月色共舞。夜来香也在暧昧的灯影里，与夜共舞，千朵万朵的小花如千万个小小的精灵，舞动着夏日晚上的浪漫与风情，她素雅的身影在暗夜的风中颤动，比桂花更妩媚，比米兰更动人，幽远地散发出惑人的香。

她的香太过浓烈，闻多了会醉。我依依不舍地缓步离开，月色星光下，那香味散发得好远好远……

那一夜，我睡在湖边的农家乐，枕着蛩声呢喃和细细的水声，在远远袭来的夜来香里酣然入梦。梦里，有一株夜来香，盛开在我家的阳台上。

第二天上午，我再次经过她的身旁，她已收起了如花笑脸，闭了如歌的喉咙，成了毫不起眼的小小花蕾模样，掩藏在绿叶下面，静静地享受着阳光的爱抚。感觉她是在白日里酣睡，在阳光下做梦。她在积蓄着，等待着，怒放在那属于她的夜晚。

夜来香，这充满诗意的名字，我咀嚼了许久。她的花骨朵并不明媚娇艳，白日里羞涩地打着朵儿，不认识的人肯定不会联想起“花”的字眼，她是那么的平凡朴实，纯净素朴得让人连触摸她的欲望都没有，更别说去采摘她。我想这便是她的可爱、可贵之处吧！让自己平淡却不平凡，让自己可爱却不张扬，便少了攀折，少了损毁。一如在土地上辛勤躬耕的农民，虽不如明星耀眼，却能让大地春色满园，让秋天果实累累。

夜来香，恰如其名，白日里粉面含羞静立一隅，收敛着，静默着，夜色笼罩之下才张开含苞的花蕾，尽情地怒放，那么深情，那么浓烈。她盛开在尘世生灵皆入梦的夜里，颇有一种众人皆睡我独醒的孤傲。

我在想，她是来自于天上的仙女吗？还是来自于蒲松龄的《聊斋》里？只有在静静的夜里，才能感觉到她的美丽、她的纯洁、她的芬芳，她是在孤芳自赏吗？

夜来香，传说原是一位因爱而犯了天条的仙女，被王母变为种子守护神庙，后来她又爱上了萤火虫，可是萤火虫本是王母派来试探仙女的，如果仙女能够放下情爱便可重返天庭，可是爱这东西岂是说放弃就能放弃的呢？仙女变的种子就这样夜夜为萤火虫盛开，等待着萤火虫的到来。

夜来香，小小的夜来香，带着纯洁，带着浪漫，这种其貌不扬却名声在外的花，这种孤标傲世、卓尔不群的花，让我初见并不钟情，再见时却倾心，一种感动，一种欣赏，一种爱恋，丝丝缕缕爬满了心头。

写到这里，突然想起一首宋代的小令：花非花，雾非雾，夜里来，天明去，来如春梦几多时，散似朝云无觅处。

这不就是说的夜来香吗？

看到百度里面有关夜来香的解释，说她的花语代表着纯洁的心、幸福、美好，还有独立、反叛的含义。夜来香具有清肝明目、解毒、驱蚊的功效。我是个屡遭蚊子欺负的人，我要在阳台上亲手种上一株夜来香，每个月明星稀的夏夜，期待着与她盛装的约会，让她的馨香弥漫我的陋室，守候我的梦乡。

夜来香，我为你歌唱；夜来香，我为你思量……

（作于 2015 年夏）

愿作鸳鸯不羡仙

中华鲎长相虽丑陋，却演绎了亿万年来生生不息的爱情故事，令我肃然起敬，我踯躅在养着夫妻鲎的池子边，久久地行着注目礼。

鸳鸯，这个名字地球人都知道。我没亲眼见过浮游在水上真实的鸳鸯，但在诗画中、电视荧屏上，知道这种鸟栖息于池沼之上，雌雄出没在一起，常常用来比喻夫妻恩爱或象征着爱情的忠贞不渝。

古诗中就有“得成比目何辞死，愿作鸳鸯不羡仙”。比目鱼，身体扁平，只有单眼，必须两鱼合在一起凑成两个眼睛，才能游行，像是一对同甘共苦的夫妻；鸳鸯是种美丽的水鸟，双双对对，整日在水中游戏，未曾相离。据说，只要捉到其中一只，另一只会相思至死。愿为比目，愿为鸳鸯，这是世间饮食男女对爱情的憧憬与渴望。人生在世，得此真情，神仙何羡？

这么多年来，红尘来去，爱过恨过，笑过哭过，都如云烟飘散，缘来缘散缘如水，爱来爱去一场空。不知道我的另一只眼睛长在谁的身上，也不知道与我相伴的另一只鸟还在哪里单飞。有种遗憾与伤感挂在心头，曾经的柔软被伤得支离破碎，渐渐冷凝成一块拒绝融化的冰。

“得成比目何辞死，愿作鸳鸯不羡仙。”原以为世上只有比目鱼和鸳鸯鸟是忠贞爱情的象征，直到有一天，我来到北海参观海洋动物园，里面七彩斑斓的海洋生物让我大开眼界。其中就有一种长相奇怪的动物，背上一层厚重的壳，屁股后拖着一条细长的尾巴，有点像甲鱼，叫中华鲎。听导游说出它的名字时，我才认读了一个新字“鲎”（hòu），介绍中说这种动物成年后都是成双成对出没在海里，而且身体连在一起须臾不离，同游、同食、同睡，有“海底鸳鸯”之称。

不是鸳鸯却胜似鸳鸯，令我叹为观止，也引起了我的好奇。于是我驻足在池边，观看着这种外形并不美丽的动物。

外形像一只瓢的中华鲎，有根长长的尾巴，前面是只大的，尾上伏着只小的。导游说前面大的是母，小的是公。与人类的普遍规律相反，男人一般高大威猛，女性相对来说要柔弱。

它们生活在中国及日本南部沿海，水中的鲎，一旦结为夫妻，便由妻驮着夫四处漫游，勾肩搭背永不分离，雌鲎的前四条腿上长着四把钳子，而雄鲎却是四把钩子。雄鲎总是把钩子搭在雌鲎的背上，让“妻子”背着它四处游走，颇有点像吃软饭的男人，靠着女人生活度日，丑陋而懒惰的鲎，对“爱情”却很专一，肥大的雌鲎，背驮着比它瘦小的“丈夫”，在海底蹒跚爬行，四处觅食。

当地的渔民都称它们为“俩公婆”。每年春深水暖，成群的鲎乘大潮从海底游到海滩上生儿育女。在广西北部湾的海边，鲎爬到沙滩上产卵是当地渔民津津乐道的故事。有经验的渔民熟悉鲎的行动路线，事先在半路上布下了长长的渔网。鲎一旦遭到暗算，就只能在网中待毙，插翅难逃。

这些夫妻鲎，无论是从深海旅行到浅滩，还是被捕入“狱”，从来都是双宿双游，从不分开。最令人惊讶的是，当抓住公鲎的尾巴时，后面的公鲎紧紧抱住母鲎不放，结果它们一块儿被提出水面，大有“不求同年同月同日生，但求同年同月同日死”的壮烈。从另一角度来说，应是公鲎的自私，我被捕了你也别想逃，要死一块死，你别想丢下我独自逍遥，于是双双成为人类餐桌上的佳肴。当然如果抓着的是雌鲎，雄鲎也会紧抱着雌鲎不放，不做反抗或逃逸，束手就擒，仿佛在对雌鲎说：“你若死了，无依无靠的我可怎么活！还不如陪你黄泉路上走一遭，下辈子还要你驮着我优哉游哉乐逍遥。”

据悉，鲎是一种海洋节肢动物，出现在古代泥盆纪，历经四亿年漫长光阴，仍是当初的模样，形态不改，因此被称为“生物活化石”。它的形状也酷似一把秦琴，也像吉他，全身分为头胸甲、腹甲、剑尾三个部分。剑尾酷似一把三角刮刀，挥动自如，是它的防卫武器。雌的在前面觅食，雄的在后面保卫。

中华鲎长相虽丑陋，却演绎了亿万年来生生不息的爱情故事，令我肃然起敬，我踯躅在养着夫妻鲎的池子边，久久地行着注目礼。这些海底鸳鸯令我叹息，令我感怀，眼下的花花世界里，多少男人朝三暮四、喜新厌旧，真是人不如鲎，远远不如鲎啊！

（作于 2010 年夏）

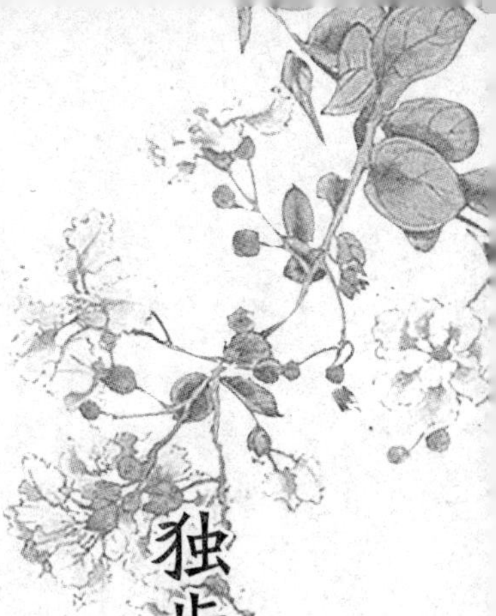

独步山中

独步山中，于寂寞宁静中感悟生命的真实，在美丽的大自然里，我愿摇曳成一株顽强的冬茅草，沐着太阳的温暖，向天而歌。

日历又翻开了新的一页，羊年的元旦如期而至。

节日期间阳光明媚，山川温柔。冬日暖阳给人们带来了愉快的好心情，各自呼朋唤友或携家带口外出观光旅游，名山胜水之间又迎来国庆节后的一波喧闹。

我不是个爱凑热闹的人，随着年岁的增长，越来越喜欢宁静，越来越喜欢独处，一个人的天空浩瀚无边，什么都可以想，什么都可以不想。可以与清风低语，可以揽白云入怀，优哉游哉，逍遥自在。

有山有水空气清新的地方，便是我魂牵梦萦的向往，驱车来到水波清澈的江边，一进入这片空气清明的世界，心情便会为之舒畅。看到小路从大山的皱褶里伸进去，知道那里面就是林木葱茏的峡谷，让我喜欢、让我想象。我避开人来人往的热闹游道，沿着小路往山谷里走，此行的目的地就是这里了。

此时，云淡风轻，阳光正好，温暖明媚，犹如情人的双手轻抚，感觉到了快乐的音符在这冬天的山岭间回荡。

我的脚步增添了山林的寂静。

两边的山挺拔峻峭，像是被刀劈成了两半，山上树木参差，被风侵霜染得色彩斑斓，亮丽的红枫还有些许摇曳枝头，展示着季节的变换，从春的繁华、夏的热烈、秋的鲜艳、冬的凋零里一路走来，真的喜欢在这样的季节，独步在这样的山中，安宁静谧，叶落无声，路边的古树雕刻着岁月的痕迹，张开的树冠撑起一片蓬勃生机。

路在两山之中曲折蜿蜒，林间有鸟声啁啾、溪水潺潺，一路欢歌相伴，给我的寂寞增添了浪漫的情调和鲜活的诗意。

途中遇见放牧黑山羊的小两口，男的俊朗，女的娇俏，按世俗的眼光，这两人应是坐在高楼大厦里的白领阶层，如何会到这僻静的山谷里放养羊群。

他们的家孤独地筑在山腰上，一排平房收拾得干净，对面列着青山如画屏，脚底流淌着清澈小河，真是好地方来好风光。我羡慕他们的恩爱，能够远离红尘俗世在这里放牧羊群，也放牧爱情，多好！

就这样一个人，随心、随意、随情，跟着感觉漫无目的地闲逛，阳光与我捉着迷藏，时而在前，时而在后，时而躲在山外，时而跳荡林间。初次探访这道峡谷，不知道前面有没有村庄，有没有人家。真的希望这条路没有尽头，能够让我不停地走下去，一直走到生命的尽头。

独步山中，如入禅境。心清水现月，意定天无云。

人若能享受孤独，寂寞也就是一种美了。

独步黄草，也就是与山水自然对话。如今在这里，我又发现了一处极好的独步之所，怎不欣欣然，飘飘然乎？

这里体现了大自然的和谐之美，有山有水，树木花草自由生长，我的目光和它们一一对视，我的心和它们一一交流，相看两不厌，既有熟悉的亲切，又有陌生的惊喜。一路上，有枯萎的芭蕉这里一丛，那里一簇，来年春天舒枝展叶时，那长长翠绿的水袖，应是这里最养眼的风景。

不知走了多久，转过一道又一道弯，山林寂静，渺无人烟，只有溪水伴着我一路欢歌。我像是一尾游鱼，不经意间游进了冬天的梦里。走着走着，眼前突然出现了一片开阔地，生长着一大片冬茅草，形似北方的芦苇，阳光从对面照过来，映射在草尾巴上，闪烁着柔软的光芒，仿佛有无数的精灵在草尖上起舞，这光与影的旋律演奏出奇妙的视觉效果，如梦一般的虚幻，却又真实地摇曳在眼前。我怔忡在这可遇而不可求的美的镜像中，失魂落魄。

光阴移过深深的草甸，我回过神来，踩着落叶继续前行，心想总会有小小的村庄在不远的地方等着我。

在一面扇形的山脚下，终于有了人家，路似乎到了尽头，有几根竹子横成篱笆。篱笆过去是块宽敞的坪，远远地听到了羊的叫唤和狗的吠声，有两排平房，一排形似吊脚楼的应是羊圈，另一排是住房，这里还真是个养羊的好地方。

越过栅栏走进去，推开门见一老汉正在吃午饭，他一脸讶异。问我怎么跑这里来了，他还以为是老板娘来了呢！

通过交谈，得知他是被请来放羊的，在这寂寞的一隅，他一个人待着，与羊为伍，与狗说话。没有电也就没有电视可欣赏，日出而作，日落而息，犹如孤独的隐者。

他说路在这打止，他也不知道这里是什么地方。

路到了尽头，我也该打道回府，双腿有点发酸了。

回来的路不再那么漫长，情不自禁地哼起了小调。

独步山中，于寂寞宁静中感悟生命的真实，在美丽的大自然里，我愿摇曳成一株顽强的冬茅草，沐着太阳的温暖，向天而歌。尽管人生之路有那么多坎坷，甚至痛苦折磨，但我知足、感恩且快乐。

（作于 2015 年 1 月）

黄昏的咏叹

静谧的湖面，朦胧的远山，和煦的微风，美丽的晚霞，一份惬意，一缕温情，一丝甜蜜……

农历六月十六那天，恰好是八一建军节前夕，又逢周末，想起十五的月亮十六圆，应是赏月的好时候。为了去湖边赏月，牵着男友的手来了一次说走就走的旅行。

好久没去东江湖深处的黄草了，其实也就两个月的光景。那湖边筑梦的小屋一直静默在那儿，等着我随时不经意的光临，想起在那度过的宁静而美好的时光，总是让人牵念，叫我难忘。

山一程，水一程，阳光热烈，散发着夏日的温度，一踏上东江湖的客船，我的心就感觉到了愉悦和安宁。

一路上，天蓝水碧，云白风轻，有许多飞机从头顶掠过，拖着一条条长长的尾巴，在蓝天上划出一条条白色的轨迹，那画面很唯美，让我频频抬头仰望。

明天就是建军节了，这可能是某个部队在搞军事演练。

下午 5 点到达黄草，简单地收拾了一下房间，我们就迫不及待地拿了游泳圈奔向湖边，这个夏天的第一次与水亲密接触，好不令人欢欣鼓舞。

浮游在温润的水中，太阳开始还在湖面闪烁，很快就滑到了山的另一边。抬头看着瓦蓝瓦蓝的天空，最引人注目的便是那飘着的白云了，无所依托，随风游荡，涌动着，变幻着，时长时短，时大时小。你看那鱼鳞状的云朵儿，悠悠然，施施然，铺满了北边的天际，把青山绿水映衬得更加迷人；东边山巅的那一大片白云伸得老长老长，仿佛是大坝开闸时冲出的水瀑，气势磅礴，又像是长长的凤尾，那么随意，那么舒展；喷气式飞机接二连三地划过长空，留下一条条絮状的白云，给宁静的天空增添了热闹和色彩。此时，在太阳滑落下去的地方，镶嵌上了一道美丽的金边，这道金边向四面映射，天空成了一幅巨大的画面，顿时变得美艳生动起来，以玫瑰色为主调，五彩斑斓，活色生香。

黄草的四面青山逶迤，怀抱着一湖清澈的碧水，自成一个小小的世界。这个美丽的黄昏，黄草犹如一位夕阳下的新娘，含情脉脉，羞羞答答。灿烂的晚霞为她披上柔软的嫁衣，白云被熏染成玫瑰色的帐幔，整个天空温暖而宁静，洋溢着喜庆的色彩，装点着今晚的新房，仿佛一场盛大的婚礼即将举行。

静谧的湖面，朦胧的远山，和煦的微风，美丽的晚霞，一份惬意，一缕温情，一丝甜蜜……

这大自然是多么美丽，这生活是那么美好，让人留恋，让人追寻，也让人感叹……

懒懒地，我仰躺在游泳圈上，欣赏着天空不断变幻着色彩的云朵，几朵悠悠的玫瑰色云彩温柔地环抱着那依稀模糊的山峦。觉得那缤纷的晚霞比诗歌更有韵，比绘画更出彩。

湖面上波光粼粼，橘红的光影把湖水染得斑驳陆离，一双双金色的眼睛眨呀眨呀……

轻闭上双眸，感觉新娘变成了我自己，头顶飘着晚霞洒下的一湖绸衫，在我脸上抒写着甜蜜与幸福的模样。群山为我喝彩，晚霞为我梳妆，天空为我撑起色彩缤纷的帐幔。亲爱的人，陪在我身边，丝丝缕缕的爱意涨满我们的心海，两只彩色的游泳圈在湖面成双，这美丽的黄昏仿佛是上苍为我们举行的爱的盛宴。

静静聆听着湖水的窃窃私语，听着它与山、与风、与堤岸亲密接触；

清凉的晚风轻轻抚弄我的脸庞，凉凉的，柔柔的，我的心恬淡舒适，弹奏着美妙的乐音。

带着清脆的啼声，几只白鹭从湖面飞过，白色的翅膀驮着灿烂的晚霞，好似一个个天使，飞向暮色苍茫的远方。一轮姣好的明月早就升上了天空，难道她也是赶着来欣赏这美丽妖娆的夏日黄昏吗？

没有刻意的修饰，没有无聊的卖弄，一切都是那么清新自然，一切都是那么和谐美好。

湖面如镜，斑斓的倒影把山和水连成一片，原来大自然才是最美的画师，一幅美丽的风景油画就这样完成。渐渐地，渐渐地，夕阳最后一道余晖消失在大山深处。湖面的叠叠波光也一点点消逝，变成了一颗深绿色的宝石。

这样柔美绚烂的黄昏，是我人生初次遇见，只一掠，就悄悄地走了，像一个春宵的轻梦。

（作于 2015 年秋）

在红尘最深处相逢

如若每一段感情都是一场爱的修行，如果每一次重逢都是一场恩赐，那么，若爱，请惜。

站在秋的船尾，看远山近水，闻着了冬天的意味，风儿吹落了一地寒凉，枝头亮丽的红枫燃烧着秋末冬初的爱恋。我独坐季节的转角处，在这静谧的时空里，任思念都汇作一阕清词，念你，心微疼。

相遇，似一场花开在红尘最深处。我们闻着野菊的芬芳，流连在青山绿水间，你遗落在眉眼间的淡淡忧伤，在微凉的清晨落入秋水长天，融化在我梦幻如初的眼眸。

与君初相识，犹如故人归。

从此，所有的日子都弥漫着幸福的香，溢满了相思的暖。我轻捻一瓣心香，将你的模样镌刻在这个初遇的季节里，任岁月凋零几许，你却为我停留。

我把我的心交给了你，你就是我牵挂的远方。

一直认为最美的爱是懂得，是心有灵犀。一直相信有一种爱情不必相守，不必在乎缘深缘浅，只一声懂得便可深入骨髓，融入生命。

如若每一段感情都是一场爱的修行，如果每一次重逢都是一场恩赐，那么，若爱，请惜。

真的好想牵着你的手，与你相拥在人群之外，山水之间。在烟雨江南谱一曲风花雪月，到东江湖边奏一曲山高水长，在中秋月下赏花好月圆。

只因感君一回顾，使我思君朝与暮。在这个有些寒意的深秋，想象着此生所有的快乐都能够与你分享，所有的梦里都有你的笑脸，所有的日子都有你相伴，所有的浪漫都与你相关。为你，我愿意将自己芬芳成花，盛开在有你的岁月。为你，我愿意幻化成蝶，追随在有你的天涯。

亲爱的，你若懂我，那该多好！我始终站在相遇的路口，将你的心放在我心上，于时光深处，默然欢喜。虽然相隔千山万水，我依然能感觉到你的痛、你的怨和你流满泪水的企盼。

感谢上苍，让你我能在红尘最深处相遇，你的柔肠百转温暖了我的红尘落寞，你的深情期待醉了我的一帘幽梦，我只愿做你眼眸中最悠远旖旎的风景。

如若可以，我想在清浅的时光里为你拂去倦容；如若可以，我们就用彼此的爱熬成良药，疗治对方心灵的创伤；如若可以，我愿在平淡的日子里和你拥有柴米油盐的琐碎和温馨，那是家的味道。

秋意阑珊，秋风吻着落叶于落英缤纷间写满了丝丝缕缕的哀怨，写满了一地苍凉，一季的繁华又转瞬即逝。想你，是一种甜蜜的忧伤；想你，是一种幸福的惆怅；想你，是一种不愿去想而又不能不想的无奈。

习惯在每个静寂的夜晚找寻你的身影，习惯在 QQ 上对着你的头像发呆傻笑，心有千千结，结结为君系。

在你忧伤缠绵的文字里读懂你的痴情与哀愁，感受你的快乐与悲伤。今生不言天长，不许地久。只在那低头的温柔里道着一声声珍重！未来的日子，风里雨里请为我珍重！

（作于 2014 年秋）

唯有你是我情之所钟

在我眼里，再名贵娇艳的花与它相比都黯然失色。因为它不骄、不奢、不张扬，安静优雅，甚至不需要阳光，只要给它一点水，它就能还你一片翠绿，送你一片幽情。

人世间有百媚千红，唯有你——万年青，是我情之所钟。

自从十年前与你相遇相识，我便对这种盆栽植物一见钟情，开始是一盆，等它长得根深叶茂，分成两盆，然后三盆……

因为喜欢自然山水，因而也喜欢花花草草，春天的映山红、秋天的野菊花，每年我都会从野外采回来，给居室增添点儿鲜活温馨的气息。有时经过花卉店驻足欣赏，如有中意的会买上一两盆带回家，记忆中有过春天的杜鹃花、夏天的米兰、秋天的菊花、冬天的水仙，还有仙人掌、芦荟等，可惜没有那份园丁的耐心，常常是疏于照料，忘记了浇水或施肥什么的，这些盆景很快就憔悴凋零，在我的惋惜里香消玉殒。

记得第一盆万年青是朋友送我的，说这东西好养，只要有水就能存活，甚至可以不要泥土，插入瓶子装满水，它就能在水中一年四季碧绿长青。

从那以后，我就爱上了这种植物，其他的花草渐渐淡出我的居室，只有万年青独享我的专宠。

家里摆放万年青，对室内的空气还起着净化作用，它能吸收室内毒气、废气，释放氧气。后来我搬入新居的时候，就买了十几盆纯一色的万年青，摆放在家里的过道上，像是列队迎宾的少女，亭亭玉立，片片绿叶伸展开来，给你最亲切的问候，给你温馨。

也许是我浇水过于勤快了点，把它的根浇烂了，出现了倒伏状态。后来，盆栽的万年青只留了两盆粗壮一点的，造型有点别致，弯曲着向外生长。其他的都被我去掉腐根，改用玻璃瓶用水养着。点缀在床头、几案、隔断等，家里到处都有它绿意盎然的身影，散发着大自然美丽清新的气息，成了我的亲密爱人，绿成我心上一道永恒的风景，陪我走过春夏秋冬，不凋不谢，不离不弃。

相看两不厌，唯有万年青。我不知道还有哪一种植物能够绿一万年青一万年，只有它才配有这名字，所以它寓意着青春常在、健康长寿、友谊长存、富贵吉祥的美好。

人世间有万紫千红，而我只对万年青情有独钟。

在我眼里，再名贵娇艳的花与它相比都黯然失色。因为它不骄、不奢、不张扬，安静优雅，甚至不需要阳光，只要给它一点水，它就能还你一片翠绿，送你一片幽情。

即便是守着阴暗的一隅，寂静无声也默然欢喜。

（作于 2015 年冬）

紫薇花开

它没有牡丹的艳丽，没有兰桂的芬芳，却能独享一季的花事，开了又开，生如夏花之绚烂比拟的应该就是紫薇吧。

我家阳台上的紫薇花开了，淡淡的紫色，小朵小朵的，密密匝匝地聚集在枝头，吐着嫩黄的花蕊，娇俏玲珑，让人顿生怜爱，这是偌大阳台上唯一开花的盆景。因为喜欢简单，所以家里点缀一些简单易养的植物，比如四季常青的万年青、吊兰和冬天的水仙等，只要洒点水就能生机蓬勃地活着。

也许是今生与紫薇注定的缘分，十几年前有一次在街上漫步，见一花农推着平板车沿街售卖花卉盆景，其中有株造型优美的小树上开着几串淡紫色的花，小小的绿叶衬托着，分外养眼。我几乎是一见钟情，立即掏钱买下，乐滋滋地捧回家，却忘了问它的芳名。

依稀记得那是 1994 年的夏天，我还在一所乡下中学教国人难懂的英语，小家安居于尘土飞扬的县城，把这盆花养在居室后面阳台改装的小院里，只有每个周末回家时才给它浇些淘米水。

花开花谢循环往复了一个夏季，到了秋天，渐渐地花凋叶残只剩光秃秃的树干，犹如造型别致的根雕，以为它不会再有叶绿花开的时候，我也就懒得打理，风吹日晒、雨淋霜打听之任之。

没想到第二年春天来时，从树根上又长出绿叶，继而开出些小花，由于疏于照料远没有第一年开得清丽。偶尔想起会浇点水，就这样任它自开自落一晃就是四度春秋，长的叶、开的花也一年不如一年。

四年后我搬进较为宽敞的新居，后院里那些青青绿绿的花花草草都没要，只搬走这盆紫薇，尽管它已衰退得不尽如人意。说来可能没人相信，直到这时我还不知道它的芳名。而早在搬家的两年前，因为爱好文学之故，想来想去为自己发表的文学作品取了个笔名——紫薇。

那时电视连续剧《还珠格格》还在琼瑶女士脑海的某个角落里酝酿，几年以后才面世热播，剧中温柔善良、为情执着的女主角紫薇因之家喻户晓，还好我取名在前，心里也就少去了抄袭贴金之嫌。尽管如此，后来我的文友们还是戏称我为“格格”。

新居在四楼，走出了原来狭小阴暗的一楼旧居，换了个环境也有了份好心情，对阳台上的盆景开始细心照料起来，还种了些紫罗兰和菊花，每天把洗米的水浇在上面，真是一分辛勤一分收获，来年夏天这株紫薇重又焕发出蓬勃生机，叶儿嫩绿婆娑，花儿淡紫温柔，一长串一长串的仿佛串串风铃，有种莫名的欣喜洋溢心头，原来只要你给它关怀，它就会给你深情的回报啊！

因为文学创作改变了我的命运，从老师队伍走出，改行成了新闻工作者，有次去采访花农，走进那花花草草的世界，犹如走进了美好的春天。细看那花农，回忆起来不就是当年推车叫卖的那一位吗？再看他培植的盆景，有好几株与我家阳台上的盆景开着相同的花，问他那叫什么，答曰紫薇。

声音不大却如惊雷般响在我的耳边，我一时怔忡在那儿，激动莫名。哦，紫薇紫薇，原来那就是紫薇。

伴随我时间最长的那树花就是紫薇，我取的笔名也叫紫薇，先买花几年后才知花名，先取笔名数度春秋才识紫薇，在我的生命中竟有这等巧合，真是不可思议的惶惑，也是无法言说的欣喜，难道冥冥之中注定了我与紫薇不离不弃、不可分割的缘分吗？

来年夏天，我行走在下乡采访的路上，亮在我眸子里的竟是这一丛那一簇的紫薇花，没想到在这乡野僻静之地，触目之处皆是那淡雅温柔的花影。在这以前，我以为夏季的山野只是绿色的世界，以为紫薇只是养在盆里的风景。直到此时才发现它生长在荒郊野外，就在离我们不远的地方，自开自落自芳菲。

它没有牡丹的艳丽，没有兰桂的芬芳，却能独享一季的花事，开了又开，生如夏花之绚烂比拟的应该就是紫薇吧。

慢慢地我感觉到了紫薇花极具内在的气质美，她的美由浅入深映入我的视线，沁入我的心中。眼前的紫薇花，听风低语，绽放着属于自己的那份执着和美丽。她平凡却不卑微，她高贵却能吸收有害物质，既可供观赏又可入药，既可供于皇都上林苑，也可长在僻静乡野。

《新唐书·百官志》中记载了唐代曾因中书省的庭院遍栽紫薇而改中书省为紫薇省，中书令为紫薇令的趣事，白居易官做紫薇令时有诗云："丝纶阁下文书静，钟鼓楼中刻漏长。独坐黄昏谁是伴，紫薇花对紫微郎。"他赞紫薇"独占芳菲当夏景，不将颜色托春风"，炎炎夏日炙烤得所有生物都没精打采，唯有紫薇尽情怒放、孤标傲世、艳压群芳，热情似火、熊熊燃烧。

近些年来，随着城市的绿化、美化、亮化，路边绿化带里可见紫薇曼妙婀娜的身影，在我家门前波光潋滟的八字塘边，移植了好几丛高大的紫薇，真的没想到紫薇也可以长那么高，如一把伞撑开一片绿荫，花开的艳影总在我的心里、眼里柔情万种，每当看见它，有种亲切感丝丝缕缕将我熨得妥妥帖帖，那可是我生命的花树啊！

紫薇的花朵虽然很小很小，却有着很强的凝聚力，簇拥在枝头如穗状，犹如支支燃烧的火焰，燃尽夏日酷暑，舞动秋日轻风。世人所谓"人无千日好，花无百日红"，只有紫薇破了这个戒，在东风无力百花残之后，唯有它繁花竞放，自夏吐艳，持续到秋。宋代诗人杨万里有诗赞曰："似痴如醉弱还佳，露压风欺分外斜；谁道花无百日红，紫薇长放半年花。"

去年，邵阳的文友李姐告诉我一个好消息，说那里有个好大的紫薇园，种植了成千上万的紫薇，造型各异，花开之时，姹紫嫣红，繁花似锦，邀请我过去观赏。

夏末秋初天气转凉之际，我踏上了去紫薇园的旅途。当汽车转上高速公路时，一长溜儿的花闪入了我的眼帘，粉白的、粉红的、淡紫的、深紫的、紫红的，全是紫薇，心底里有种莫名的感动，我青春的生命也曾那样盛开过、怒放过吗？

与邵阳几位性情相投的姐姐们相会紫薇园，只见整个山头各式各样的紫薇盛开着，园中的紫薇花异彩纷呈，淡紫、纯白、紫红、粉红、胭脂红、暗紫等各种颜色，在阳光下变化多端、争相竞艳。让人眼花缭乱、目不暇接，一树一树花玲珑，一树一树花葫芦。高高低低错落有致，光滑的树干没有皮的包裹，它的枝枝叶叶伸展开去，极为夸张地向四周延展。

我们徜徉在紫薇花树下，选取最美的镜头好一通乱拍，人面紫薇相映红，我沐浴着姐妹情谊的春风，仿佛一只开心的蜜蜂在花间嘤嗡，与一群心灵相通的朋友交游，也是种难得的幸福啊！触景生情来了几句小令《长相思》：“一丛花，两丛花，姹紫嫣红满园芳，如诗如画廊。 紫薇开，紫薇残，姐妹情谊永难忘，温暖我心房。”

没想到紫薇树可以长得那么高大，柔弱的枝条可以用来造型，有花瓶、有葫芦、有游龙戏珠、有花亭子，千姿百态，惊艳绝伦，尤其是那条紫薇长廊曲折蜿蜒，从这山到那山，那无限延展的美伸向了遥远的天边，也伸进了我的脑海。真想有那么一天，我也能在生我养我的地方造一个紫薇园，在人间留下满园的芬芳，给世人带来美的视觉、美的享受。

紫薇树姿优美，亭亭玉立，如一把把撑开的巨伞，撑起夏日一片荫凉，开出一片绚烂。紫薇也叫“怕痒树”，如果你爱不释手去抚摩它时，全树的枝条都会随之摇荡，漫天飞舞的花瓣雨带着馨香，随即就飘扬开来。那千娇百媚的颤动，那风轻弄影的柔姿，那一瞬间的灿烂，让人迷也令我醉。

我们在紫薇花下留影无数，姐姐们虽年过半百，心却依然年轻浪漫，一个个在花前弄影扮靓、笑逐颜开、手舞足蹈，仿佛又回到了快乐的童年。景因人多姿，人因景多情，情景交融更动人，我想只要有颗年轻的心，岁月便不会苍老。

喜欢一种事物，就希望它圆满！紫薇，我生命的花树，好喜欢它可以开到这样极致，这样张扬，这样绝美，这样惊艳，开到繁花似锦，开到一发不可收拾。

紫薇花花语是沉迷的爱和好运，从紫薇星化作紫薇花的那一刻开始，便给人间带来了平安和幸福。有民间传说，当你和你爱的人在紫薇树下牵手时，若能在彼此的掌心看到天堂的模样，便是一生中最幸福的归宿。

据悉紫薇有一奇特的本领，在她颀长的枝干上，年年生出表皮，年年又自行脱落！脱落后的新枝，露出细腻光滑的树干，终年玉肌润肤，如玉石镂成，别具风韵，因此又有“无皮树”的俗称。俗话说：“人活一张脸，树活一张皮”，可在紫薇，“树活一张皮”就成了荒谬警句！紫薇历经自然的种种遭际，却能完成生命的自我蜕变，常变常新，美丽着自己的美丽，芬芳着自己的芬芳！

大千世界，芸芸众生，万丈红尘中，谁能在短短一生中，抱持一份独特情怀，一种优雅品质，一颗超越凡俗的心？谁又能从爱出发，给人间留下一抹温馨色彩，一种不朽的神韵？

我爱家中阳台上这紫薇的盆景，愿它常开常艳伴我一生一世。我也爱笔下喜怒哀乐的世界，希望能用我的文字把紫薇的笔名点缀得更加美丽动人。

（作于2010年9月）

谁人知我莲的心事

清晨的薄雾浮起在荷塘上，犹如轻纱笼着的梦，似醒非醒，碧绿的荷叶团团圆圆、挨挨挤挤，清风徐来，便有了一道道凝碧的波痕，一波一波传到荷塘那边。

翠绿的荷叶、粉红的荷花，它们交相辉映，便成了炎炎夏日里一道百看不厌的风景。

可惜这缤纷的美丽，于我却难得一见。我虽出生在一个名叫荷叶的地方，此地却是浪得虚名，我已长成一位亭亭少女，还不曾见过荷叶荷花是什么模样。

后来在高中的课本上，学习朱自清的名作《荷塘月色》，才对荷花有了点模糊的理性认识，曾经反复诵读默记在心的段落，偶尔想起还会蹦出脑海："叶子出水很高，像亭亭的舞女的裙。层层的叶子中间，零星地点缀着些白花，有袅娜地开着的，有羞涩地打着朵儿的……"

有时在画中或电视里见过荷的韵致，也在唐诗中品读过荷的风情："毕竟西湖六月中，风光不与四时同；接天莲叶无穷碧，映日荷花别样红。"

直到某年夏天，耳闻了多年的荷才从诗画中走出，与我亲密接触，圆了多年的念想，真是踏破铁鞋无觅处，得来全不费工夫。那是我师范学习临近毕业，我们班去东江水泥厂小学实习，早上我还保持着晨练的习惯，天刚蒙蒙亮，就沿着水泥小路跑向旁边的田野，跑着跑着，突然发现有数亩见方的荷塘，逼近眼前，惊喜之情写在眉间心上，遂放慢脚步，轻轻走近，怕惊扰了荷的清梦。

清晨的薄雾浮起在荷塘上，犹如轻纱笼着的梦，似醒非醒，碧绿的荷叶团团圆圆、挨挨挤挤，清风徐来，便有了一道道凝碧的波痕，一波一波传到荷塘那边。碧波之上荷花静静地开着，粉红的、纯白的，有灿烂地开着的，有含苞欲放的，还有半开未开的，犹如亭亭玉立的少女羞涩地藏于叶浪之中，时隐时现，翩翩起舞，美不胜收，把个荷塘点缀得清雅脱俗，赏心悦目。

那时的我，花季般的年龄，怀着诗意的婉约，还有美好的憧憬，不沾半点世俗的尘埃。正是诗人席慕容笔下盛开的夏荷：

我
是一朵盛开的夏荷
多希望
你能看见现在的我
风霜还不曾来侵蚀
秋雨还未滴落
青涩的季节又已离我远去
我已亭亭　不忧　亦不惧
现在　正是
我最美丽的时刻

从那天起，便与荷塘每天早上有个约会。过了几天，班上的一个女学生送我两朵水灵灵的荷花，有种惊艳的感觉，让我眼前一亮。刚把它们插入盛水的瓶中，就有只胆大的蜜蜂闻香而来，只见粉红的花瓣守卫着一个黄色的莲蓬，上面突起褐色的小顶，那里面定是莲子藏匿的地方吧，像极了我见过的蜂窝，莲蓬与花瓣之间，嵌了一道金黄色的花蕊，仿佛锦旗边上饰着的流苏，好美！

那个炎热的夏天，实习生活很快掠过，记忆中便是孩子们可爱的笑脸与荷花的明媚交相辉映。

那一别便是数十年的光阴飞逝，荷叶荷花成了梦中的影子，飘着荡着就远了。

后来慢慢地知道，荷花乃我国传统名花。有迎骄阳而不惧，出淤泥而不染的气质。它在人们心目中是真善美的化身，是吉祥丰瑞的象征，也是佛教中的圣物，我们所见的观音菩萨，都是静坐莲花之上，向人间洒着甘露普度众生。

再见荷花是今年的夏天，听朋友说起不远处的一个山庄，有一不大不小的荷塘正开着花，遂约了几位朋友前往，沿着山庄幽雅的小径漫步，走着走着，拂过脸颊的风送来了丝丝缕缕的清香，已经闻着了荷塘的味道。

走近了，果见绿树掩映的缝隙之间，有久违的荷之容颜，荷塘不大，盛着满满的绿，团团圆圆的叶子把水面密密地覆盖着，仿佛盛着一池的翡翠，而那些粉红的花点缀其间，高高低低、错落有致，甚是养眼。偶尔，会有一两声蛙鸣，打破荷塘的寂静。

站在柳树下，眼前一塘荷香花影，神思恍惚，仿佛看见二十多年前在荷塘边流连的自己，风雨未曾侵袭，灵魂一片芬芳纯净。多么希望自己还是那个未经尘世霜雪的女子，有如这静静的夏荷。

可是此荷已非彼荷，人生若只如初见，何事秋风悲画扇？那碧绿之上盛开的花朵，可是我曾经失落的诗心和飞扬的梦幻？

再闻荷香，时间之手已将岁月刻在我的额头，经历过人世间的种种，被伤过的心门已经深锁，芬芳的笑靥之后，谁人知我莲的心事？不由得想起宋代的一首词来：

杨柳回塘，鸳鸯别浦。绿萍涨断莲舟路。断无蜂蝶慕幽香，红衣脱尽芳心苦。

返照迎潮，行云带雨。依依似与骚人语。当年不肯嫁春风，无端却被秋风误。

（作于2001年夏）

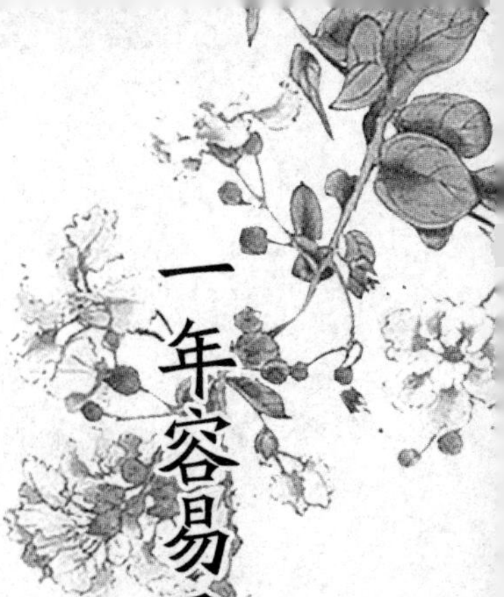

一年容易又秋天

每当秋风初起，漫步乡间小径，踩着落叶的沙沙声，偶尔还会想起，想起往日那些或快乐或痛苦的片断，没了忧伤，也失了怨恨。

时光不解催人老，一年容易又秋天。

今年的夏天在我的记忆中，是有生以来最凉爽、最好过的夏天了，它来得晚去得急，虽然白天有明晃晃的太阳，可晚上的风吹得人舒坦，家里的空调成了摆设，收藏在柜中的凉席不曾使用，秋天就悄无声息地来了。

一两场夜雨过后，就有了秋的凉意，薄衾难耐五更寒，起来后长袖厚衣就替代了飘飘夏裙。

偶尔从乡间走过，会感觉到秋色从身边一点一点地浸润开来，漫向遥远的天边。田野里呈现一片丰收的景象，打稻机欢快地唱着，人们在金黄的稻浪里起起伏伏，收割着一年的辛劳，果园里的橘子红了，板栗也咧开嘴笑了。

在这个季节里，我们因为收获而充实，因为充实而幸福。

一年容易又秋天，春天的轻狂、夏天的灿烂转瞬即逝，生活中曾经经历的多少煎熬，多少彷徨，多少希冀与失望，都化作轻声的叹息，在清凉如水的秋夜里烟消云散。

碧云天，黄叶地，秋色连波，波上寒烟翠。喜欢流连在这样的意境里，与秋共舞，让心灵的低语在思绪的琴键上跳跃，如窗前的那串风铃，叮叮咚咚，发出些快乐的声响。有红叶划过心底的思念，有秋水一脉流过眼帘，有风过竹林时的一缕颤音。

这才是我的生活，我想要的生活。

秋天的山冈是这样的美，深深浅浅，浓浓淡淡，飘荡着果实的芬芳。在微凉的风里，漫步原野山冈，心情是那么的轻快舒畅。桂花的馥郁，芙蓉的艳丽，野菊的清幽，红枫的热烈，把这个季节点缀得丰富多彩，妖娆迷人。

天高云淡，望断南飞雁。

这是个色彩斑斓的季节，一座山头就可以赤、橙、黄、绿、青、蓝、紫，一树两树红枫就可以美丽你的视线。踩着落叶的沙沙声，走向季节的深处，只要心中有爱，眼前便有美丽的风景。

每当秋风初起，漫步乡间小径，踩着落叶的沙沙声，偶尔还会想起，想起往日那些或快乐或痛苦的片断，没了忧伤，也失了怨恨。心似月光下一泓湖水，宁静优美，盛满了月华的恩典。

真的喜欢这个季节，不冷不热，不温不火，随心随性，可以牵着梦的手跟着感觉走，蓝天越来越高，越来越温柔。可以躺在阳光下的秆垛上，清梦悠悠。这个季节也是最安全的季节，没有蚊蝇飞舞，没有害虫出没，蛇也冬眠去了，除了小鸟的啾啾和风声掠过，山野寂静。

喜欢一个人，骑了车到附近的乡间漫游，看农民建的小洋房，欣赏新农村建设的风貌，感觉到生活在改变；喜欢一个人，月下漫步，闻着桂花的芳香，揽着明月清风低吟浅唱。

这个季节总会产生一些经典的画面，珍藏在我人生的收藏夹里，可以让我在将来某个时刻打开翻阅，如饮香茗，慢慢地品尝，悠悠地回味。

（作于2012年秋）

深秋一片枫叶红

飘落的枫叶染红了林间小径，像是铺了层厚厚的红地毯，走在上面，听着脚下发出沙沙的低吟，仿佛听到了岁月流逝的声音，春去秋来，春去秋来……

一年四季当中，我最爱秋天，秋天把人们从酷热烦躁带进了凉爽宁静。这个季节里，不用说天高云淡可以望断南飞雁，不用说阳光温暖可以乡间徒步欣赏秋色的旖旎，不用说野菊芬芳桂花飘香，不用说那数不尽的果实垂满枝头，更有那一片片层林尽染的霜叶红枫，宛如诗中低吟、画中浸染，夹进书中便是一页美好的回忆。

秋天的丛林五颜六色，赤橙黄绿青蓝紫，其中火红的枫叶最能吸引人们的视线，我曾经在下乡途中，见到一座小山峦被红红的枫叶镶嵌了一道漂亮的风景，也渲染在了我的心上，总想着找机会去探访。

时隔不久，又一次下乡经过那里，同伴去村里办事，我则选择走进那片枫林，轻步慢移款款独行，我走进了季节最美丽的深处。用心地交流，无须更多的语言，只能沉浸，只能遐想，只能享受，只能呼吸。

这片枫林不知生长于何时，从那高大挺拔的躯干上可以看出，肯定经历过不少岁月的打磨。此处位于小村的后面，一看就知道是该村的后龙山，后龙山是用来藏风聚气的，那是世代封禁的风水山，严禁任何人上山砍伐树木，于是才有了这片野生枫树蓬勃生长绵延至今的繁荣。

这个名不见经传的小山村的红叶，没有北京香山红叶的磅礴气势，也没有南京的栖霞丹枫那么有名，亦没有长沙岳麓山红叶的云蒸霞蔚，更没有杭州灵隐西山红叶的多姿色彩。可是它们却近在眼前，真实可感，那么亲切、那么自然地环绕在我身边，带给我愉悦，带给我温暖。

飘落的枫叶染红了林间小径，像是铺了层厚厚的红地毯，走在上面，听着脚下发出“沙沙沙”的低吟，仿佛听到了岁月流逝的声音，春去秋来，春去秋来……

清风掠过，枫叶一片片从树上飘下来，仿佛无数只蝴蝶在眼前飞舞，演绎着一场盛况空前的凋零之美，也许我能读懂它缱绻的柔情，也能读出叶脉间风侵霜染的伤痕，还能读出它的落寞无奈，时光流逝了的岂止是青春，生命的来去谁也没法阻止或挽留！

枫叶红了的时候，红得热烈，红得灿烂，如火如荼，犹如天上织女遗落的织锦，给这个逐渐萧条的季节平添许多韵致，如写着秋天里完美的童话。捡拾几片红叶放在手心，丝丝缕缕的感叹会油然而生，依稀的风景中总有一个背影或明或暗、或远或近地浮现在眼前。

感觉春天才刚来过，曾拥抱着温暖的阳光，站在花红柳绿中留影，转眼就是秋末初冬，稍纵即逝的时光啊，昨日还是青葱岁月，如今就已人到中年。时光之手年年染红的是枫叶，染白的是双鬓。山高天远烟水寒，相思枫叶丹。站在这片激情燃烧的林子里，它的美丽凝聚了岁月精华，触摸着记忆的河床，那散落一地的是无法清空的思念和刻骨铭心的永恒，真个是满山枫叶红，一片离人泪，山映斜阳天接水，芳草无情，更在斜阳外。

我知道人的一生肯定得有一些历练，在不断地追求与奋斗中，经历挫折或磨难，才会丰满成熟，才会有一双智者的慧眼，将是非黑白看得分明，才会有“行至水穷处，坐看云起时”的豁达与坦然。

如果没有风侵霜染，哪有枫叶的红艳如丹？通常美丽的背后隐藏着不为人知的磨难，不经历狂风暴雨便没有彩虹的绚烂。

读懂枫叶，便读懂了人生。夕阳下，红枫如火，我拾起精致的一枚，悄悄做了岁月的书笺，掩藏起那一份不舍的缠绵。

（作于 2012 年秋）

家乡美

春天的馈赠

风儿刮得轻狂，吹得我通体舒畅，神清气爽，飘散着我的长发，轻抚着我的肌肤，一直抚到我的心窝窝里。

今年的春天，除了春节几天反常的晴日高温外，从农历初六一直到现在近五十天的日子里，只有四天的时间见到了可爱的太阳，其余的时间都是烟雨迷蒙，雾霭沉沉。

冷冷的空气里，包裹着一颗盼望着云开日出的心。2014——爱你要死，我想是不是因为谐音如此，所以这个春天才如此的伤感缠绵，不是在外面流泪呜咽，就是在室内泣涕涟涟，唉，这恼人的春天，这春天渲染得过分的烟青色，仿佛穿行在戴望舒那幽深又寂寥的雨巷，哀怨迷离彳亍彷徨，让人没来由地惆怅，总担心那些花儿朵儿，还没来得及去探看，就魂消香断无处可见。

阳春三月，花红柳绿，莺飞草长，让人想起来是多么美好的季节，半个多月过去了，还没见老天一个笑脸，细雨缠绵了二十天，才有了天晴的迹象。

清早起来，镜子上一片水雾迷蒙，地板上也湿漉漉的，直觉告诉我今天应该有太阳。望向窗外，有了温柔的光影，我的心开始欢蹦乱跳。感觉等了好久、盼了好久，久违的太阳啊，终于露出了你亲爱的笑脸！

我要去乡间闻闻春天的气息，看看花，看看树，听鸟唱歌，知道2014年的春天曾经来到眼前，驻留过我的心间。

我奔向油菜花盛开的地方，不多久就来到了解放村的胡腾水边，近些年这里的田野都种植着上百亩的油菜花，成了春天里一道亮丽的风景，成了市民春游踏青的好地方。

年年岁岁花娇艳，岁岁年年人不同。去年我也曾来过，在风中欢笑，在花间留影，今年我的额头多了一道横纹，发间又添了几许星星，花却盛开得依然灿烂，依然明媚。

远远地望见那片花海，那是春天里灿烂夺目的地方。沿着河边的小路，走向那片金黄。河边浸染着一片新绿，岸上的垂柳披上了春的新装，迎风起舞摇曳生姿，她那长长的水袖，在清亮的河水中摇过来晃过去，晃动着柔情若许，想起灞桥折柳的相思，多少离别的情意系在那柔弱却又坚韧的枝上，演绎着风情万种。

风儿刮得轻狂，吹得我通体舒畅，神清气爽，飘散着我的长发，轻抚着我的肌肤，一直抚到我的心窝窝里。风中蕴含着花的芬芳，丝丝缕缕沁入我的心肺，深深地吸上几口，心旷神怡、通体舒畅。

鸟儿的歌声婉转，清脆、嘹亮，它们在河边的柳树上起起落落，在蓝天下快乐地飞翔。成群结队的麻雀，南来的燕子，尾巴长长的翠鸟，其中有应季而生的布谷，还有种叫不出名字的鸟，时断时续地叫着："清明斗队，得箩挂纸。"声声鸣叫提醒着人们，一年一度的清明节即将来临，别忘了逝去的亲人。季节过后，这种鸟就无声无息没了踪影，让人领略到动物界的神奇。

惊蛰过后，冬眠的青蛙被春雷轰醒，进行着春天的大合唱，田野上变得热闹非凡，生机勃勃，听着是那么亲切、那么悦耳。

穿行在油菜花海，那些花儿密密匝匝地簇拥着，在阳光下灿烂，在风中起伏，有如春姑娘巧手织就的锦缎，上面铺展着春深似海。的确，春天里大片大片的油菜花，是这个季节里最经典的诗篇，也是这个季节最赏心悦目的辉煌。不管走到哪里都惹人眼球，这油菜花不但成就了远处江西婺源的风景，也成就了近处安仁春分时节的油菜花节。

清风过处，油菜花行云流水般漾动着，掀起层层金黄的波浪，周围弥漫着沁人心脾的清香，感觉身子开始飘忽起来，人渐渐地被融化，融化成花间翩翩起舞的蝶。看到无数的蜜蜂在花间嘤嘤嗡嗡，它们采摘着香甜，也为人类奉献着香甜，让人欣喜，让人赞叹。

前些天的风吹雨打，花儿由盛转衰，油菜苗条的腰身日渐丰腴，自下而上，花落之处结满了荚子，荚子悄悄鼓胀。我知道眼前的绚烂，此一别再要相见便是明年的春天。

油菜边的田埂上，生长着一丛丛绿油油的野葱，只要你有心，用不了多少工夫就可采得一把，和上鸡蛋煎炒，或与过年的红烧肉坛子辣椒烹调，便是这个季节里上好的美味。

肥沃的菜地里，生长着一丛丛荠菜，颀长的身子上开满星星点点的白花，想起“三月三，荠菜煮鸡蛋”的习俗，情不自禁地摘了一把，准备回去煮鸡蛋吃，三月三也就不远了。

远远地看见一树桃花粉红在村旁，穿过菜地走近，花随风舞，飘零得差不多了，拍下来做个纪念吧。在村子溜达了一圈，小村静悄悄的，只有几位老人晒着太阳聊着家常。难能可贵的是还发现了一株李树，开着稀疏的白花，今天的收获可就全了，桃红李白菜花黄，这就是春天的美丽，这就是春天的馈赠。

（作于2014年春）

火树银花不夜天

喜欢眼前这片流光溢彩的世界，感觉自己像是一尾鱼，游在天上的银河里，也游在东海龙王的水晶宫里；又像是一只蝴蝶，在这片灯光绽放的花丛中飞来飞去，翩跹起舞……

2010年的春节徘徊在一条阴冷狭长的小巷里，裹着凄风冷雨、愁云惨雾，让人每天恋着床、恋着温暖的火炉，躲在室内听着鞭炮从早响到晚，日子过得沉闷而寂寥无趣。

真的希望自己是只青蛙，在寒冷的冬天来临前沉沉睡去，然后在春风温柔地吹拂中苏醒，一觉醒来便是花红柳绿的春深水暖。

盼望着，盼望着，终于盼来了太阳的笑脸，晚饭过后，与家人信步朝着广场走去，远远地看见四合院办公楼前一片灯光璀璨的世界，三岁的侄女挣脱我的手，撒着欢儿跑去，边跑边开心地喊：“好看好看，快来看哦，那里有好多好多星星呀！好多好多花树呀！”

为了装点春节喜庆的气氛，去年岁末县里花了不少代价实施亮化工程，在办公楼前的树上挂满了彩灯，每当夜幕降临，这里成了流光溢彩的海洋。感觉像是闯进了上帝的后花园，玉树琼枝，七彩斑斓，如梦似幻，看得我目眩神迷，好一个火树银花不夜天啊！

我的天，啧啧，这么多的灯亮着，看是好看，可是好浪费呀！这样亮一晚上得要多少电啊！同行的老妈一生厉行节约，见此情景心疼地感叹。

老妈，你赶不上时代了，思想落伍哩，城市夜晚的美丽就靠这些灯光来点缀，如果没有这些路灯、彩灯，到处黑咕隆咚的，你还敢出来散步吗？

老爸算是开明人士，他瞪着惊奇的双眼，欣赏着这片彩灯装扮的海洋。也叹息地说："这么多灯浪费啊！如果能给我们的退休工资涨点就好了。"

老爸是从企业岗位上退下来的，退休金少得可怜，才一千出头，比从烟草公司退休的老妈少了好几倍。

年轻的弟妹们兴高采烈，谈论着桂阳的经济发展了，生活越过越好，有了财力就可以把我们居住的城市打扮得越来越美丽，眼前的这一切，真是太漂亮了……

晚上的气温比较低，广场上人影寥落，过了没多久，身边的人陆续散去，亲人们转了几转回家了。因我的住处离得近，还恋恋不舍地转着圈，在办公楼前流连忘返。

喜欢眼前这片流光溢彩的世界，感觉自己像是一尾鱼，游在天上的银河里，也游在东海龙王的水晶宫里；又像是一只蝴蝶，在这片灯光绽放的花丛中飞来飞去，翩跹起舞……

那一树一树的星星闪闪烁烁，那一条一条不断急速滑落的流星雨，营造着亦真亦幻、朦胧暧昧的世界，在人们面前展现着科技再造的梦幻之夜，广场披上这层华丽的外衣，有着怎样的妖魅惑人，让我不忍别，不忍离……

脚步越走越轻快，心情就像风一样自由，夜不再寒冷寂寞，温暖的感觉萦绕着全身。

此情此景让我想起了一首宋代词人辛弃疾写的《青玉案·元夕》："东风夜放花千树，更吹落，星如雨。宝马雕车香满路，凤箫声动，玉壶光转，一夜鱼龙舞……"

词中描绘的是宋代都市过元宵节的情景，有彩灯的点缀，有烟花的绽放，香车宝马美女如云。眼前这片广场的美化、亮化，不但增添了节日喜庆的色彩，也为蓉城百姓打造了一场丰富的视觉盛宴。如今只要你愿意晚饭后走出家门，每天晚上都可以欣赏到元宵节里五彩缤纷、火树银花般的美丽。

（作于2010年春）

文化园里夜之魅

远山近水，沐浴在淡淡的月色中，一切的一切，是那样的平和安宁。长廊的椅子上，依着几对甜蜜恋人窃窃私语，让你感觉到生活是那样的月圆花好。

文化园于今年“五一”节闪亮登场，它一登场便成了一道亮丽的风景线，成了桂阳人引以为傲的城市名片，吸引着四面八方的眼球，节假日园内游人如织，热闹非凡。

开园第一天的白天和晚上，我带着亲友和家人，随熙熙攘攘的人流，在园里转悠了两圈，感觉真是美极，妙极。白日里的文化园有如明眸皓齿的美人儿，撩拨得人心旷神怡，赞叹连连；夜幕下的文化园更是妩媚妖娆，让人流连忘返，不忍离去。我心里有了隐隐的骄傲，我们桂阳终于打造了一个有山有水的休闲游览之所，有了一个让世界欣赏桂阳的理由。

从那以后，我便爱上了文化园里迷人的夜色，每当晴日向晚，沐浴着习习晚风，我的双脚便会不由自主地朝着文化园方向走去，有时和朋友一起，有时是一个人。

一路上，经欧阳海广场，过翡翠公园，悠悠然便到了文化园。来来往往许多或熟悉或陌生的面孔，从身边出现又隐去，人们带着茶余饭后的满足与悠闲，享受着城市建设与社会经济发展带来的舒适与美好。

走进夜幕下的文化园，仿佛走进了上帝那绚烂夺目的宫殿。

夜色朦胧，灯影朦胧，树影朦胧，月色更朦胧。一条洁净的柏油路在园内绕来绕去，将文化园内的各个亭台楼阁串联在一起，九曲回廊宛若游龙穿行在波光粼粼的水面上，五光十色的轮廓灯倒映在水里，仿佛一座海龙王的水晶宫在我的视线里轻轻地摇荡，清风徐来，那一层一层的光影随水波荡漾，令人赏心悦目，目眩神迷。

沿着游道或游廊蛇行漫步，一步一回响，路旁一块块石碑无声地演绎着千年古郡的文明历史，从桂阳监、桂阳军、桂阳路、桂阳府、桂阳州，一直到桂阳县，就这样触摸着历史发展的脉络，踏着先辈的足迹，领略着桂阳的历史变迁，那一个个历代先贤人物鲜活地向着你走来——卫飒、蔡伦、胡腾、李思聪……

走着走着，夜就深了，没有了人流如织，没有了热闹喧嚣，园子渐渐地变得安宁静谧，只有路旁的轻音乐还在悠扬地响起。

斜倚水上长廊，静静地拥抱着湖光月色，聆听着蛙鸣悠扬，感觉如神仙一般的舒适惬意，自在逍遥。

那高高耸立山头的文昌阁，与清风低语，揽白云入怀，浑身披挂着彩色的灯饰，美轮美奂，有如玉皇大帝的灵霄宝殿，在夜色中闪烁变幻，在此可俯瞰文化园的繁荣和变迁。

而我置身的神农湖（前身为塔背水库），在灯光的衬托下，轻风徐徐，水波潋滟。湖边林木披绿，鲜花竞秀，游廊相接，亭台相间，如此优雅迷人，我想即便是王母娘娘的瑶池也不过如此吧。

这夜幕下的文化园，是那样的柔美，那样的静谧，如梦似幻，仿佛天上宫阙莅临了人间。

远山近水，沐浴在淡淡的月色中，一切的一切，是那样的平和安宁。长廊的椅子上，依着几对甜蜜恋人窃窃私语，让你感觉到生活是那样的月圆花好。

桂阳的千年时光就浓缩在这里了，一起演绎古郡故事，一起低吟浅唱湘昆戏曲。从此岁月静好，年华无伤。文化园的夜真的很美，很妩媚！美得让我动容，妩媚得让我动心，让我歌，让我咏，让我感叹，让我欣慰。

这样的夜晚，漫步在活色生香的文化园，优雅从容，恬淡自适，还可欣赏那音乐喷泉的绚丽多姿，魅力无限。水面吹来的风阵阵凉爽，吹去了我的疲惫，也舒畅了我的心怀，给我以花的馨香，以灵魂的抚慰。

要知道曾经的桂阳城灰头土脸，晴天一身灰雨天一身泥，让我伤感，让我讨厌，让我时时想逃离。

两年以前，这里还是一片荒郊野岭，水边的山上长眠着已逝的先人，时常是哭声伴着哀乐在上空回荡，每到夜晚，这里便笼罩着阴森凄凉。

才短短的两年时间，桂阳人就将这里化腐朽为神奇，进行了一场华丽的蜕变，仿佛一个千年老妖转身回眸就成了妙龄女郎，巧笑倩兮，美目盼兮。这片青山绿水可以做证，这是桂阳之幸，也是桂阳人之幸，游荡多年的灵魂有了皈依，茶余饭后又多了个休闲游玩的好去处。

文化园就像是一个刚刚诞生不久的婴儿，清新自然，明山秀水，人见人爱，吸引着四方宾朋，逗留着八方来客。

我知道，随着文化园建设的推进，除了现在的神农湖水景区，接踵而来的将有先秦文化区、汉代文化区、唐宋文化区、明清文化区等，这些景点将会相继亮相在世人的眼前，不用说，那时的夜色会更璀璨，更具迷人韵味，更悠长。

（作于2015年秋）

人间四月天，醉美泗洲山

如蚕丝般的白云在我们的视线里飘来荡去，在阳光的照耀下发出令人目眩神迷的色彩，仿佛伸手就可触及，就可揽入怀中，握在手中……

泗洲山是桂阳境内最高的一座山，海拔一千四百二十八米。此山位于桂阳北面突出部，北邻常宁，东隔永兴，怀拥莲塘、桥市、欧阳海等三个边远乡镇，是桂阳县一座名副其实的边陲之山。

4 月的一天，听一位朋友形容泗洲山的美丽，说 4 月的泗洲山是一年中最美的季节，漫山遍野的杜鹃花开得轰轰烈烈，他手机里拍摄的照片证实了他的描述，看得我心驰神往，恨不得立马就到山上去一饱眼福。

心动不如行动，把想法在协会群里一宣布，立马就听到了几声回应，第二天上午一行五人说走就走。

这是 4 月下旬的一天，春色深深。早晨一场阵雨过后，地面湿漉漉的，小城上空还云山雾罩，只要不下雨就是好天气。

到欧阳海镇上吃过午饭，开始上山。一路上芳草鲜美，野花竞放，蝶舞蜂飞。山脚下的野蔷薇开得五颜六色，空气中弥漫着野花与泥土的芬芳。

几个人说说笑笑就到了半山腰上，以前叫老鸦窝的地方，英雄欧阳海的故居所在地，我们去纪念馆里参观凭吊，出来接着往上走，便是正式进入大山的腹地了。

据悉泗洲山之名的由来有两种说法：其一是站在山顶远眺，可以看到郴州、永州、衡州、连州四州之地；其二是此山曾为明代大臣陈尚伊所购，陈尚伊为桂阳泗洲人，故称“泗洲山”。

上山的路蜿蜒曲折，沿山体盘旋而上，在峡谷中左冲右突。有一段路弯曲成了一把勺子的形状。不时有几树红艳艳的或淡紫芳菲的杜鹃花闪入眼帘，不断刷新我们的视线，引得几位美女惊叫连连，仿佛遭遇离别多年的梦中情人般，惊喜激动之情溢于言表。好在驾车的男士沉稳冷静，不受干扰，只关注前面的路，无暇顾及山上的花。

看着那些盛开的杜鹃花，这一丛那一簇点缀在苍松绿树之中，我们忍不住想下去与花共舞拍个痛快，可惜没地方停车，只好一个劲地往山顶冲。

行至半途的悬崖峭壁之处，突然风起云涌，茫茫雾海迎面扑来，五米开外看不清人影。我们就在浓雾包围之中，犹如置身蓬莱仙境，且行且小心，气温突地冷了许多，大家的心也开始往下沉，都在害怕会有一场大雨来临，坏了赏花的心情。

我安慰大家说：“别担心，菩萨会保佑我们，我们怀着一颗虔诚的心来朝拜，到了山顶应该会云开日出。”

果然，快接近山顶时，仿佛是一只巨手轻轻一扯，就把厚厚的雾幔从山头掀了开去，云开雾散，太阳露出了甜蜜的笑脸，远山近岭犹如一幅苍劲雄浑的画卷，徐徐展现在我们的眼前。那红红的杜鹃花如星星之火恣意燎原，映衬在翠绿的草坡上。那一种惊艳之美，撩拨得我们神魂颠倒。几位美女迫不及待地从车上奔了出来，欢声尖叫：“哎呀哎呀哎呀呀！好美呀，太美了！太好看了……”

我们一边欢快地呐喊，一边与杜鹃花合影留念，手中挥舞的彩色丝巾犹如我们喜悦欢快的心情，蓝天、白云、杜鹃花、逶迤的群山，无不充满大自然春天的神奇之魅。

人因景生情，景因人多姿。

酒不醉人人自醉，花不迷人人自迷。

我们兴高采烈地走向山的最高处，边走边唱还扭起了欢快的秧歌：“解放区的天是晴朗的天，我们大家都好喜欢……”

没多久我们就到达了主峰三角坪所在地，办公的平房形成个半包围结构，一面敞开着修建有篮球场，像是张开热情的怀抱欢迎着客人的到来。

矗立在山顶的电视转播信号塔高耸入云，与天相接。据悉此塔始建于1980年，用来转播中央及地方的电视节目。

如果没有这几间工作的小屋和信号塔，便不会有上山的水泥路。我们能够轻松地到达山顶，免除跋涉攀登之苦，这是路带给我们的便利。

站在山顶，风起云涌。风吹得我们长发与衣衫齐飘，也吹得堆积在山巅的白云不断地升腾翻卷。驻足凝视，仿佛听见无数的白云在怒涌，在咆哮，好一幅波澜壮阔的景象哟！让我想起了郭沫若的诗《立在地球边上放号》，情不自禁地有了吟上几句的冲动：

啊啊！云哟！云哟！

云的绘画，云的舞蹈，云的音乐，云的诗歌，云的Rhythm哟！

如蚕丝般的白云在我们的视线里飘来荡去，在阳光的照耀下发出令人目眩神迷的色彩，仿佛伸手就可触及，就可揽入怀中，握在手中……

哦，泗洲山，神奇壮美的山！

整座山巍峨雄浑，大气磅礴，那一绺一绺伸展开去的庞大山体，犹如身着婚纱的新娘拖着长长的裙幅；那美妙柔和、波浪起伏的线条，展示了泗洲山最迷人的画卷。峰峰相连的山坡上，是青翠的草甸，让我感觉到了整个的一个纯粹。

就在这绿毯一般的草坡上，缀满丛丛簇簇的映山红，点燃了泗洲山激情浪漫的春天，给泗洲山披上了一件绚烂夺目的锦绣花袍。

我情不自禁地就有了想放歌的冲动，那首张惠妹的成名曲《站在高岗上》，不就是此时最好的演绎吗？

连绵的青山百里长呀
巍巍耸起像屏障呀喂
青青的山岭穿云霄呀
白云片片天苍苍呀喂
我站在高岗上向远处望，
那一片绿波海茫茫
……

我们流连在这高山之巅，感叹着祖国的大好河山，原来我们桂阳也有如此神奇、如此诱人的美景，难道是养在深闺人未识吗？置身你的怀抱，我才发现我掌握的语言是那么苍白贫乏，我不知道该怎么来形容，如何去比拟。

美好的时光总是太过匆匆，还没看够，还没看透，短暂的停留，就得说再见了，真的不忍不舍。回来的路上，频频回首，回首处，苍山如海，杜鹃似霞，斜阳正浓。

再见了，泗洲山！但愿再见你是年年的人间四月天。

我要在最美的季节里，与你重逢，与你相恋，与你深情相拥。

回来后，翻遍了所有描写桂阳的文献资料，里面难觅你的踪影，甚至是县志里也只有寥寥几笔的记载。此山虽是县内最高的山，却不是名山。也许因为名山得有古刹古寺，有香火的熏陶还有些人为的点缀，还得杜撰些牵强附会的神怪传说，比如，扶苍山有寺、有石头、有仙人的传说，坛山有庙、有舜帝的故事，等等。这些于泗洲山来说，都是身外之物，它有的只是自然赋予的美，莽莽苍苍，起伏跌宕，如一条巨龙腾挪闪跃，潇潇洒洒游向远方。

好一个“清水出芙蓉，天然去雕饰”。我就喜欢这样淳朴、简单、原始的美景，没有人为的破坏与装饰。整个的一个纯粹，整个的一个大气。问同行的朋友，他们经常走户外，也说泗洲山不但是桂阳最高的山，也是最美、最值得一看的山，真是英雄所见略同。

也许此山带给前来游览的人，只是一种美好的回忆，少有见诸笔端。我真不明白，古往今来，难道只有我的笔下是情人眼里出西施吗？

桂阳是典型的山地丘陵地带，触目皆山也。我的足迹几乎走遍桂阳的名山胜水，唯有泗洲山是初次探访，也许最美的留到最后欣赏才更有撼人心魄的魅力，便有了“除却此山不是山，从此他山懒回顾”的感慨。泗洲山，我要浓墨重彩地赞美你，并为你深情地吟唱。别的山去了也许不会再去，唯有泗洲山，相看两不厌。

我知道从此与你有了春天的约会！

（作于 2015 年 4 月）

石头成就的扶苍山

我们流连在这高山之巅，百里河山在眼底展开一幅长长的画卷：逶迤的群山似少妇拖着的长裙随意舒展；大大小小的水库、山塘如明珠般点缀其间；远远近近的村落演绎着人类成长的历史；各类鸟儿的欢唱，与鸡鸣狗吠奏响了人与大自然和谐相处的交响曲。

扶苍山位于我县光明乡与白水乡交界处，是桂北半县四大名山之一，这四大名山有“苍山鼓，白阜旗，流峰笔，坛山砚”之谓，因而有文人根据其地理地貌赞桂北风景曰：“苍山擂鼓当先，白阜摇旗呐喊，流峰作笔醮坛山砚之香墨，写尽桂北无数风光。”而扶苍山胜景又名列四山之首，此山以奇形怪状的石头闻名，吸引着四面八方的人们来此一游，看日出、观云海、欣赏石头构造的奇景。

我到过此山两次，都是在杜鹃花红遍山头的春天。第一次是刚调入桂阳报社工作不久，下光明乡采访时，逮着机会在乡干部的陪同下上山一游，时隔二十年以后，又重上扶苍山踏春，更加深了对此山的印象和感悟。

人间四月芳菲尽，此山杜鹃方映红。

第一次是徒步从山脚爬到山顶，第二次公路能到半山腰，少了一半的路程，因为对山顶上无限风光的向往，沿途都有盛开着的鲜花和野果相伴，爬山过程虽累也觉得开心。

远远望见一堆嵯峨怪石耸立在高山之巅，当地人形容那是头向天嚎叫的巨狮，巨狮之下有一堵壮观的石墙，那里便是扶苍山寺所在地，寺中尽是断壁残垣的苍凉。不知此寺建于何时，只见寺内残缺的碑碣甚多，有明嘉靖二十九年（1550年）重塑金身香炉的铭刻，有明代以后历代扩建修复的碑记。寺庙坐西向东，其神龛在石狮的口中，顶部如穹庐，神龛左右有僧房十余间，错杂勾连曲径相通。令人惊奇的是整栋建筑不用一钉一铆，也无一木一砖，全部用精致的石块砌成，顶部覆以大小一致的雕花石瓦。室内的祭坛、神龛、香炉，均以石雕成器。屋面采用长条石梁、石檩、石椽构筑，尤其是那石瓦，更为奇特，以一块长一米的花岗岩板材，打凿成U形，两边生翅，盖住瓦槽，防止漏雨。

整个建筑被丰富的石文化拥抱，无不体现了古代能工巧匠的聪明与智慧，造就了悬崖上的文明与奇观。

扶苍山寺，又称“团山石庵”。

这一堆巨石和谐地聚集在一起，如一头向天怒吼的雄狮，头顶苍天，有着扶撑苍天之伟气，传说这堆石头是女娲补天所剩、遗留在这山顶的宝贝。人们依景取名，山名“扶苍”因此而来。

寺院始建年代不详。据悉初始为茅舍，后来更新为砖瓦木筑就。由于这里山高风急，导致院墙时常坍塌。直至清乾隆年间，有女尼偕徒来此山住持，在某天晚上的梦中，见一女子前来嘱咐，说山头有石材无数，此乃女娲补天时，在此设采石场所剩，寺院如用此石砌筑，可永葆稳固。

女尼醒后，按照梦中旨意，与徒弟四处化缘筹资，遍请能工巧匠，终于修建了这座石质寺院，于清嘉庆二年（1797年）竣工，设有女娲神位并金童玉女三尊神像。

寺院南侧有石门，门前有石犬伏卧，忠实地守卫着寺院的大门，千百年来看尽世间的沧桑与变幻。石犬之下，有巨石形状如鼓，狂风吹过似有隆隆鼓声响自其腹。这便是“苍山鼓”的来历了。

沿寺的左侧攀上狮头，上有一块巨石，人称“团山石”，看上去犹如戴在巨狮头上的帽子。这帽子可有来历，相传扶苍山与遥遥相对的白阜岭是两只巨虎，由于白阜比扶苍高，常常恃强凌弱欺负扶苍，两相争斗闹得尘土飞扬，殃及百姓。有位仙人路过，见此情景，随手用吸烟的长竿把白阜头上的帽子挑下，戴在了扶苍的头上，从此两山高低相均不再争斗。

我们小心翼翼地贴着团山石移动，四面是悬崖峭壁，看得我胆战心惊，稍不注意滚了下去恐怕是魂都没地方寻。此时，从西面来的劲风吹着云在我们的周围缭绕，相隔几米远就云里雾里地朦胧着，犹如置身蓬莱仙境。心里不由得发出苏子的感慨："飘飘乎如遗世独立，羽化而登仙。"

不一会儿云散雾开，太阳凑热闹来了，笑看我们这群吃饱饭撑着没事干的人，在石头上爬来爬去。俯瞰山下的世界，发现山的两侧是截然不同的两种气象。西面的华泉乡处在阴云笼罩之下，东面的光明乡温暖宁静如世外桃源。难怪临上山时友人对我说："等你爬上了山顶就会知道这儿为什么叫光明乡。"

我们坐在"狮头"上，指点江山，环顾四周，只见万山重重叠叠蜷伏在脚下。它的南麓有一堆形状怪异的石头，当地人称"鸡啄石"。传说是被雷公劈碎的两只好斗成性的妖鸡化石。山的北面与白阜岭余脉相对峙，其中有一条地势险峻的峡谷，峰势虬曲蜿蜒，像九条游龙在那嬉戏盘踞，当地人称之为"九龙关"。

寺院往北百米之远，有四座石塔傲然挺立。它们立在悬崖之上，看似摇摇欲坠，仿佛随便一阵风就可把它们吹下山去，可它们却岿然不动地屹立在那不知历经几世几劫，令来过这儿的游人叹为观止。

石塔前面一座，后面三座。其中一座有四级，其余三级。一级一石浑然天成，塔身宽约六米，高约十五米，犹如四把巨剑直指蓝天。令人不可思议的是前面那座塔，底下一圆柱形石头撑起两块看上去大好几倍的巨石，像极了原子弹爆炸时升起的蘑菇云。奇哉！妙哉！称它为扶苍山一绝应是当之无愧！远远望去，这几座石塔犹似一位要远行的小伙子在跪别双亲，当地百姓把此景称作"孝子拜双亲"。

我们流连在这高山之巅，百里河山在眼底展开一幅长长的画卷：逶迤的群山似少妇拖着的长裙随意舒展；大大小小的水库、山塘如明珠般点缀其间；远远近近的村落演绎着人类成长的历史；各类鸟儿的欢唱，与鸡鸣狗吠奏响了人与大自然和谐相处的交响曲。沉浸在这大好河山的美景中，心情为之舒畅，胸襟为之开阔。

有句话这样形容："不到扶苍，枉到桂阳。"

那确实是。

（作于 2016 年春）

夜游芙蓉路

我爱这月色温柔，整个世界如同在牛乳中洗过一般，由朦胧而变得空灵；我爱这风中的花香，轻轻地柔柔地渗透我的味觉；更爱这芙蓉路上的旖旎风光，为我摆设了一桌月下的盛筵，让我细嚼慢咽，让我沉醉痴迷。

日暮黄昏，夕阳无限，今天是中秋节过后的一天，都说十五的月亮十六圆，估计今天晚上大多数人家都会倾巢而出，去登高赏月。周边的公园内肯定又是车水马龙，游人如织，不亚于昨晚的热闹。

月华如水之夜，我是那不甘寂寞的影子，总想与月共舞，踏月而歌。等广场上的喧嚣归于沉寂以后，便独自一个人骑了车出游，外面已是一片清凉的世界。

蓉城经过提质改造，旧貌换了新颜，路面都已拓宽并铺上了柏油，干净且舒适，适合这样的夜晚骑车去吹吹风。

穿越欧阳海广场，沿宝蓝路一路飞奔，到了新修的公路尽头，那里离东塔公园不远了，山顶的东塔披着锦绣华裳，灿烂辉煌，亮在了我的眼里，仿佛黑夜里的一盏明灯，指引着远方游子归家的方向。

没了城市的灯光笼罩，月色便明朗圆润起来，站在一片泥土堆积而成的广场上，举头望明月，低头闻桂香，可以发思古之幽情，可以想些浪漫的往事，孩提时月光下捉迷藏、玩游戏，风华正茂时一群年轻人狂跳月光下的迪斯科，恋爱时花前月下的踯躅……

这些快乐的回忆已然远去，如今只喜欢一个人漫步苍茫月下，静静地沐浴着月华的恩典。对面的山上林木葱茏，星光银辉的映照下，山朦胧树亦朦胧，山洼里有个小小的村庄，闪亮着几家灯火。印象中，我曾来这里采摘过春天的野菜和秋天的雏菊，随着城市的繁荣和扩张，村庄即将消失，我知道这里是规划中正在兴建的文化园所在地。

转回来沿着空旷的芙蓉路行进。

真个是几日不见让人刮目相看，这里前不久还是零乱的黄土堆，尘土飞扬，机声隆隆，现在却成了令人赏心悦目的风光带。只见宽敞舒适的人行道上，有树、有花、有园林，旁边还砌了两条不高的围栏，覆以瓦片，有着江南水乡古郡遗韵的特色，雪白的墙上装饰着长条幅的绘画，有桂阳风光，有琴棋书画，有梅兰竹菊，有文明礼仪，等等。

我把车停放在了一边，沿着长廊优哉游哉地漫步，感觉像是走进了另一个童话的世界，并惊讶于桂阳城市建设的大手笔，这里的开阔、大气、优雅美丽，真的可以“赶超长浏望，领跑大湘南”了。

就这样，一个人欣赏着眼前的良辰美景，洒下一路感叹，短短的几个月时间，为了今年的旅游节盛会召开，举全县之力绘就眼前这么一幅优美的风光图，真的不容易。尽管那些墙上的画是印制好后镶上去的，成就的也许是瞬间的美丽，只为了在节日期间让大家一饱眼福。

当然，这一切今夜都在诱惑着我的眼睛，撩人的月色把它打扮得风情万种、浪漫迷人，我像是一尾鱼儿畅游在月光涌动的河流中，这片天地唯我独行。流连在画中，行吟在诗中，月光赠我银色的华裳，感觉自己是今夜芙蓉路上最有情调的女王，拥抱着这一片诗情画意的长廊，可以随心所欲、流连忘返。

我知道，有些东西，只有用心去感受，才会发现它的魅力。这月光下的诗画长廊仿佛化作一个又一个动人的故事，从远古到今天一一向我走来：看到了孜孜以求的蔡伦，看到了刀光剑影中的赵子龙，看到了拦马救人的欧阳海，看到了奥运赛场的易思玲，也看到了桂阳美丽的山山水水……

我爱这月色温柔，整个世界如同在牛乳中洗过一般，由朦胧而变得空灵；我爱这风中的花香，轻轻地柔柔地渗透我的味觉；更爱这芙蓉路上的旖旎风光，为我摆设了一桌月下的盛宴，让我细嚼慢咽，让我沉醉痴迷。

夜深深，人悄悄，月西斜。

我醉了，神游在回家的路上，心中有无数美好的祝愿。但愿桂阳的明天会更好！希望未来蓉城的人行道都如此这般宽敞、舒适、优雅、美丽，让人行走在上面，如沐春风、如饮醇酒，且骄傲，且自豪，会不由自主地浅吟低唱："小城多可爱，温情似花开，悠悠古韵宝岭游，芙蓉路上芙蓉栽，若是你到小城来，收获多多乐开怀。"

（作于2014年秋）

月夜，从郴州回桂阳

今夜，独自一人，驾车漫游在这条路上，行云流水般的感觉，MP3里萨克斯曲调悠扬，淡淡的心事随音乐缓缓流淌，开着窗，让清风明月沐浴着我，便觉是个浪漫的自由人，心情好得如鲜花盛开的春天！

下午去郴州办事，与朋友吃过晚饭，聊着聊着就是晚上10点。起身道别走出餐厅，感觉到了城市的繁华热闹，大街上仍然车水马龙，街灯亮如白昼。

穿过北湖公园，到新一佳超市泊车的地方，感觉到了月亮的光辉，洒在公园的角角落落，节奏强烈的动感音乐，在公园入口处的上空飘荡，伴随着人们起舞翩翩，和谐而美好。

抬头望望太空，一轮渐趋丰盈的月亮向人间抛着媚眼，园中娇小玲珑的紫薇静静地吐露芬芳，真个是月圆花好，美景良辰！

朋友劝我那么晚了明天再走，我说现在路好走又有月亮做伴，半个多小时就可到家，没必要留在这里给宾馆赚钱。

车子缓缓驶出灯红酒绿的市区，驶上郴桂大道，路渐渐地宽敞，来往的车辆也少了。这个月白风清的晚上，独自一个人，开着小车，听着行云流水般的音乐，在这条道上吹吹风真是种难得的享受。

月在高处如影随形，流泻着一地银光，远山朦胧如黛，近处田野村庄如梦似幻，尽可以放慢速度欣赏这无边的月下小景，疲惫的心被抚摩得妥妥帖帖，有点暧昧，有点缥缈。

从郴州到桂阳，路程不到三十公里，如今由一条宽敞笔直的大道连接着，中间隔离着高高低低的树，犹如一条碧绿的玉带铺陈着风光无限，镶嵌其中的路灯点亮一条夜的银河，让人感觉温馨无限，不再惧怕夜归的孤单与黑暗。

从郴州到桂阳，二十年前，是一条弯曲狭窄的省道，不但多绕十几公里，而且坡陡弯多，事故时有发生，驾车得时时注意路面，绷紧安全那根弦，哪能有我今晚这般闲情逸致、轻松适意，可以偶尔开开小差，欣赏一下窗外的夜色。

十年前从郴州到桂阳已改道，修建成一条较为平坦宽敞的水泥大道，叫郴资桂高等级公路，来往都得停车收费。那些横亘在各条路上的收费站，成为司机们的心结。不管开车走到哪里，都得留下买路钱，让司乘人员烦不胜烦，体会到什么是怨声载道，为此发生的冲卡纠纷不断上演，矛盾愈演愈烈。

郴资桂高等级公路停止收费后，路面坑坑洼洼，多处开裂难行，市里经过反复论证考虑，要拓宽此路路面，改为双向八车道，修建一条宽敞舒适的柏油路，以改变交通落后的面貌，真正以实际行动建设“两城社会”和“两型社会”，优先建设郴资桂“两型社会”示范带，早日实现把郴州建设成为湖南最开放城市、湘粤赣省际区域中心城市的目标。

不用说，改扩建的这两年行走在这条路上，不但坎坷难行还尘埃满天，晴天这条路上黄龙滚滚，五米之外就视线模糊；一遇雨天泥滑路烂，对面驶过的车把泥浆溅满你的车身，如果车窗没关，泥点子还会亲上你的脸。走上这条路，再好的心情也变得糟糕，遇上堵车，车辆如蚂蚁一般走走停停，离合刹车都得冒出烟来。有时堵上五六个小时，没个不骂娘的，行路难的叹息与诅咒洒满了这条不算远的路。想起去郴州心里就郁闷纠结，十分不爽，都渴盼着此路早日通畅，心也顺畅！

全国烤烟现场会在桂阳召开，懒洋洋、停停打打的修路工程，终于在各方面的压力下有了动力，路上机器开始轰鸣，工人多了起来，紧赶慢赶，加班加点，在现场会召开的前夕，郴桂路终于全线畅通，虽然有部分路段只能单边行走，但总算路面平坦不再有堵车之虞。不得不每天行走在这条路上的公交车司机，皱了好久的眉头终于有了舒展的时候。

这条双向八车道的柏油路面，白天有鲜花绿树，晚上有路灯温暖，而且不用再交买路钱，半个小时就可以从郴州风驰电掣到东塔岭脚下。

今夜，独自一人，驾车漫游在这条路上，行云流水般的感觉，MP3里萨克斯曲调悠扬，淡淡的心事随音乐缓缓流淌，开着窗，让清风明月沐浴着我，便觉是个浪漫的自由人，心情好得如鲜花盛开的春天！

不由得想起些事来，尽管我们的身边有这样那样的负面新闻，有地震海啸，有洪涝旱灾，有瘦肉精有黑心棉，有妇女儿童被拐卖……但我们也不可否认，历史的车轮在滚滚向前，科学技术日新月异，人们的生产生活环境日趋完善，战胜灾害的能力逐渐加强，我们的日子如宋祖英在歌中唱的——越来越好。

这样的康庄大道，应该会渐渐地多起来吧。

不知不觉，古老的东塔如灯塔般闪入视线，家在月色深处等着我，郴桂路上漫游归来。

（作于2014年夏）

蒙泉的咏叹

这么一汪流淌了千年的泉水，而且有着一个与历史上的名人诸葛亮、赵子龙相关的传说故事，可是作为桂阳人，竟然少有人知。

冬日难得的一个周末，暖暖的阳光照耀着久雨初晴的大地。我想起有段时间没看望父母了，收拾起被雨雾浸淫的惆怅，准备回娘家走走。

娘家住在通往宝山的路旁，与赵子龙酒厂相邻，当然离蒙泉也就不远了。赵子龙酒厂的兴建缘于蒙泉清冽的井水，在 20 世纪曾经盛极一时，在桂阳城里可谓是家喻户晓。后来随着经济大潮的起起落落，酒厂倒闭，如今只留下个酒厂的名字在上了年岁的老人记忆中依稀再现。

普通的水井一般砌成四四方方口字形，而蒙泉井的井沿是用八块条石砌成八个角的形状，世间少有，因而周围的居民都称其为八角井，少有称蒙泉井的。许多年前曾经去探访过，记忆中已然模糊，在娘家小坐一会儿，刚上小学的侄儿蹿来蹿去，我问他知道八角井在哪儿吗？

“我当然知道，爸爸带我去那里挑过几次水。姑妈，你想去我就带你去。”这个小机灵鬼说。

于是他在前面蹦蹦跳跳地带路，我在后面跟着。远远地看见了芙蓉峰顶新建不久的亭子，我知道芙蓉峰下就是蒙泉所在地，从大道拐进蒙泉的路坑坑洼洼，堆放着建筑材料和垃圾，污水横流，老鼠乱撞。两边正在被开发商利用，兴建住宅小区。

这不能不说是城市建设的一处败笔，令桂阳许多有识之士为之扼腕叹息，我也不例外。

我曾经站在县委书记的高度设想：在这里修个蒙泉广场，立座高大雄伟的赵将军塑像，点缀些鲜花与绿树；重建西寺（子龙庙），再打造个三国时的古战场，与后面芙蓉峰连成一片，与宝岭公园融为一体；再恢复赵子龙酒厂并让其穿上古色古香的外套，依附酒厂装饰个酒吧饭店什么的，让前来游览的人们品尝赵子龙酒厂的米酒、糊汁酒，再建个茶吧、书吧，让人们游玩累了时可以坐下来休息，生发些思古之幽情。

这该是我们桂阳多么有内涵的历史文化名片啊！

遗憾的是这只是我个人的想象，纯属虚构。

不禁长叹一声："惜哉，惜哉！枉有好风景，却总是养在深闺人未识，还时不时遭受人为的破坏。"

视线里出现一道红色的围墙，侄儿用手一指："姑妈，到了，八角井就在里面。"

围墙外一棵古老的樟树下，有两眼井，应是从里面的蒙泉引出来的，好几个妇女在那洗衣说笑。

路的右侧立一石碑，表明蒙泉于 2006 年 5 月被省人民政府公布为湖南省省级文物保护单位。

围墙入口处上书"蒙泉"，旁有一对联写着：

甘洌醇香烹茶煮酒怀先杰，幽深久远写意抒情乐此间。

对联倒也对仗工整，意境不错，只是这么个巴掌大的地方，如何写意？如何抒情？

穿过大门，便是一小巧玲珑的亭子，由四根石柱擎起，青瓦石柱渗着古意，上书一对联：

此来柱笏看山，孤负平生能著屐；

为客飞符调水，偷闲试院且煎茶。

从县志里我了解到，这副对联乃是1888年仲夏，督学使者钱塘人张预来桂阳州主持童生考试，寺院僧人用蒙泉水烹茶招待，张预品尝后，赞不绝口，乘兴于亭中石柱上题写的。

亭子右侧立有一碑，走近细看，竟是“汉顺平侯赵将军庙记”，时间是乾隆三十六年（1771年），可见清朝时在这附近建有一庙用来供奉赵子龙。众所周知，三国时期赵子龙是刘备手下的一员虎将，不但长得一表人才，还忠肝义胆，智勇双全，有常胜将军之美誉。他智取桂阳后，不为色诱不为利谋，当过三年桂阳太守，深得桂阳人民拥戴，为了纪念他，在蒙泉井附近的山上、七里街外和桥市的关口都建有子龙庙。

这庙与井和后面的芙蓉峰曾是桂阳县著名的古八景之一，称“西寺蒙泉”。

亭子过去便是八角井，八角井就在一堆石头下，是从石缝里涌出的清泉，井口不大，一米见方，泉水清澈丰满。据悉，井旁的“蒙泉”石碑是宋绍熙三年（1192年）鄱阳张垓书刻的。

有关蒙泉的故事发生在东汉末年，蜀将赵子龙奉命取桂阳郡，临行前诸葛亮送其装有妙计的锦囊一件，嘱咐其危难之时方能打开使用。赵子龙兵临桂阳后，驻扎在城西芙蓉峰，时值秋末冬初枯水季节，久旱无雨，人干马渴，不知何处取水。情急之下赵子龙想起了军师给的锦囊，急忙拿来打开一看，内有八卦图一张，看来看去怎么也看不出名堂，依嘱置图于地势低洼处，可数日仍不见天上下雨地下涌泉，心急如焚的赵将军在心里埋怨：“军师啊，军师，你的锦囊哪有什么妙计，就用这张图来忽悠我，看我不把它戳个稀巴烂。”气愤之下他用长矛怒戳八卦图，没想到长矛入地处，竟有泉水突喷而出，喜得全军将士欢声雷动，这下解了燃眉之急，众人直夸军师神明，蒙泉就是这么来的。

这股泉水不用说集了大凑山之灵润，凝芙蓉峰之精华。蒙泉水质甘冽，昔时城内居民烹茶酿酒，宁舍近求远，挑桶提壶，去蒙泉汲水用。

自唐宋以来，环蒙泉井建亭台、楼阁、寺庙、殿堂，屡建屡毁，屡毁屡建，赵祠护英阁、报恩寺、蒙泉书院、芙蓉书舍，依芙蓉山而添风采，因蒙泉而增神韵，那时候的蒙泉并不孤寂。

清光绪十三年（1887 年），桂阳知州陈国仲出资雇工对蒙泉、子龙庙进行维修，依八卦图的样式用青麻石砌成八角形，从那时起“八角井”就这样叫开来。

这么一汪流淌了千年的泉水，而且有着一个与历史上的名人诸葛亮、赵子龙相关的传说故事，可是作为桂阳人，竟然少有人知。询问了好些人，大多都说不知道这井在何方，知其然不知其所以然的人比比皆是。

蔡伦与蔡伦井，诸葛亮、赵子龙与蒙泉井应是桂阳的历史文化名片，却不曾做得出彩。也许是我们桂阳人谦逊，不屑与别人争什么逝去的先人，也不屑于对历史文化涂脂抹粉乔装打扮，就让蔡伦井和蒙泉默默地流淌，让历史就这么雨打风吹去吧！

所以，清洌的蒙泉，从三国的故事里走来，一千八百年岁月悄然无声。在传统文化复兴的今天，我们的蒙泉还躲在阴暗僻静的一隅，越来越寂寞，越来越孤单。

我带着侄儿走到亭子边的石碑前，指着那些密密麻麻的文字，给他讲述这井的故事。

侄儿听得非常认真，似懂非懂地点头。

历史文化需要传承，更需要珍惜打造，赋予其教育意义，不是吗？

（作于 2014 年冬）

春日游，樱花吹满头

——写给桂阳县第一届樱花节

我们徜徉在花的世界里，漫步在欢乐的海洋中。那一树一树红粉佳人，排列成春天里最美丽动人的风景，等待着我们的检阅和品评。

农科所上千亩红艳艳的樱花，迎春绽放，将桂阳县农历春节点染得更加喜庆和热闹。灿烂的阳光下，因了这盛开的樱花吸引了四面八方的客人纷至沓来，通往樱花园的路上，前来赏花的人群摩肩接踵，好一幅“车如蚂蚁人如流，花月正春风”的踏春图。

枫叶红遍、层林尽染的冬天刚刚过去，早樱就接踵而来，把红彤彤的花朵缀满了枝头，像是给春姑娘的脸面涂抹上了红红的胭脂，释放着妖冶无穷的魅力，又如熊熊燃烧的火焰，点燃着人们赏花爱美的激情。

时值春节假期，人们呼朋唤友，扶老携幼，倾巢而出。

走起，走起，农科所里赏花去！

樱花林里，人头攒动，樱花树下，留影缤纷。那些人面樱花相映红的图片通过网络，将诱惑的媚眼抛向四面八方，吸引着远远近近的外地朋友、喜欢户外的驴友、爱好摄影的发烧友，一拨一拨成千上万地会集到这片樱花林，小小的进村道路被车流拥堵得水泄不通。

樱花不言，下自成蹊。

这是春姑娘声声亲切的呼唤！这是寄给桂阳春天的第一张名片！

这片美景就这样站在春天的门槛上，酝酿着浓浓的春意，给了爱美、爱花、爱春天的人们一个游玩的好去处，演绎成一块异常火爆的乡村旅游胜地。

此种现象引起了县领导的高度重视，为了顺应乡村旅游这一新潮流、新形势，召集有关部门出谋划策，共同磋商，大手笔策划了“春天到桂阳来赏花”系列活动，并于3月1日举办了“桂阳县第一届樱花节”新闻发布会，利用省市各大媒体的力量，以樱花旅游为契机，为逐渐兴盛的桂阳乡村旅游推波助澜。从此，春节期间，我们桂阳人又多了一个用花打扮的盛装节日。

节日期间，来自四面八方的人们，沿着林间小径走向樱花盛开的地方。

路边的玉兰撑起高高的花冠，如迎宾小姐亭亭玉立，妩媚含笑欢迎八方来客，那片姹紫嫣红引发着人们连声的赞叹。

这一天，湘剧团的演员们身着飘逸的唐装，吹着笛子、弹着琵琶、拉着二胡、演奏着葫芦丝……悦耳动听的音乐在林间飘荡，给节日增添了活泼愉快的气氛；盛装的美女们三三两两点缀在开花的树下，成了节会的亮点，游人争先与之合影，摄影发烧友抢了无数美妙的镜头。穿过一片花落成泥、绿叶成荫的早樱林，到了，到了，一片缤纷花海抓住了我们的眼球，手机、相机响起了一片欢快的咔咔声。

樱花园内人影晃动，欢声笑语，乐曲悠扬，热闹非凡。

春日游，樱花开满头。

这里的樱花唱出了春天的第一首恋曲，且开启了缠缠绵绵一个季节的花事，这一曲演奏完毕，下一曲又悄然响起。

眼前的这片樱花是园中第二批盛开的品种，有“红粉佳人”的美誉。远远望去，灿若云霞，粉红色的花瓣近似桃花，偶尔会有一两株雪白的樱花点缀其中。

我们徜徉在花的世界里，漫步在欢乐的海洋中。那一树树红粉佳人，排列成春天里最美丽动人的风景，等待着我们的检阅和品评。寻找最美樱花活动正在进行，人们穿梭在花树下，与最美的樱花含笑合影。

眼前这一树树粉妆玉琢的樱花，开得那么娇艳，那么灿烂，笑靥生香，摇曳多姿。她们的生命短暂而奔放，七天的花期转瞬即逝，轻风掠过，便是落红无数，真个是明媚鲜艳能几时，刹那飘零难寻觅。我们穿梭在花海中，那一阵一阵的花瓣雨洒落在人们的发梢、衣襟、地上……

花不迷人人自迷，酒不醉人人自醉。

桂阳农科所的三千亩樱花，是春节里呈上的第一桌盛宴，是春天献给人间的第一杯美酒。

笑迎来客，醉饮宾朋！

美了，美了，美了！

醉了，醉了，醉了！

（作于2016年春）

西河风光美如画

走过西河，你会感觉到我们桂阳的山乡巨变，你会领略到党的富民政策给农村带来的幸福，看到新农村建设这支如椽画笔，正把祖国的大好河山描绘得越来越清新、秀丽，给广大农民带来了福音。

西河又名西水，在桂阳的历史上，人们曾经叫它“官溪河”，也叫过“胡屯水”。它是我县境内的第二大水系，发源于太和镇（原清和乡）的罗汉涧，集大小支流三十二条，主流长四十一千米。

这条河在数十年以前，曾经清澈欢快地流淌，河里鱼虾成群，河岸古木苍天，翠滴田畴，稻花香里说丰年，听取蛙声一片。它流经的地方，是桂阳南半县富裕的粮仓。

未打造风光带以前，我曾带着俱乐部的朋友在这条路上徒步过、骑行过，虽然路面坎坷不平，但依山傍水的风景也还宜人，大家一致认为这里是离城最近的、最适合休闲徒步的地方。

只不过那时的河流没得到整治，由于 20 世纪 90 年代乱采滥挖以及沿河梯级电站的开发，使得水流变浅，河道变窄，生态平衡遭到破坏。村子附近的河道成了村民倒放垃圾的场所，臭气熏天，老鼠乱窜，沿岸的树上挂满了人们乱扔的塑料垃圾，美丽的西水在呜咽。

2014 年新年伊始，按照郴州市委、市政府打造生态、小康、幸福西河风光带的要求，桂阳县全面启动西河生态风光带建设。与此同时，全面擂响西河沿线新农村建设、环境整治、河道治理的战鼓。

西河风光带桂阳段，从大溪古村开始，经正和镇的解放、官溪、火田、西水等村，止于正和镇极乐村，全长约十七点六千米。桂阳段位于西水综合治理上游，主要建设项目有：修建一条宽约六米的沥青砼路面旅游公路，一条宽二点五米的城际自行车绿道，河道疏浚和河岸生态防护工程，沿河绿化带及两个绿道驿站和两个生态公园组成，概括为“四线二站二园”，设大溪、西水两个绿道驿站，在大溪和官溪分别设计一个生态公园。最终将其打造成一条集文化休闲、旅游观光的沿河景观经济带。

西河风光带是桂阳县实现“融郴达江”重要战略的桥头堡，也是郴资桂“两型”社会示范区建设的核心部分。共分为“田园风光”“世外桃源”和“江南水乡”三个板块，包括村庄提质改造、河道整治、绿化工程、综合管线工程、城市道路工程等七个子项目，总造价约二十亿元。

该项目以统筹城市建设、改善生态环境、传承文化、经营城市为原则，将西河城区段打造成湘粤知名滨江带、防洪风光带、生态休闲带和文化展示带，实现“水清、岸绿、路通、景美、文华、城兴、业荣”的发展目标。西河沿河风光带建成后，成为桂阳县又一张面向世界的亮丽名片。

通过两年多来卓有成效的治理与改造，如今的西河两岸风光旖旎，道路舒适通畅，成为人们休闲、览胜、骑车、徒步、健身的重要场所。

下面就请跟着我的脚步，去那里走走看看，领略一下西河汤汤、山绿水清、新农村建设那如诗如画的美景吧。

一

我们就从西河风光带的起点开始，去欣赏大溪古村的风貌。走过架在西河上的那座拱桥，穿过新建不久的大溪牌坊，便是大溪古村。

大溪，俗称“大陂头”，位于桂阳黄沙坪街道，村落依山傍水，村民皆骆姓，系初唐四杰之一的骆宾王后裔，迄今已有五百三十七年的历史。

村口西、南各建门楼一座，门首镌有“四杰第”的牌匾，骆宾王是初唐四杰之一，所以该村以“四杰第”为名。对于骆宾王，国人皆知道他七岁时写下的诗歌：“鹅、鹅、鹅，曲项向天歌，白毛浮绿水，红掌拨清波。”

这个古村依山傍水，风景如画，村后骆家山是该村的后龙山，一年四季郁郁葱葱，植被丰茂，入口处新修的骆宾王广场宁静安详，广场后面是诗墙，择其著名诗篇，全是龙飞凤舞的书法刻印在上面。

村中最值得一看的是骆氏宗祠，宗祠内有一戏台保存完好，那些双龙戏珠及花鸟的木雕仍栩栩如生，墙壁上留存着清嘉庆年间福庆园戏班在此连演十五天，表演五十六个昆曲节目的记载。现为省级文物保护单位。

沿着新修的公路踩着满地落叶，可以进入大山的腹地，领略原始次森林的风貌，看看花，看看树，听听鸟儿唱歌，心情闲适舒畅。

下得山来，沿车道前行，便会看见右边有座修葺一新的寺庙，叫作莲花庵，这是一处清静所在，房前屋后翠竹环绕，鸟鸣山幽，适合修行参禅。如果愿意，不妨进去烧烧香、拜拜佛，求个平安顺利或别的什么。

继续前行，一座新农村示范村让人眼前一亮，全是三层楼的小洋房别墅式建筑，依山面水，村前视野开阔。从村前的石碑上知道，这里是解放村的交粮组，原来的旧房全部拆除，只一年时间就脱胎换骨建了新村，成了风光带上的一处亮点。也让我们这些住城里鸽子笼的人好生羡慕，住在这里的村民真是幸福无比啊！

如能在这搞个农家乐什么的，还真不赖。

二

走过交粮组，便是正和镇解放村联组，西河绕村而过。西河岸，一棵三百多岁的古樟树枝繁叶茂。西河上，石块筑就的仙人桥静静屹立。在新建的解放桥没有修筑之前，它是解放村联组村民出村的必经之路。古树与古桥相映成趣，还有桥下清浅的流水，不失为一处人文与自然交织而成的美景。

西河风光带桂阳段，有四座这样的石板古桥，与周围参差错落的古树，浑然天成一幅江南水乡的水彩画。

这里是东汉尚书胡腾的故里，也是桂阳县当年地下革命活动的重要据点，出生该村的徐行很早就加入了中国共产党，积极投身革命运动，曾与毛泽东弟媳王淑兰等革命志士在桂阳一带开展地下活动，他的家是联络据点，至今保存完好。据悉，有关部门准备在这里建革命活动展览馆，供游人参观，以缅怀桂阳的革命历史。

与解放村隔河相望的是一处新修的西河之源广场，广场大气开阔，周围绿树成荫，几座小桥点缀其上。站在河边，斜倚围栏，对面解放村的新容新貌，映入眼帘便是一幅美丽的新农村画卷。

眼前的这一切，看得我们赏心悦目，心旷神怡。相信未来的农村会变得越来越舒适干净，越来越吸引人们的脚步前往观光游览。

三

走过解放村，官溪村也就近了。

西河，也叫官溪河。可见西河就以这个村命名，这个村自古以来就是屯田地，土地肥沃，生长在这块土地上的官溪萝卜清脆可口，闻名全县。

近几年来，每到夏天，这里上百亩的荷塘成了一道迷人的风景，吸引着周边城市的居民前来观赏。

附近有名胜博石岭，山顶的石头奇形怪状，其中一块巨石像是被雷劈成了两半，直立的一面似平滑的镜子，另一面斜着的似人在照镜，当地人称为美女照镜。山上还有好几个岩洞，洞内钟乳石奇形怪状，可供人们寻幽探险。

沿河岸从官溪村到火田村，西河风光渐入佳境。

古树沿河迤逦成一条画廊，以樟树为主，还有许多枫杨树，兼皂角树、乌桕树等树种，它们在风中搔首弄姿，照影梳妆，撑起一片阴凉；一座爬满了藤蔓的古桥连接着西河两岸，田野上农民在辛勤劳作；如果运气好，还可遇见一段瀑布飞泻直下，颇有气势。蹚过瀑布，便是一大片芦苇荡，有人提议可在这里演出实景沙家浜。还有一长溜儿杨树挺拔的身影，春天来时藤蔓相缠成一道美妙的风景。

沿途河水奔流欢畅，成群的土鸭、白鹅悠然畅游，许多不知名的野花恣意绽放，各种庄稼绿油油的非常养眼，好一派田园风光。

走过西河，你会感觉到我们桂阳的山乡巨变，你会领略到党的富民政策给农村带来的幸福，看到新农村建设这支如椽画笔，正把祖国的大好河山描绘得越来越清新、秀丽，给广大农民带来了福音。

（作于2016年春）

桥市乡，好山好水好地方

绵延逶迤的泗洲山下，是一片狭长的盆地，视线所及之处是阡陌纵横的田野，田野后面是一个个小小的村庄，村庄就在林中一片安详。绿树如云，冠盖相连，写意成一幅长长的画卷。

这里地处偏远自然宁静

这里山高林密资源丰富

这里溪流众多奇石遍布

这里峡谷幽深茶园飘香

这里关口险要古韵流芳

这里是驴友户外活动向往的地方

这里就是桂阳县境内落差最大、版图最广的桥市乡，境内西高东低，有桂阳县最高的泗洲山，海拔一千四百二十八点三米；也有桂阳县海拔最低的野鹿滩，海拔为六十六米。

该乡是一个集烟区、矿区、库区、山区、林区、边区于一体的版图大乡和资源大乡，也是近年来逐渐兴盛的奇石之乡，在该乡的辉山村、野鹿村和大滩村盛产桂阳县特有的天然观赏石——彩碧玉和黄蜡石。由于这里的山水自然资源丰富，成为户外活动爱好者经常光顾的乡村旅游休闲之地。

从桂阳县城坐车去桥市乡要经过仁义与和平两个镇区。尤其是和平通往桥市乡的路段，沿途一片山野风光甚是养眼，春天来时满眼翠绿，夏天来了烟海茫茫，秋季里稻浪翻动着丰收的景象。

每次下乡经过那里，我的视线总会被左边的田园风光深深地吸引。绵延逶迤的泗洲山下，是一片狭长的盆地，视线所及之处是阡陌纵横的田野，田野后面是一个个小小的村庄，村庄就在林中一片安详。绿树如云，冠盖相连，写意成一幅长长的画卷。蓝的天，白的云，绿的树，诗意的村庄，好一幅人与自然和谐共处的画面。公路两旁种有许多银杏树，秋天来时一片金黄，也是一道赏心悦目的风景线。

全县通乡公路途中，这条道是最养眼、也让人心旷神怡的地方，植被保护得倍儿好，不管哪个村的后垅山，都是郁郁葱葱，生机勃勃。

最适宜探险、溯溪、旅游观光的风景区，就位于桥市乡境内的辉山村。辉山村地处泗洲山北麓，大义山南缘，总面积八十三平方公里，是郴州市地域面积最大的行政村，境内森林、峡谷、岩洞、瀑布等旅游资源丰富，风光秀美，有五万余亩楠竹，两千余亩天然草地，全村森林覆盖率达百分之九十九以上，近五十平方千米为无人居住的原始次森林。山谷中有清澈见底的溪流，有奇形怪状、极具观赏性的彩碧玉，有珍贵稀少的动植物。本地特产有茶叶、干笋、中药材等，其中辉山云雾茶是封建时代朝贡珍品。

辉山境内的茶叶冲居住着二十来户瑶族同胞，山冲里奔流着两条小河，河水清澈，石头遍布，这里是奇石爱好者经常光顾的地方。山谷里还有座高约百米的石头山，刀砍斧削一般，陡峭而险峻，是攀岩等户外运动的绝佳之所。

近年来逐渐兴起的辉山溯溪乡村游，吸引了周边县市区喜欢户外活动的驴友们前来寻幽探秘，每到夏季，成群结队的驴友纷至沓来，打破了这片世外桃源的宁静。

进入辉山腹地，满眼都是青翠的竹林和茶园。

辉山最出彩的、让驴友们最钟情的便是峡谷溯溪，峡谷里汇聚了来自不同方向的五条溪水，因此叫“五马归槽”。

穿过山坳上一片幽深的竹林，进入峡谷地带，不远处路旁那天然巨石便跃入眼帘，石缝里长出一棵珍贵的植物犹如黄山迎客松，走近了看到石头上刻有三个红色的大字“树石缘”。

从石头侧面下去便是辉山大峡谷，峡谷两旁山势雄浑，重峦叠嶂，莽莽苍苍，植被茂盛，那溪潭镶嵌其中犹如碧绿的翡翠。

峡谷全长约八千米，其中因落差形成别具特色的瀑布、水潭达十余处，矿泉水一样的水质，清澈见底，被驴友形容“可以喝的洗澡水”。

驴友们在这儿溯溪，在这儿游泳，在这儿跳水，享受着夏日的清凉，享受野外放松的惬意。险要处，手拉手攀爬，开心处，放声高歌大喊，人们在山水间陶冶热爱大自然的情趣，尽情释放生命的激情与活力。

最吸引驴友的地方是速滑潭，速滑潭为一巨石形成的天然滑道，溪水流经石面，人坐躺石头上，任由溪水冲击，滑到下面水池，长约三十米，惊险刺激，其乐无穷，欢快的声音在峡谷中回荡。

从峡谷上去，可见两块巨石相对而出，中间一条狭缝，仅容一人通过，道路极其危险，望而生畏。登高则可一眼望穿谷底，景色美不胜收，这就是辉山一线天之妙处。

穿越一片竹林清幽，便是青山环绕的开阔地，中间数亩茶园，有溪水潺潺流过，听说这里上好的茶叶要一斤一千元，珍贵着呢！茶园里新建一家农庄，名字取得富有诗意，叫茶语花溪农庄，为游客提供餐饮住宿。

这里修建了竹亭、竹桥，与茶园融为一体。还新建了水上游乐场，供来客游泳、戏水、冲浪，辉山的旅游设施日趋完善，每到夏季，前来溯溪游玩的人们络绎不绝。

从辉山峡谷下来，往欧阳海大坝方向前行。路在大山的峡谷间延伸，两边风光旖旎，青山隐隐，绿水悠悠，令人赏心悦目，心旷神怡。

不多久便到了野鹿滩，这里有个山清水秀的小山村，叫野鹿村。曾经是野鹿出没的地方，从大富流过来的野鹿溪从村前缓缓流过，溪上有座古老的三拱石桥——野鹿桥，当地人又叫望夫桥，桥上曾建有遮风挡雨的亭子，溪边古树洒下一片绿荫。

这里还有一条气势恢宏的高架渡槽，属欧阳海大坝的附属工程，上面书写着“祝毛主席万寿无疆”八个暗红大字，仿佛在无声地诉说着中国人民对一代伟人的无比敬仰之情。

野鹿古桥、水泥桥与高高的渡槽，三桥在一个水平面上呈三条平行线，互相辉映成一幅美好的画面。

村前不远处便是水流涛涛的春陵江，江面宽阔，石头遍布。

从野鹿村到湖溪桥一带的滩涂叫野鹿滩，这里是桂阳县海拔最低处，地势相对平坦，也是桂阳县与常宁交界的地方。这一带盛产奇石，是奇石爱好者经常光顾的地方。

领略过野鹿滩的幽静美丽，可以顺道去欧阳海大坝参观参观。

大坝修建于 20 世纪 60 年代，由中央军委下文以英雄欧阳海的名字命名。1970 年 6 月，欧阳海水库大坝竣工蓄水，1970 年 8 月 1 日，灌区工程通水，1971 年 7 月完成枢纽配套工程。

欧阳海大坝为五十八米高的混凝土双曲拱坝，坝腰连开五个泄洪孔，属国内首创，曾荣获国家优秀设计奖和工程银质奖。灌区渠道灌溉工程分布在耒阳、衡南、常宁三县和衡阳市郊，分右总干、东支干、西支干、左干等四条干渠。

欧阳海大坝气势雄伟磅礴，四周青山环绕，环境幽雅、空气清新，坝下流水、奇石相得益彰。每逢开闸放水，水声如雷，白练如缎，细雨迷漫，宛若仙境，是理想的观光、旅游、避暑胜地，也是文人雅士休闲垂钓之所。

大坝上有新建的大滩农庄，提供美味佳肴，以鱼的花样为主，兼有部分住宿，还有游艇一艘，供你去水上一游，欣赏水光山色，大坝雄姿。

桥市境内一日游，好山好水好风光。

（作于 2016 年夏）

古村遗韵

诗情画意满球村

舞榭歌台，风流总被雨打风吹去。

也许那些诗情画意将随岁月的流逝而消失殆尽。

一、球村风貌

球村是方元镇的一个自然村，村民皆雷姓，位于新旧桂嘉公路中间，具有极好的交通优势和区位优势。在友人的引领下，笔者踏着秋日的阳光走进球村，走进去有如走进一个洋溢着诗情画意的村庄，这里的民居颇有特色，令笔者一见倾心，再见着迷。

映入眼帘的第一栋民居就引笔者驻足，此屋虽不大但二楼窗口的对联及绘画引人注目："登楼佳客谁题凤？垂钓醉翁独占鳌。"对联两边配有四幅花鸟鱼虫的绘画，远远地透着一丝丝文化气息，房主出来打招呼，告诉我们说屋外右侧一砖上刻有建房年代，扒开柴草一看果然如此：清同治四年六月初六日。屈指算来应是 1866 年，距今一百四十年的历史，房子及绘画仍然那么完整清晰。

最精彩的要数村中建于清朝时期的古民居，一律的青砖瓦房饰有石雕木刻与彩绘浮雕，各有各的风格，各有各的特色，没有一处是相同的，厚重的木门打开一家一户勤奋耕耘、积玑累珠的历史。翻开该村雷氏家谱，找不到多少达官显贵的痕迹。他们的祖辈大多喜读诗书却与功名无缘，以耕锄为乐、勤俭自励，农忙时躬耕田野不辞辛劳，农闲时贸易四方不畏跋涉之苦，日积月累富甲一方，然后置田数亩，建房立业。把青砖瓦房建得一丝不苟，这些富起来又腹有诗书的农民，把他们的喜好淋漓尽致地体现在房屋的装饰上，把文气、财气尽情展现出来，即便是细微之处也见精致。

最让人赏心悦目的当属门楣上精美的木雕，最令人赞叹的当属屋檐下的彩绘浮雕，虽历经百余年风雨沧桑，仍然那么完美鲜活。二楼窗旁的对联诗画，无不体现当时房屋主人的情趣爱好，寄寓对未来的美好祝福和殷殷希望。深厚的文化底蕴就从这些地方丝丝缕缕地渗透出来，吸引着笔者去欣赏、去解读。

他们的先祖启森公第三子雷孔文，出生于明朝成化年间，此人生性洒脱懂医学，时而登高望远、游山玩水，时而吟诗作赋览经阅史，或高卧北窗或采药深山，每遇月白风清之夜，辄携盘带酒，邀数密友对酌闲话。他觉得人生苦短、昼短夜长，何不秉烛游。该行乐时得乐之，莫负青春好时光。遂一生陶陶然唯事逍遥，留一半清醒一半醉，潇洒人世走一回。恰好他的夫人出生富贵人家，既识字又识大体，《唐诗直解》一部皆记无遗漏，夫唱妇随不失为和美家庭其乐融融度一生。

还有一位明朝崇祯年间出生的雷祖位，生性旷达不拘小节，读书之余操弓挟矢，游猎田野，虽有一身武艺满腹韬略，却不事王侯，年年岁岁唯抱膝长吟诗饮酒自娱自乐，数亩禾一竿竹终老此生。

他们唯诗爱美的天性当然也体现在房屋的建筑上，点缀着诗情，彩绘着画意。屋檐下的浮雕有山水有人物，有花鸟有虫鱼，有传说有故事，其中有一民居檐口的浮雕别具一格，只见一层帘幕下掩着一条回廊，回廊分隔成五个部分，每个部分的廊檐花色不同，里面浮雕的内容各异，中间是一条巨龙，昂首欲飞；左边是鲤鱼跃龙门，小桥、孤舟、亭子装点其间；龙的两侧各配诗一首，其中一首是陶渊明的田园诗：

结庐在人境，而无车马喧。
问君何能尔？心远地自偏。

采菊东篱下，悠然见南山。
山气日夕佳，飞鸟相与还。
此中有真意，欲辨已忘言。

那刚劲有力的书法，与诗画搭配得错落有致，相得益彰。

该村没什么官宦之家，最有出息的当属明万历年间的朝圣公，他不但天资聪颖，博览群书，还善骑射，通兵法，文武双全，有勇有谋。更可贵的是宅心仁厚，因为父亲病重，他侍奉在侧不肯应试，视功名为身外之物。明朝末年兵荒马乱，他怀着男儿当报国的志向，投笔从戎，屡立战功，不久被授千总骠骑，随洪承畴陕西征战，击败张献忠军被擢升为总兵，诏封为常宁伯骠骑将军。可惜他生于末世壮志难酬，明朝在清军的马蹄下灭亡，他在退守云南后忧愤成疾，客死他乡。

村里有栋曾经金碧辉煌的古居，此房不但大气而且装饰得非常华美。进门的石坎、石墩及转角石上全是浮雕，大门上两个门簪是木刻高浮雕，浮出平面的是一老汉牵一老太跳起欢快的舞蹈，圆柱四周刻满了象征吉祥的动植物。门额上全是人物与花鸟的木刻，无不栩栩如生，令人赞叹。三块烫金的牌匾分别悬挂在门厅、天井与正厅的上方，上面写着“孝友恒春”“恩承雨露”和“瑞撮丰城”。用来祭祀祖先的神龛雕龙画凤，远看像座飞檐翘角的亭子，突出在厅堂之上，全都漆成黄金的颜色，可称得上是精美绝伦的工艺品。可惜神龛的大部分木雕被盗走。此房两条侧门均饰有漂亮的门脸，一边是“祥云”，另一边是“瑞霭”，彩绘着许多麻雀在上面叽叽喳喳。前面屋檐下十幅彩绘浮雕更是村中一绝，有荷花、青松、男子摇钱树、游龙戏水、凤凰于飞等，而且都配有诗句，即使是翘起的飞檐上也不放过点缀，饰有蝴蝶、诗句和寿星，站在上面的两位老寿星在那窃窃私语了百余春秋，从一牌匾落款上读到了“光绪八年”的字样。

村中一栋占地面积最大的民居，屋前的一块青砖上刻有户主的名字及建房的年代。据家谱记载，他们的祖先宗富公，生性聪明，自幼饱读诗书，因为家道中落，他无意功名，挑起兴家立业的重担，带着六个儿子或荷蓑荷笠牧牛于山野之中，或背负肩挑采樵于深山老林，日积月累富甲一方，于乾隆四十一年（1776年）花费银两数千修建华居大屋。房屋高大宽敞，雕梁画栋，做工非常考究，大门的门槛、门墩全是精美的石刻高浮雕，有象征吉祥的动物麒麟、花草、仙鹤等。该房的木雕非常精美，多种雕工巧妙地融合在一起，有浅浮雕、高浮雕、镂空雕、透雕、圆雕等。采用雕刻的多种表现手法，画面布局错落有致、层次分明。门首门簷平面上的高浮雕人物是他们具有传奇色彩的祖先，叫“骑马公公”。骑着高头大马呼风唤雨而来，据悉，该村曾有一座骑马公公的木雕塑像，该村每年都要为其举行隆重的祭祀活动，“文化大革命”期间被毁。门簷采用了高浮雕、透雕、圆雕技法，把人物的动感和神情表现得淋漓尽致。侧面则饰以动物、植物、蔬菜、瓜果纹样，这些雕件既赏心悦目，又极具艺术的装饰性。这些木雕采用髹漆贴金工艺，体现了主人的财富和不俗的品位，华美而经典，充分反映了传统的审美情结。

室内有大青石板砌就的两个大天井，天井下水处有一石雕乌龟，既有美化居室又有防范小孩失脚的作用。两侧厢房全部用上好的木板造就，天井两侧的厢房上饰有五扇雕花的木窗，每扇窗子中央是一个圆形图案，残存一只仙鹤展翅欲飞，一头梅花鹿嘴衔梅花回头眺望，形态逼真，呼之欲出。最引人注目的是大厅上方用来起牵引固定作用的两根榫子，都是镂空透雕，以花的形状连环盘旋而上。

至今仍住在这座深宅大院的王大娘告诉笔者，这房子曾是她丈夫这个家族聚会活动的场所，婚宴喜庆都在这儿举行。自从房子建成后，凡是他们的子孙后代新婚，婚礼都在这儿举行，而且特辟出最里间的右厢房作洞房，新婚夫妇都要在这住满三天，接受亲朋好友的祝贺，然后再回各自的家繁衍生息。王大娘就是在这儿做的新娘，她说当时这里住着七八户人，厅堂内可办酒席三十多桌，人来人往好不喧哗热闹。四周的木雕还完好无损，所有的厢房油漆通亮，充满了喜庆、温暖的色彩，显示着大户人家的富足。

可惜这些精致的木雕由于被毁、被盗变得残缺不全，前厅后院堆满了零乱的杂物，祭祀祖先的木雕神龛不翼而飞，第一个天井四周横梁上的四个木雕狮头被拆卖给了商人。老宅也许因为年代久远，阴森森的有点让人胆寒。年轻的后代都另立门户，只有两位老妪与空旷凄凉的古宅形影相伴。

村中还有一栋显然是“文化大革命”时期兴建的公房，引人注目的外墙装饰不但继承了祖辈的爱好，而且还具有鲜明的时代特征。从左至右全是毛主席的诗词，突出的墙柱上分别是毛主席的《七绝·为李进同志题所摄庐山仙人洞照》：

暮色苍茫看劲松，乱云飞渡仍从容；
天生一个仙人洞，无限风光在险峰。

第一句诗旁配有一幅画，第二句诗旁配《七律·送瘟神》之二：

春风杨柳万千条，六亿神州尽舜尧。
红雨随心翻作浪，青山着意化为桥。
天连五岭银锄落，地动山河铁臂摇。
借问瘟君欲何往，纸船明烛照天烧。

第三句诗旁配的是《七律·到韶山》：

别梦依稀咒逝川，故园三十二年前。
红旗卷起农奴戟，黑手高悬霸主鞭。
为有牺牲多壮志，敢教日月换新天。
喜看稻菽千重浪，遍地英雄下夕烟。

再过若干年，这些有可能会成为文物保护单位吧。

还有一栋20世纪80年代建的民居，其二楼窗口全是对联与古诗，对联可能是屋主自作："窗向青山四时同；楼纳夕阳彩气多。"上联的左边配有我国最早的古诗《击壤歌》："日出而作，日落而息，凿井而饮，耕田而食，帝力于我何有哉？"另外一首唐诗是储光羲的《田家杂兴》之一："种桑百余树，种黍三十亩；衣食既有余，时时会宾友。"下联的右边配有两首古诗："远看山有色，近听水无声；春去花还在，人来鸟不惊。"（王维《画》）"锄禾日当午，汗滴禾下土；谁知盘中餐，粒粒皆辛苦。"（李绅《悯农》）还有一首唐诗贾至的《春思》："草色青青柳色黄，桃花历乱李花香。东风不为吹愁去，春日偏能惹恨长。"

猜猜屋主也许是位高考落榜生，失意之余只好扎根农村。房子建得简单、马虎，书法也差强人意。不过还是有种文化的传承，体现了一个落魄文人的心志。

村口有株古老的螃蟹树，光秃的躯干上写满了沧桑，也许它老得再也感觉不到春天的气息，只任流年飞逝无语对苍穹。与老树相顾无言的是古戏台，村民已记不起它建于何年何月，台基全是用上好的石块砌成，从那残存的台前木雕上可以想见当时的奢华与气派，丹凤朝阳的图案依然清晰可辨，横梁上悬垂着两个狮头，供演员进出的门上也做了弧形带花的装饰，门楣上点缀着两幅扇形绘画。这里曾经是全村最热闹的去处，锣鼓声声，二胡悠扬，昆腔湘韵在这上空回荡。

如今这里不知沉寂了多少年，台下遍布野草闲花，守望的一对小石狮只剩孤单的一个，几根大木柱撑起摇摇欲坠的戏台，仿佛一阵风就可把它吹翻。

舞榭歌台，风流总被雨打风吹去。

也许那些诗情画意将随岁月的流逝而消失殆尽。

仍然居住在这里的村民，也许勤劳也许朴实，但在他们身上闻不到文化的韵味。他们不知道牌匾上写着什么，不知诗为何物，不知画有何用，没有谁会想到要保存些什么，或继承发扬些什么。

二、球村历史

从村民的口中得知，球村最早的居民是陈姓和郭姓，雷氏是后来者居上，家族人丁兴旺，越来越强大，占据了该村的主要地位，其他两姓或搬或迁逐渐消失。该村那座小巧玲珑的古戏台就见证了三姓共存的历史，据村里老人讲那是三姓村民集资合建的。兴旺发达时唱过一个月的民间小调，亲朋好友会聚在一起，家家客满，热闹非凡。

雷氏的祖先是江西吉安府泰和县人，中了进士的天锡公因生性耿直、仕途失意，遂外出游历散心，行至方元寿竹洞锦里村时，见此地山清水秀、土地肥沃，遂择而居之繁衍生息。他的后代分家迁至嘉禾普满另辟一块天地，球村的始祖启森与启祯便是从普满过来的，他们兄弟二人赶着一大群鸭沿途放养，走到球村便落了脚（这里以前属嘉禾辖区）。盖个简易茅屋住着，然后用卖鸭子的钱置田买地、娶妻生子。现在该村的村民都是他们的后代。

三、球村故事：奶奶爷爷（土话叫伢伢）的传说

走进球村，问起该村的历史，村民都会向你讲述这样一个故事：奶奶爷爷独子开多孙。

这个故事在这儿家喻户晓，说的是某位先祖，人长得似弥勒佛一般，慈眉善目，是个天生的乐天派，胸脯如女人一般丰满，古稀之年仍是光棍一条，被尊称为奶奶伢伢（注：爷爷。下同）。

一天，他坐在门口晒太阳，有小孩叫伢伢，他随口就应了。没想到那小孩白了他一眼，说，又不是喊你，是喊我伢伢，你答什么答。他的笑容立刻僵在脸上，心里颇不是滋味，还是要自己生的儿子的儿子才好，才有孙子巴心巴肺地喊伢伢，自己才有资格享天伦之乐。

从那以后，这位年近八十的奶奶伢伢兴起了娶妻生子的念头，好在他家产还较丰厚，只是年龄过大，谁家愿意把闺女嫁给他这个快进坟墓的老头啊。他绞尽脑汁想了很久，终于想出了李代桃僵、偷梁换柱的方法，他请了一位年轻英俊的后生替他去相亲，这位后生就是该村历史上最有名望的千总骠骑朝圣公，那位十八岁的姑娘躲在闺房里掀帘偷看，见到这么一位才貌双全的少年郎喜不自禁，当即点头应允了这门亲事，等着坐轿出嫁当新娘了。

新婚之夜，闹洞房的人早已散去，却迟迟不见心上人来揭她的红盖头，红烛摇曳着她甜蜜的梦幻，那日思夜想的郎啊，怎么还不来拥抱他的新娘。她忍不住偷偷撩开盖头，却见一胡须皆白的老头靠在床的那一头打盹，她急了，前去摇醒老头：“伢伢，你怎么还不回去睡觉？新郎呢？到哪儿去了呀？”

“哦，我回去睡觉？今晚我哪儿也不去，就睡这里了。”老头见这么一位如花似玉的姑娘坐在自己面前，只疑是梦。听她这么叫才知道媳妇已经娶进家门，从今往后就是他的人，可以为他传宗接代，会有自己的亲孙子叫他“伢伢”了。虽然是采取不正当的手段骗来的，但毕竟同室而居了。

“不行，你怎么能睡这儿呢？伢伢，你这么大年纪了，怎么就不懂事呢？哎呀，新郎呢，新郎到哪里去了啊？”姑娘急得面红耳赤，她哪知道那个年轻英武的郎君是个冒牌货呀。

奶奶伢伢见不能再隐瞒下去了，便把事情的真相全都告诉了她，是去是留由她自己决定，他不会强迫她。姑娘气得大哭起来，几乎一夜未曾合眼，想了很久，不知道何去何从，新婚的三天她不准老头碰她，新娘子婚后第三天有娘家兄弟来接她回门，在那样的封建社会，女子是没有什么地位的，所谓“嫁鸡随鸡，嫁狗随狗，嫁个扫把背着走”，在回娘家之前，她偷偷地用木炭炻火，把炭灰覆盖在上面。等三天后从娘家回来，她扒开灰一看火还红红的未曾熄灭，预示着这位老头命不该绝应该有后。于是她不吵不闹安下心来跟着奶奶伢伢过日子，第二年果然怀孕生子，老来得子，奶奶伢伢高兴得眉开眼笑，在孩子满月的酒席上，面对各位前来祝贺的亲朋好友，春风满面喜气洋洋，开怀畅饮哈哈大笑，结果乐极生悲笑得背过气去，再也等不到孙子叫伢伢了。

他的儿子倒也为他争气，结婚后一连生了六个儿子，从那以后子子孙孙繁荣兴旺起来。于是就有了“奶奶伢伢”八十岁娶妻十八岁，独子开出多孙的故事，在村民中口耳相传，流传至今家喻户晓。

奶奶伢伢的后代们把这位传奇式的祖先雕刻成神像，置放在村里的寺庙内供奉着，每到重大节日，村民把雕像抬回村里接受众人的朝拜祭祀。祈求雷氏家族人丁兴旺，繁荣昌盛。

（作于 2012 年秋）

大富古宅的故事

沿青石板走完这几栋古宅，让人惊叹的不仅仅是它的恢宏大气，还有它的建筑装饰，不论是木雕还是石雕都非常精致，造型变化多样。

从桥市乡政府往北，有两条乡村公路，一条通往辉山，一条通往欧阳海大坝。

大富村位于去辉山村的途中，离乡政府不过两公里远。去辉山的驴友经过这里都会去欣赏一处古民宅。这栋古宅在该乡首屈一指，是清朝末年一个靠贩卖茶油起家的大富豪黄以阶兴建的。

当地村民中至今还流传着卖油翁发家致富的故事。

据悉，黄以阶出生在清朝乾隆年间，读过私塾、略懂文墨，脑子活络颇有经商意识。有一年秋天，他去常宁白沙镇上赶集，上厕所时无意中听见两个人的谈话，透露了很多地方需要茶油的信息，一个要另一个带封信给做生意的朋友，要他收购当地的茶油，有多少要多少。那两个人走了，信却在无意中掉到了地上，被黄以阶拾到，打开一看，把他高兴得眉开眼笑，无异于捡到了金元宝。信里详细注明了哪些地方需要茶油，等着供货，赶紧采购。这对他来说也许是天意，给了他一个难得的商机。

黄以阶回到家，立即动手收购茶油。他拿出家里所有积蓄，还向亲朋借贷，走遍桥市乡所有产茶油的人家，放上买茶油的订金，说有多少茶油他都要。这样一来，他就垄断了该乡的茶油市场。然后源源不断地送往信中提及的地方，后来又扩展到湖北及周边地区卖茶油的店铺，这一年他稳稳地赚到了第一桶金。

就这样连续做了几年茶油生意后，他成了当地首屈一指的富翁，拥有良田上千亩，积攒的银子用仓廒存放。他开始大兴土木营建自己的豪宅，宅子坐落在村头，一条小河从“颍川世家”的槽门前边蜿蜒而过。

豪宅占地上千平方米，气派奢华，不但轰动全乡，在全县都赫赫有名。前后两排有四栋大房子，分别为油厅、谷厅、官厅和花厅，加上一些杂房，左右两扇院门构成一个整体。

第一排是二进厅的青砖大瓦房，用来存放茶油的叫“油厅”，紧邻一间较小的房子是谷仓，用来堆放谷物。

第二排是三进厅的房子，这里是主人生活起居之所，房屋高大宽敞，内外装饰都非常考究，可以想象房屋落成时，雕梁画栋，金碧辉煌，朱红油漆，喜气满堂。还在中厅设一戏台，逢年过节都会请戏班前来唱堂会，当地村民叫此房为“官厅”。官厅右侧便是“花厅”，这里是女眷们聚集在一起做衣服、纳鞋底、绣花的场所。它的对面是栋二层楼，楼上是私塾，他的三个儿子及族人子弟在这儿接受子曰诗云的启蒙教育。

沿青石板走完这几栋古宅，让人惊叹的不仅仅是它的恢宏大气，还有它的建筑装饰，不论是木雕还是石雕都非常精致，造型变化多样。大厅上方的藻井是非常精美的双龙戏珠木雕，尤其是转角处的石雕别具一格，每块石头上的图案风格各异，运用了高浮雕、浅浮雕、镂空雕等多种手法，将中国古典艺术中龙凤呈祥、双龙戏珠、奇花异草等题材雕刻得灵活精致、栩栩如生，屋檐下的彩绘浮雕仍然保存完好，抬眼望去既可以欣赏前人的工艺，也可解读前人充满诗情画意的审美情趣。

黄以阶富起来了，心地却宽厚善良，当地的慈善事业件件离不开他的捐助，修路、架桥、敬菩萨，在捐助者名单上，他的名字总是排在第一，据村民讲南岳大庙的某根柱子上还刻有他的名字，真可谓“富甲一方，盛极一时”。

为他做事的伙计数以百计，有一次，几位伙计贩油去广州，途中遇雨，泥泞路滑，一位伙计不小心摔倒在地，一担茶油全流在了地上。黄以阶并未责怪出事的伙计，而是出钱请工匠在伙计摔倒的地方铺了十里长的石板路，并在山上修建了一个亭子，称十里亭，供过往挑夫休息。

如今参观这所老宅，只见大厅内烟熏火燎、杂物堆积，早已衰落得不成样子，留下风流总被雨打风吹去的叹息。

（作于2006年夏）

古韵悠悠话筱塘

流连在村中的大街小巷，你分明能感觉到古老与现代的文明在此交相辉映。尤其是那些百年古建筑，装点着诗词、对联、书画，还有石雕石刻与木刻木雕，远远地透着中华民族的文化精髓，传承着我们祖先的审美情趣。

一、七百年成就的古老村庄

筱塘村位于桂阳县和平镇大源岭南麓，是个拥有近三百户、上千人口的大村子。他们的始祖廖达先与李仁昭于元朝武宗庚三年（1310年）在此定居开荒，种地建村立业，迄今为止已有七百余年的历史。筱塘村民崇尚知识，遵守礼教，人才辈出，古有明代出使缅甸和百夷的李思聪，今有以考取清华大学的李鹏飞、北京大学李霞及留美博士李建明为代表的青年才俊。

该村依山傍水，背靠大源岭，村东村西各有一条发源于大源岭、小源岭的小溪，绕村而过汇聚成村前的一湾水塘。周围的山上曾经古木苍天，遮天蔽日，景色无比秀丽。

据该村族谱记载，在一个春和景明、阳光灿烂的日子，他们的先祖廖达先和李仁昭外出踏青，廖达先是李仁昭的女婿，翁婿俩从大源岭上沿小溪一路行来，见溪边芳草萋萋，一棵棵桃树花满枝头，灿若云霞，令人赏心悦目，这片旖旎的风光萦绕在他俩心头，再也挥之不去，认为这是块不可多得的风水宝地，遂萌生了在此安家落户的念头，并称此地为桃子源，也称桃源，也许他们认为这里堪与陶夫子笔下的世外桃源相媲美吧。后来因为山上两条小溪在村前汇集成塘，塘边长满了小竹子，小竹子书名筱，筱塘便是缘此而来。

翁婿俩后来携带家眷在此开庄立业，衍生了筱塘村的廖李家族，人丁兴旺，人才辈出，一时传为佳话。

由于该村的地形像一只簸箕，东南北三面都是山，只有西面是开阔的低地，地势向西南方向倾斜，因而村中房屋建筑和街巷的朝向分为朝南、朝北、朝西，一条五百余米东西向的主街道成了全村的中轴线，把全村分成南北两部分。从这条中轴线向两旁延伸出许多横七竖八的小街小巷，房屋布局合理，从高到低错落有致。村子虽大却不零乱，所有的街巷用青石板铺就，铺设有用于排水的明沟或暗沟。体现了先辈们很强的整体意识和规划意识。

村子周高中低，不管你从村子哪个方向看，都无法看清全貌，因而当地村民有首顺口溜："筱塘筱塘，像位姑娘，娇容美貌，四处躲藏，想看全貌，难上加难。"

该村有五个供人进出的口子，每个出入口都有一块大石头或立或卧蹲在道旁，村民把它们形容成五匹骏马，故而有"五马归巢进筱塘"的说法。

二、雨打风吹去的繁华热闹

这儿在中华人民共和国成立前是个繁华热闹的去处，那条东西向的主街道曾是桂阳北部山区的交通要道，也是方圆几十里经济文化交流的中心。在没有公路的年代，一条滚滚北去的舂陵江成了南来北往的主要运输枢纽。桂阳北乡以及新田等地的农民，只有从舂陵江或从常宁白沙镇乘船去衡阳到长沙，而筱塘是必经之地，所以筱塘村中东西向的主街道上全是做生意买卖的铺子，供客商歇脚的客栈也有很多家，一度繁荣昌盛。

中华人民共和国成立后，随着桂阳至常宁、桂阳至新田、桂阳至桥市等公路的修通，这里不再是交通要道，石板路上繁华热闹的景象沉淀在历史岁月的长河里，悠悠一去不复返，筱塘逐渐成为一个偏僻静谧的山村。

几十年前，李子是这儿最有名的特产，村西的厂木山下，从北至南绵延数华里的一片李树林，还有桃树及枇杷，每到春天，雪白的李花，粉红的桃花，盛开成一块块织锦，织成了一片灿若云霞的海洋。村里上了年纪的老人还能记起当时的情景，果实飘香的仲夏，来这采购李子的客商有时多达一二百人，人欢马叫好不热闹，男女老少倾巢而出，挂满果实的树下人影攒动，那是村民一年中最开心的时候。热情好客的筱塘村民家家户户迎接亲朋好友前来品尝李子，"开轩面场圃，把酒话桑麻"，整个古村如过节一般，喜气洋洋、热闹非凡。

三、过目难忘的山村美景

村子三面环山，酷似一把太师座椅，又似母亲温暖的怀抱，给世世代代的筱塘人以坚实的依靠。村北林木葱郁的后龙山是大源岭绵延下来的余脉，犹如一条游动的巨龙；村东的后龙山形似带角的梅花鹿，村东南宅后的后龙山状若下山的猛虎。这一鹿一虎的连接处，形成一个垭口，村民称其为"鹿虎坳"，其最高处称"坳峰口"。

清光绪十九年（1893 年），村民集资在此修建了坳峰亭，供过往行人休息避雨之用，也是村民迎送客人的地方，成为该村的标志性建筑。古代的文官须在此下轿，武官在此下马，以表示对该村的友好和尊敬，有一块指路碑上刻着："左往大源，右往白沙。"

亭子仍然完好，八块两米多高的条石撑起百年风霜，展现能工巧匠的智慧，这座古朴雄浑的亭子，朝迎旭日暮送夕阳，多少的故事来了又去了。唯有那字体遒劲的两副石刻对联仍然笑看人世的沧桑，一云："乾坤闲气兴文运；山水清音送晚凉。"又云："占风雨会和行人溥利；弥阴阳缺憾大地钟灵。"这样的亭子虽前有古人，却后无来者，它与周围的苍松古柏相映成趣。随岁月的流逝，流成一处古迹亦是一处胜景，供后人感怀、凭吊、唏嘘长叹。

走进筱塘，一不小心就潜入了一处风景优美的古村落，你不但能看到村前清幽的池塘，还能欣赏到古樟的风姿，村东西入口处的那两株古樟，自成一景，与村子同成长，上千年的风侵霜染，那蓬勃顽强的生命力从苍劲的树干和青翠的叶间渗透出来，站在树下，油然而生思古之幽情，你会叹流年的飞逝，感慨人代代无穷已，古树年年望相似。

俗话说树大自然直，可这两棵古樟与众不同，造型奇特，不但不直，还横着长，一棵往左一棵往右朝着村子中心的方向延展。长在村东鹿虎坳上的古樟，比古村的历史还长，活了一千一百岁，还那么生机勃勃，需五个成年人才能合抱，树高达三十多米，枝繁叶茂冠盖如云。立在村西口塘边的那棵古樟，枝丫斜向水面照影梳妆，风情万种，与村东坳上那株古樟含情脉脉遥相呼应，我想他们应是一对情侣夫妻树，一前一后守护着筱塘的子民世代繁衍生息，又似母亲张开的双臂，村子就在母亲温暖的怀抱中茁壮成长。这两株古樟见证了该村从小到大的发展历史，成了该村镇村之宝，有人出了十万元想买村后的古樟，该村负责人说："这是祖宗传下来的宝贝，我们要好好保护，出再多的钱也不卖。"

流连在村中的大街小巷，你能感觉到古老与现代的文明在此交相辉映。尤其是那些百年古建筑，装点着诗词、对联、书画，还有石雕石刻与木刻木雕，远远地透着中华民族的文化精髓，传承着我们祖先的审美情趣。笔者发现村中主干道的旁边，有一栋完好的明代建筑，房子的侧面有一砖上刻着建房的时间：明万历十一年（1584年）。四百多年了，至今仍然有人居住，门楣上的石雕和里面漏窗上的木雕栩栩如生，天井里的渗水处打造成钱币模样。笔者猜想，这是否就是明朝时该村著名人物李思聪的官厅故居啊？

该村的古民居有着桂北民居的显著特点，大门两侧的上面用笔墨写上一副永久性的对联，屋檐下、门楣上、窗口旁点缀着诗歌和绘画。有几栋老屋的门楣上方安放着条石，石头上是极具艺术品位的石刻高浮雕，有麒麟、狮子和双龙戏珠等。下面的门槛上则是优美的几何图案，柱基石的雕刻则多是麒麟等瑞兽。老屋大厅两侧的木雕内容丰富、精美，有龙凤呈祥、鸭戏荷塘等。那些窗花更是引人注目，由鹿、鹊、猴、菊、兰、桃、寿、福等许多中国元素构成，刀法细腻、各具形态，美不胜收。

村中有一保存完好的宗祠，上书"进士"二字，旁边立一小巧惜字炉，里面还有一古戏台，这应是该村著名人物李思聪的后代为纪念他所建。

沿着村中主干道拾级而上，街道两边许多旧时的铺子时断时续，这条五百余米成梯状延伸的街道在全县应是独一无二，一条条往两边延伸的长长短短的石板路把家家户户连成一个整体。

从坳峰口沿古驿道到大源岭的途中，要经过一条小河，河上有一座保存比较完整的古花桥，叫“凹头桥”。

这些年来筱塘村借助新农村建设的东风，村容村貌焕然一新，村前那口水塘里沉积几十年的淤泥被清理出去，塘水变深变清了，蓝天白云在它的心上留影，古樟婆娑对镜梳妆。护栏绕塘，路灯明亮，有亭翼然，成为人们茶余饭后休闲的好去处。

（作于 2012 年秋）

易学经典，锦湖古村

从槽门进去不远，一池平静的水面进入你的视线，湖岸垂柳依依，挥着柔情如许，与周围古色古香的民居相辉映，这便是锦湖了，该村因此而命名。

当你乘车从县城前往莲塘镇，快到目的地时，必经一片房屋连绵数百米的大村庄，这就是锦湖村。

公路两旁大多是新建的住房，乍看上去并无奇特之处，可当你从右侧一条巷道走进去，便有曲径通幽之感，村里保留的一座古槽门已用水泥粉饰一新，上有毛主席画像，画像下书“锦湖村”，一看便知是“文革”时期的产物。

从槽门进去不远，一池平静的水面进入你的视线，湖岸垂柳依依，挥着柔情如许，与周围古色古香的民居相辉映，这便是锦湖了，该村因此而命名。

锦湖古村为傅氏聚居之地，于明朝洪武年间三世祖傅思明肇基而立，迄今已有六百余年的历史，瓜瓞连绵二十余代，如今拥有一千七百多人、十四个村民小组一千七百多人，成为该镇最大的一个自然村之一。锦湖成为该村八景之一，有诗“锦湖印月”为证：“彳亍湖边夜色蓝，半轮徐吐上东山；波光潋滟鱼龙跃，一片清光护玉盘。”

湖基用青条石砌就，环湖皆石板路面，村庄布局较为独特，锦湖位于村庄的中央，呈圆形，直径约一百五十米，村民环池而居，并以锦湖为中央向四周放射性地扩展。

池塘四周古民居保存较为完整，七街八巷整齐有序，民居的装饰很有艺术特色，部分民居进门的转角石上刻有花鸟虫鱼，有栋二进厅内采光的天井中，置一长方形条石，石上伏一石雕乌龟。据悉，1958 年至 1961 年，这里曾是莲塘人民公社所在地，湖周围的房子收为公用，年逾古稀的村民都还记得当年的情景，环湖的房子几乎都是公家使用的，有公社办公楼、供销社、公社食堂、招待所、卫生院等。

有好事者考证，认为该村布局隐含着深刻的易学原理：潭流水自北向南穿过村域，呈反“S”形，如同阴阳分界线，村庄位于西北较高的阳区，农田位于东南较低的阴区，为强化阴阳协调，在东南阴区建造一座文峰塔，形成阳极，与村里的锦湖相对应，整个村域看上去就成了一个典型的太极图。

村民皆傅姓，据史料考证，傅姓源于商朝。

该村傅氏的先祖希孟、希圣、希贤三兄弟，于宋朝末年为避祸乱，从江西庐陵鹅江丘迁移而来，驻桂阳北半县黄田村，希孟生二世祖以豪，以豪生三世祖思聪、思明与思惠，其妻李氏携其子效孟母三迁，迁居莲塘的夏塘，思聪承祖业岐轩之术，他择豪山建家立业，思明另辟锦湖开基创业，小儿子思惠承祖业居夏塘，遂成三足鼎立之势，各自繁衍后代兴家立业。

锦湖村人丁兴旺，形成一种强势，旧时家族管理，有族规家法，村民依家族的规矩行事，自然少了许多纷争。改革开放后，家族的凝聚力日渐散失。村民各自为政，所以现在鲜有村庄能有古村落的整齐布局。保存较好的古村落石板街道纵横交错，所有房屋的建设都有统一的安排规划。

该村值得一看的是锦湖家祠，始建于清朝乾隆十一年（1746 年），历经二百六十余年的风吹雨打，大门前的木栅栏仍在，御封的一对大金钱鼓忠实地守在大门两边。傅氏家族的堂号“惟训堂”那块牌匾高挂厅堂上方，新置的神龛上放着一张傅氏始祖传说的画像，两边刻一对联曰：“敬祖惟诚意；奉先训难忘。”

厅内雕梁画栋十分精美，两廊龙腾虎跃生气勃勃，两侧壁画栩栩如生，围绕“孝悌忠信、礼义廉耻”八个字的含义，展开一幅幅生动的历史画卷，并以此为村民遵守的行为准则，通过历史故事的绘画演绎教育傅氏后代，如有谁违反族规，祠堂便是教育处罚的地方，上了年岁的老人还清楚地记得以前发生在这里的故事，村里有偷盗山上林木的被发现后，绑在祠堂的柱子上接受惩罚。那时候周围的山上森林覆盖，百年以上的粗壮古树随处可见。建祠堂的粗大木料便是采自周边山上，如今却是杂草丛生、少见树木，更别说百年古树。

装饰精美的戏台保存完好，戏台顶部画有阴阳太极图，戏台上下周围全是高浮雕的石刻与木刻，既玲珑剔透又栩栩如生，最醒目的是戏台中央的双龙戏珠。据上了年纪的村民讲，旧时每到农闲或逢年过节，村里就要请戏班唱戏，一唱就是一两个月，直唱到桃花盛开，布谷鸟叫的春耕时分，整个村子人来人往热闹非凡。从整体上看，该祠堂具有较高的建筑艺术和欣赏价值，县内无出其右者。

祠堂位于村子的东北角，而与之遥相呼应的另一景是文峰塔，矗立在小河边的田野上。锦湖文峰塔始建于清朝光绪十一年乙酉（1885 年），距今已有一百二十二年历史，塔有七层，外加塔顶，高二十二米，塔身八面八棱，向上逐层缩小，底层每面宽一点七米，周长十三点六米，塔墙厚达一米。

当时建筑此塔需要的砖，一共开窑烧了三年，砖形是按塔身的需要来制砖坯的。如每条棱要尖头砖，就制尖头砖坯烧出尖头砖，如层与层之间砌波形边需要弧形砖，就制弧形砖坯烧出弧形砖，确实是精雕细琢，没有丝毫马虎。以一个村来说，花费了巨大的人力和物力。塔底北面一块砖刻有“金榜题名”，南面一块砖刻有“文星高照”。这八个大字分别朝着锦湖村边的古书斋和学海斋，意在祝愿傅氏后代学有所成，都能金榜题名、出人头地。据村民讲，“文化大革命”时期“破四旧”时，有人想将其拆除，上墙揭砖去了一小角，结果那人手上生疮流脓不止，从那以后人们再也不敢轻举妄动，文峰塔得已保存至今。

文峰塔建在田洞中，塔的形状似支巨笔倒写蓝天，四周的田野有如砚盘，寓意该村文人辈出，生生不息。有诗为证：“一支文笔插河干，南北沙洲作墨盘；酒兴酣时诗兴发，吟成高韵满江山。”

以前崇尚孔子的说法："万般皆下品，惟有读书高。"所以稍有点钱的人家，都会让子孙后代进学堂学习。现在村中的老年活动室，原是一位名叫傅学文的住房，此房门檐上书"省墅"二字，旁配一对联曰："传家惟孝友；养志在诗书。"

在傅氏家谱上读到了傅氏家族的"圣谕"，内涵丰富，不但传承了中华民族的家族文化，也讲述了为人处世的道理，摘录部分如下：

敦孝弟以重人伦，笃宗族以昭雍睦；和乡党以息争讼，重农桑以足衣食；尚节俭以惜财用，隆学校以端士习；黜异端以崇正学，讲法律以儆愚顽；明礼让以厚风俗，务本业以定民志；训子弟以禁非为，息诬告以全善良；完钱粮以省催科，联邻里以弥盗贼；解仇忿以重身命，诚匿避以免株连。

（作于 2010 年秋）

旧貌新颜菖蒲村

漫步村中，有丝丝缕缕的诗情画意在身边弥漫，你会感觉到该村诗书传家的文化底蕴。

一、古村旧貌换新颜

菖蒲村位于离县城二十多千米的春陵江畔，距浩塘镇政府三千米。该村俗称菖蒲溪里，村前有一溪水潺潺，溪水边曾长满了菖蒲，葳蕤生香，村名因此而来。村后有一大片郁郁葱葱的树林，母亲河春陵江就从树林边蜿蜒流过。

该村村民皆周姓，据悉该村始祖伯叟是我国理学创始人周敦颐先生的后裔，于南宋时（1257 年）来到桂阳，见浩塘菖蒲位于春陵江边，这里山清水秀，土地肥沃，是块开村立户的风水宝地，便在此开荒造舍，耕耘田土，繁衍生息。先辈们沐风栉雨，克勤克俭，耕读传家，经过七百多年的辛勤耕耘，村庄由小变大，繁荣兴旺，如今成了一个近千人的大村。

近十年来，该村沐浴着党的阳光雨露，进行着新农村、示范村的建设，成了桂阳县家喻户晓的美丽村庄。早在 2008 年，该村就被评为全省新农村建设示范村，吸引着一拨又一拨的人前来参观学习。尤其是该村三千多亩的脐橙在全县独占鳌头，春天花开时香飘满园，秋天来时黄澄澄的果实缀满枝头，来此赏花采摘的人们成群结队，络绎不绝。

时至去年，该村又抢抓机遇，通过打擂台竞选，确定为统筹城乡发展美丽乡村建设示范村，投入上千万元的资金，把村子建设得更为舒适宜人。该村知名人士中航工业中航文化总裁周世忠先生情系家乡，在规划建设、项目运作上倾注心力，在多次捐助家乡建设的基础上，又投资三百万元建设书院项目。

笔者多次慕名来到菖蒲村，第一次是户外骑行，后来是采摘脐橙。时隔几年，又旧地重游，从镇政府出来不远，往右边一条通村公路驶向目的地，一路上，满目秋色摇曳生姿，脐橙基地里成熟的果实压弯了枝头。车到村口，进村的道路两旁绿化带里满目葱茏，一幅美丽的新农村画卷映入我们的眼帘：村前的休闲广场干净舒适，添置了许多健身器材及篮球场；半圆形的池塘倒映着蓝天白云和村居新貌，水井傍着池塘清澈长流；有几个妇女在井边房前的空地上，和着音乐跳起了欢快的广场舞；老人坐在自家屋前享受着秋日暖阳，还有一群慕名而来的游客在村中漫步。眼前的一切是那么温馨和谐而美好，环境一点不比城里差，让人羡慕也让人赞叹，我在心里虔诚地祝福我们的祖国，但愿不久的将来广阔天地中的农村都会变成这般舒适宜居的美丽家园。

我们在村支书的带领下，游览了村右侧的休闲公园，公园是座石山，石山下有一股泉水涌出，汇成旁边两个小水塘，被打造成了观光池塘，其中一个种了莲藕，夏天来时开满了荷花。园中石径依山随势，那些嶙峋怪石堆叠在一起相依相偎，从石缝里长出的各种杂树郁郁葱葱，把石山装扮得清幽迷人。

穿过一片古树林立的后龙山，就到了春陵江边。春陵江在此弯了一个大弯，然后又折向远方。这里有个渡口，沿古渡石阶可以下到江边，有一船系在水边。正是枯水季节，水位下降了好多，裸露出江边的岩石，水流冲刷出层层叠叠的线条，看上去也是一道养眼的风景。支书说这里将来会开发春陵江水上观光游览项目。

回到村里，沿村中石板路徜徉，不管主街还是小巷，都收拾得干净整洁。三条主街将村庄分成四大块，一排排的房屋错落有致。有明清时的老屋、民国时的洋房、中华人民共和国成立后建的垛子屋、大寨屋、钢筋水泥房。从明清时期到现在，各个历史时期不同风格的民居在这里集中呈现。村子后面有片明清时期的老房子，其中一栋明朝万历十六年（1588年）建的房子还保存完好。

漫步村中，有丝丝缕缕的诗情画意在身边弥漫，你会感觉到该村诗书传家的文化底蕴。因为不管是哪个朝代建的房子，房屋窗子两边都会点缀着诗词对联，房顶四个角装饰着兽形雕刻。尤其是20世纪六七十年代建的小二层楼颇具特色，整齐划一，楼上两个窗子配有对联，楼下的窗子上面配有拱形窗檐，看上去有点西洋风格。大门上方点缀着四方形的字框，里面写有“风光”“朝晖”等字样。

据悉，该村每年的八月十五中秋节，有一项流传几百年的习俗，那就是舞动“金瓜龙”的活动。

二、中秋舞动“金瓜龙”

每当一年一度中秋之夜来临之际，该村都要举行“金瓜龙”（当地人称南瓜为金瓜）特色活动，数百村民用长棍举着插满燃香的金瓜，依次排列奔走，组成一条绵延数公里的香火长龙，在田间、地头狂舞呐喊，形成一道独特的风景。

中秋节这一天，夜幕刚刚降临，菖蒲村村民就早早地吃过晚饭，不约而同赶到周氏宗祠。男的头上扎着红布条，袒露涂着锅底灰的上身，腰上别着柴刀，手里握着金瓜；女的头上扎香草，穿礼服，手拿驱魔棒槌，整个宗祠弥漫着一派原生态的粗犷、庄严和神秘氛围。

举行了虔诚的祭祖仪式以后，金瓜龙在龙头的带领下从周氏宗祠出发，这时候村里未成年人也每人手举一根金瓜参与进来，一条金瓜长龙初步形成。村前广场上的篝火已经点燃，一捆捆干柴被添进火堆，广场上的篝火越烧越旺，人们纷纷点燃了早已准备好的香，然后一根一根地插在南瓜上。香的插法很有讲究，必须要三根一束呈环状的插在南瓜上，不久一个个香烟缭绕的“金瓜龙”会集在广场上。

在夜色里，金瓜长龙踩着背景音乐首先到达四方石。据说，这是菖蒲建村以来的一块“神石”。村里的喜事和纠纷调处都必须在这里完成。祭奠并接受四方石的赐福以后，金瓜长龙和随行的观众继续绕着村前大池塘和水井游走，场面蔚为壮观。

金瓜龙插上燃着的香之后，气氛进入高潮。鼓乐齐鸣，鞭炮烟花震天响，夜色中金瓜龙在场内矫健地飞舞，一个个球状的光影先后组合成五个圆形、方形、螺旋形和龙形，寓意驱走菖蒲村魔鬼野兽，祈祷四季风调雨顺，时间长达二十多分钟。在祈福场舞完以后，金瓜龙又绕村池塘和水井一圈，最后游向田间地头驱赶魔鬼野兽，历时一个小时左右。

据悉，金瓜龙是由一个简单的农耕事例演变而来。该村的先祖来此开庄立业时，周边全是山野荒地，野兽出没，所种农作物屡遭破坏，村民苦不堪言。为了防止野兽破坏庄稼和威胁村民人身安全，先祖利用南瓜藤蔓分叉数支的生长特性，在所有的庄稼地及村庄周边种上南瓜秧，待南瓜成熟时，将点燃的香烛插在瓜上，把庄稼地包围起来，形成一道香火墙，以此保护农耕果实。后来就演变成了中秋时节的金瓜龙活动，数百年来从未间断。这项活动已被列入郴州市第二批非物质文化遗产保护名录。

该村除了独一无二的金瓜龙特色活动外，还有“水果之乡”的美誉，那三千多亩脐橙在全县也是独占鳌头。

三、千亩脐橙果飘香

菖蒲的千亩果园就在进村的路两旁，那些果树整整齐齐地排列在起伏不平的山峦上，场面颇为壮观。圆溜溜的果实灯笼似的挂满枝头，成了秋天里一道诱人的风景线。

21 世纪初，该村被郴州市确定为新农村建设示范村，为了搞出特色和亮点，在驻村工作队的支持下，请相关专家前来考察论证，认为该村低矮的丘陵和优质的酸性红壤，非常适合水果生长。从那时候起，村里的千亩荒山被逐渐开垦成果园，并引进新湘农公司在果园旁兴建大型智能化养猪场，利用养猪场的沼肥解决了果园用肥问题。主要种植水蜜桃、板栗、黄花梨等果木。由于缺乏技术，管理不善，除了名噪一时的黄花梨外，并没有带来多大效益。

到了 2010 年，该村又被列入湖南省新农村建设示范村。村民利用上面来的后续新农村建设扶持资金，将桃园、梨园改种成脐橙，从此脐橙与菖蒲结缘，逐渐走向丰收的辉煌。尤其是近两年，与拥有资金、技术、经营渠道优势的江西果农共同经营果园，使脐橙的色泽品相更好，香味更浓郁，甜度也有了提高，有了更为广阔的销售市场，呈现了供不应求的态势。

江西果农与菖蒲果园业主签订了长期承包协议，他们以承包的果园为家，一年四季都在果园里劳作，完成从疏土、施肥、浇水、剪枝、采摘到脐橙销往终端市场的一条龙作业。因为江西是脐橙的重要产地，他们有着比较丰富的市场营销网络和经验，只要水果品质好，根本不愁没销路。菖蒲村民也利用到果园打工的机会学习管理技术，村里的老人和妇女农闲时有了收入。

畅游菖蒲脐橙园是一件甜蜜而快乐的事情，在这里可以满足你的视觉、嗅觉和味觉。随手从树上摘下一个脐橙，剥皮时水分会呈喷雾状弥散，那种清香味令人味蕾生津，妙不可言。吃起来清甜清甜的，让人回味。

四、菖蒲的未来更美好

菖蒲之行，让我们领略了党的富民政策给农村带来的深刻变化，感觉到新农村示范村建设给农民带来了幸福美好的生活。正在动工兴修的春陵大道和春陵江风光带的开发，给该村带来了更好的发展机遇。

春陵大道修建以后，该村具有明显的区位和交通优势，加上原有的春陵江边地理优势、千亩脐橙的产业优势、古韵悠悠的人文优势，给菖蒲未来的发展插上了腾飞的翅膀。信心满满的菖蒲人制定了村庄发展的长远规划，准备把菖蒲村建成十大功能区域：村民集中连片建房区域、空心村改造区域、古民居恢复保护区域、村民文化活动中心区域、村前公共休闲广场区域、村旁次原始森林主题公园区域、春陵江风光带水上乐园区域、水果生产基地休闲观光区域、有机蔬菜花卉生产基地休闲观光区域、春陵江半岛休闲度假村区域。

相信不久的将来，菖蒲会变得更加美丽动人，成为乡村休闲旅游的热门之地。

（作于 2016 年秋）

古韵新风元山村

漫步村中的主街小巷，你会感到一股浓浓的古意和岁月的沧桑，这排列整齐的青砖大瓦房，这宽敞的石板街道，还有这无数双脚、无尽岁月踩踏出来的光滑如镜的灰白石板路，无时无刻不在向我们叙述着那久远的故事。

从浩塘往飞仙方向行驶两公里，路的右边有个较大的村庄，这就是元山古村了，在村民的口中又叫“园山脚”。

据悉，该村始建于宋朝嘉定年间，村民皆雷姓，迄今已有九百多年的历史。始祖义文公在山脚定居，开荒拓土，一代一代繁衍下去。勤劳的村民在小溪上筑起高高低低的陂头，在山窝里筑起大大小小的山塘和水库，把荒山改造成良田，就这样开出了九窝十八斗。村子也随之一圈一圈沿着山脚往山上长，占据了三个小山头，分别叫“上斗”“下斗”和“龙角斗”。人也越来越多，不但成了个上千人的大村，还在附近开发出许多雷姓小村子。

近几年来，该村沐浴着党的阳光雨露，先后投入上百万元，将村子前后修整一新，拆除了零乱的杂房，新建了休闲小广场，使整个村子看上去干净舒适，古朴清幽。

一个阳光明媚的秋日，村主任带着我们从村后侧的一条路进村，在村子的巷道中穿梭，村中石板路保存完好，只见青砖瓦房和现代民居交错并存，错落有致，井然有序，条条石板巷道干净整洁，感觉宁静舒适。

村中还保留些清朝时的青砖大瓦房，门簪、门脸上的动植物雕刻仍栩栩如生，散发着悠悠古韵。

据说村中有两大镇村之宝：一是村头池塘边枝繁叶茂的千年古树——螃蟹树；二是矗立村中的两块石头——龙角斗，像龙头上的两个犄角，也是村中一景，叫“龙角对峙”。

龙角对峙就在我们进村的一条巷道中，这两处造型奇特的石头，石头尖尖的。这里原是村子后面的乱石冈，有许多类似这样的石头，因此将这里叫作龙角斗。因人口增多、村子扩展，将其他尖石凿去建成住宅，留下了这两处无法凿去的尖角石供后人凭吊，其中一处在屋角，建房时为此凹了一角进去，另一处位于路中间。

这留下的龙角成了村中一宝，有如神祇，说是可以镇妖祛邪。每逢初一、十五，有村民在那燃香祭祀，还有人为出生的小孩在石头上寄名，寄名时点香放鞭炮，给前来看热闹的孩子们发煮熟的苞谷、爆米花、炒熟的黄豆，求石头保佑孩子平安健康成长。

漫步村中的主街小巷，你会感到一股浓浓的古意和岁月的沧桑，这排列整齐的青砖大瓦房，这宽敞的石板街道，还有这无数双脚、无尽岁月踩踏出来的光滑如镜的灰白石板路，无时无刻不在向我们叙述着那久远的故事。

村里的明清时期老屋现在还保留有数十栋，具有湘南古民居的共同特点，青砖大瓦、雕梁画栋，站在厅堂里，即使是大热天，也能感到丝丝的凉意。如今，不少的老屋仍然住着人，那雕花的神龛泛着暗蓝的光。

穿过村子，便是村前的大水塘。塘边用大理石砌成围栏，装饰一新。水塘蜿蜒曲折，波光潋滟，几块大石头角露峥嵘，还有一个种了芭蕉、长了竹子的小岛，把池塘点缀得风光如画。

那棵古老的螃蟹树就伫立在水塘边进村的路口上，旁边有几棵古柏环绕，此树与村子同生长，粗壮的树干须四人才能合抱，张牙舞爪的枝条伸向四面八方，撑起一片阴凉。树下是体育局免费安装的健身器材，点缀得色彩缤纷，如果累了，在上面躺躺，摇晃几下也是种享受。

村主任告诉我，几年前，树下是一片杂乱的猪栏、厕所及烤房，古树被烟熏火燎的毒气呛得奄奄一息，光秃秃的只剩枝丫伸向天空。自拆除树下所有的障碍物以后，此树重又焕发出生机，枝叶茂盛郁郁葱葱，在村头与池边的石头自成一景，也是该村岁月流逝的象征。螃蟹树下有一丛石头如扇面，蹲伏在水塘边，树石相映成趣，为村中古八景之一，叫“狮吼独尊”。

古树另一侧怪石林立，柏树森森，簇拥着一座惜字塔。此塔高两丈多，塔台分两级，底层设字炉。塔主体四周成六棱，向上构成三层，每层相接凿石成露檐边框，翘角欲飞。字炉塔的正面有浮雕，雕刻着游龙戏水、文魁人物、花卉飞鸟，这塔是用来烧字纸用的，又叫“惜字炉”。据史料记载，惜字风俗早在宋元之际已逐渐流行，人们对文字及写字的纸张十分爱惜，不能随便丢弃，必须送到惜字炉焚化，此风俗绵延到明清时达到极致。那时较大的村子都建有惜字炉，桂阳广袤的乡村大地上，惜字炉的身影时有所见。

园山人对读书有着良好的传统，世代勤勉、诲人不倦，尊师重教、关爱学子，自古以来蔚然成风。进入新时期，这种风气得到进一步发扬，在村里几位老师倡议下，于 1999 年创办“园山兴学基金会”，村民踊跃捐款，爱心人士大力支持，对帮助贫困学子求学、鼓励优秀学生、推动园山村教育事业的发展起了重要的作用。此举激发了该村村民建设美好家园的热情，形成了捐资助学、助人为乐的良好风尚。据悉，基金会刚成立不久，该村就考出了十四个大学生，《郴州日报》还做了报道，称该村为“状元村”，一时传为佳话。那些被资助过的通过高考走出去的学子们，成家立业后又捐赠回报基金会，奖励扶助后人。

如今的元山村，搭上新农村建设的快车，朝着文明、和谐、美丽、富裕阔步前进，村后连片三十九栋新楼房建设得如火如荼，接近封顶的尾声。休闲广场、文化中心、综合服务楼等公共设施的规划兴建，将为元山谱上最新最美的乐章。

（作于 2016 年秋）

清溪人家

该村东连嘉禾石桥镇，西连新田县新隆镇，是三县交界之地，有村民一千二百余户六千余人。因村子大、人口众多号称『湘南第一大村』。

清溪即舂陵江镇的清口村，因村中有清澈小溪流过而得名。1958 年 7 月系飞仙公社清溪大队，1971 年 6 月更名为清溪村，1995 年 8 月撤乡设镇，改为清口村。在当地人的口中仍习惯性地叫清溪，清溪即清口，这里的清溪人家有着不同寻常的故事。

一、人口众多的湘南第一村

该村东连嘉禾石桥镇，西连新田县新隆镇，是三县交界之地，有村民一千二百余户六千余人。因村子大、人口众多号称“湘南第一大村”。在农村搞集体经济时代，由于村庄大、人口多，村里有三个圩场，天天赶集般热闹。改革开放后，村民陆续外出打工谋生，一半以上的人口走了出去闯市场，村里才渐渐冷清空旷起来，好多人家建起了三四层的豪华别墅，大多时间只有老人小孩守着。

进村的牌坊上刻着“清溪”二字，时至今日，当地人仍习惯性叫清溪。据悉，该村的原始村民为舒氏，后来有刘、雷二氏迁居于此。开始时，舒氏以原居村为中心，以村中马路为界，西为雷氏，东为刘氏。随着村子的繁荣、人口的激增，房子越建越多，密密麻麻的一大片，三姓你中有我、我中有你，界限不再分明，几千人同居一村，共饮清溪之水，数百年来和谐共处、少有纷争，往来密切、互通婚姻，拐弯抹角的都是亲朋好友。

农闲时互相请到家中喝茶，你带碟花生，我带些糖果，炒点花生瓜子，来碟坛子菜，煮碗米豆腐，大家在一起喝茶聊天，拉拉家常，讲讲故事，即使有矛盾纠纷也可在桌面上解决，一种暖暖的人情味就弥漫开来。因而村中没有什么打架斗殴等违法犯罪现象，实乃文明村庄之典范。

据悉，该村是桂阳最早实现免费公交的地方。村里有几辆私营的班线中巴车，每天从清口开出至飞仙再至桂阳，村民坐车到镇上的十几里路从来不收钱，且招手即停。此举体现了清溪人对邻里乡村的关照，也是清溪人团结和睦的象征。有了这样一股凝聚力，为他们在外抱团打拼奠定了坚实的人脉基础。

二、心灵手巧做竹编

清溪由于人多地少，人均不到三分地，村民只好另想法子谋求生路。早在二百年前，该村就开始家家户户从事竹器加工，生产的竹席、箩筐、簸箕等农村日用品美观大方、经久耐用，远近闻名，竹器加工成了该村传统的手工艺。

改革开放以后，村民紧跟形势，大量外出广东沿海务工经商，他们将传统的手工艺发扬光大，在当地办厂，制作竹片席、竹编席、竹麻将席、竹筛子等产品，带着自己加工的竹制品走街串巷闯市场，赚取微薄的利润，产品曾畅销广东、广西和香港、澳门，并由此开辟出了系列床上用品的生产和经销，该村抱团打拼的生意人占据了广东一个床上用品批发市场，将生意做得风生水起、红红火火。

随着时代经济的发展，传统的竹编手艺日渐衰落，村中只有部分老人还在用手工劳作，以备日常之需，拿到市场上去出售换点零花钱。村中一位叫雷丰保的老人，今年七十一岁了，他从十几岁就开始做竹编，一直做到现在。一天好不容易做成个簸箕，卖出去连本带利也就二十元钱。他说："老了在家没事，赚点油盐钱，免得向儿女们要。"

三、如椽巨笔写春秋

村后小山上，矗立一古塔，叫文峰塔，始建于明朝年间。据村民解释，说村里的前辈请风水先生看过村里的地形地貌，认为清口村襟带钟水，三面环山，左青龙，右白虎，村前开阔，是块兴家旺业的风水宝地。唯后山地势太低，建议筑风水塔弥补缺陷，并取名文峰塔，希望村里文脉兴盛，人才辈出。

文峰塔砖石结构，高二十五米，七级八面，每层有门窗。中空为室，有石阶旋转而上。登高望远，可以远眺周围十里风光。笔者几年前到过该村，此塔由于年久失修，显得破败荒凉，再加山上荒草丛生，荆棘遍布，孤零零地立在山上无人问津。传说塔里的砖有镇邪的作用，第一、第二层楼的楼板砖被附近村民撬去建猪栏，传说建猪栏用了这里的砖，猪就出栏快且不会生病，因此塔的内部损毁严重。

近几年来，由村里在外知名人士发出倡议，那些在外打拼富裕起来的村民踊跃捐款，募集了二百多万元，兴修了一条上山的水泥公路，将文峰塔全面整修，修旧如新，古朴沧桑的脸上重放异彩。令人称奇的是塔顶长着几棵小松树，生机勃勃，魅力无限，似乎永远也长不高长不大，像是给古塔戴上了花环。此塔赋予了清溪人美好的愿望，也是飘在清溪人梦里浓浓的乡愁！

四、特色美味豆皮包

笔者前不久到该镇下乡，品尝到了一道当地的特色菜，味美爽口让我啧啧称叹，问其名说叫"豆皮包"，也有人叫它"翻皮豆腐"。餐馆老板娘告诉我，这道菜是清溪人的传统手艺，只有该村才有，在别的地方难得看到。她说县城有一家饭店叫"清溪人家"，是该村一刘姓人开的，在这家店里可以吃上这道菜。

笔者饶有兴味地找到相关人士，了解到这道菜的制作过程和方法，摘录如下：

豆皮包的制作原料只有两种，即豆皮、馅。但制作工艺有点复杂，是一种考验人耐性和细心的工艺。

第一步：在制作豆皮包之前的一天，要把晒得干燥的黄豆用石磨粗粗磨一道，不能磨细，只把黄豆磨成碎颗粒，与黄豆外衣分离即可，然后在水里浸泡。

第二步：当黄豆浸泡得能够用手捏烂时，再用石磨磨成浆。把磨出的豆浆加水稀释，倒入大锅里烧开。烧开后，即撤去火让其冷却。

第三步：锅里的豆浆稍稍冷却后，锅面上就会结一层皮。用一根半米多长的竹签，从锅边沿锅底插下去，直到锅的另一端，尽量居中，使豆皮捞起时成为一个对称的半圆。豆皮捞起后，像晾面条一样，挂在架子上晾干。捞豆皮时，一定要小心翼翼，用力不能太重。否则，豆腐皮就会裂开，包不成菜馅而白费工夫。几分钟后，锅面上又会结一层皮，按同样的方式再捞，如此反复多次。若锅面上不结皮了，就烧一把柴火，把豆浆水烧开，冷却后又会结皮。这样下来，一锅豆浆可捞几十张豆皮。

第四步：制作肉馅。将备好的瘦肉、肥肉、嫩骨头放在一起剁烂，然后再放上葱、姜、酱油、盐、味精等调料一起拌匀。肉馅不能剁得太烂，但又要有黏性。肉馅里搭配肥肉和嫩骨头，吃起来滑爽、有嚼头，有油感。

第五步：肉馅做好后，就进入包馅程序。把晾干的豆腐皮用水浸湿后摊开，把肉馅放在豆皮上，一层一层包起来，包成条状，再切成段；也有人家像做饺子、混沌一样，包出不同的花样。

豆皮包蒸、煮、煎、炸皆可，煎豆皮包尤为可口，火候却不易掌握，要用温火慢煎，力求肉馅煎熟，煎得入味。煎熟一面再反过来煎另一面，煎好后即可装盘上桌，当零嘴吃。也可放入葱姜辣椒加水煮一下，下饭吃。

豆皮包由于皮薄、易入味，肉馅用料科学搭配，佐料根据地方口味而定，煎豆皮包时又注重温火慢煎，所以吃起来格外可口，唇齿留香，令人回味无穷。

（作于 2016 年秋）

感动阳山

该村地处南岭山脉中麓，从村口望过去，自然风景秀丽，三面环山，一面傍水，实乃兴家立业的风水宝地。

阳山村是桂阳县近几年随旅游开发而挖掘出的一个古民居村落，并随着一些宣传媒介的炒作逐渐热闹起来，吸引着远远近近的观光客慕名前来寻古访幽。

我对中国民俗古村落的兴趣便是从阳山开始的。那是一个阳光明媚的秋日，有客自远方来，我有幸陪同去了闻说已久的阳山。

阳山村古民居位于县城东南十五千米处的正和乡境内，绿树葱郁的大山脚下一片飞檐翘角的村子，透着一丝丝幽幽的古韵，那就是阳山古村了。

该村地处南岭山脉中麓，从村口望过去，自然风景秀丽，三面环山，一面傍水，实乃兴家立业的风水宝地。村前溪流清清，鱼虾影影，步入村中，在村里长长短短的小巷中驻足徘徊，踩着历史的脚印，走着走着恍惚就穿越到百年以前的时光。在这片飞檐翘角的青砖瓦房里，石雕木雕触目皆是，有姑娘的绣楼、秀才的书房，失意文人在壁上题写的诗作、诗词、对联、民歌小调……

据史料记载，阳山古民居始建于明朝弘治年间（1497 年），形成于康乾盛世，现存有古建筑六十余栋。村中有横巷道八条，竖巷道五条，所有巷道都用青石铺就，现存有大朝门二栋，每栋房屋的大门口两头道口砌有木板建置的礼门、月门形成内院，金字墙顶形成鸡冠朵，重檐飞阁，甚是气派。

屋檐下的壁画、诗文、雕刻，无不散发着我国传统的文化气息，房屋的亮格花窗、天花板都刻有各种吉祥的图案。

室内厅堂高大宽敞，明亮通风，厅堂椿壁中央悬挂匾额和对联，下方摆设香案方桌或圆桌，两边摆放雕花靠椅和茶几，椿壁左边装饰着精美别致的神坛，神坛上有各式各样的双龙戏珠图案。

这些都在向人们展示着一种文明礼仪的客家风俗民情，是客家文化在五岭地区的集中体现，被旅游专家教授誉为“天下客家第一村”。

我不是考古学家，对这些风吹雨打、历经沧桑的建筑考究不出多少道理。因而初次走进阳山，那些民居留给我的只是薄薄的印象，让我感慨颇深的倒是那些残留的碑文，从那些依稀模糊的碑文中，我可以触摸到百年前在村里跳动的脉搏，可以感悟这儿当时的文明与进步。

这些碑文都是该村从明清时代就制定的村规民约，村里设有资助特困孤寡老人的“重九会”、资助无钱读书的“议学会”、资助生养女孩的“育婴会”、禁赌禁毒的“禁戒会”等，表明这里有着敬老、助学、扶弱和自律的良好风尚。

即使是在 21 世纪的今天，重男轻女的观念在人们头脑中完全消除了吗？未必。而阳山，在还是男权当道的封建社会里，就立下了保护女婴的村规民约，在我看来，实在是一件了不起的壮举。

该村《何氏族谱》上就记载有恩德婆婆的故事：很多年以前，该村有个妇女接连生了四个女孩，在生下第五个女孩时，其婆婆怒不可遏，命人把婴儿丢到河里。村里一位刘婆婆知道后，急忙赶来阻止了悲剧的发生，并把女孩抱回家抚养。据说这位刘婆婆命运多舛，结婚不久丈夫就被抓去做了壮丁，一去就杳无音讯，她未生过一男半女，终生守寡，勤劳苦作省吃俭用，把节省下的钱都用来抚养村里的孤儿孤女，把别人遗弃的女婴抚养成人，村里的人都尊称她为“恩德婆婆”。

后来村里一位秀才名叫何植厚，听说了恩德婆婆的故事后，深受感动，与村里有识之士一道修建了一座花园式的育婴堂，并游说村民为其募捐，派专人负责料理孤儿和被弃女婴，并制定了规章条例：一、救一名女婴报知者赏钱三千二百文；二、溺女者经查明以故意谋杀报官府治罪；三、给钱后报复暗害性命者查出报官府治罪；四、收养女婴一名每年赏钱三千二百文；五、女婴自养者赏钱三千二百文；六、掌管人员必须廉正，如有徇私舞弊，不按章程办事，经查出予以公罚。这些规章条例以刻碑永为铭志。

从那以后，该村女婴有了生存的保障，嫁出去的女孩如受到夫家欺凌，育婴会的负责人也会义不容辞出面干预。作为女人，能在几百年前的这里找到一份尊严，这便是我此行最大的感动与收获，但愿阳山村那尊重知识、崇尚文明、爱护女性的美好品德代代相传，像青山不老，如绿水长流。

（作于 2006 年夏）

世守雍睦的陈溪新村

说起陈溪新村，有一段传奇的来历，村里老幼皆知，随便一问，他们便如数家珍，把那段曾经辉煌的往事娓娓道来。

从青兰乡政府往北走十里许，远远地就可看见山脚下一片排列整齐的青砖大瓦房，那就是有名的陈溪新村了。一丛古老的柏树映入眼帘，还在村口，那座造型别致的惜字炉便涨满了视线，这座高约七米的六角形惜字炉，全用上好的青石条块砌成，上书“同治三年仲夏月中浣日穀旦立”，推算起来应是 1865 年修建的，立在村口与周围的古树相映成趣，自成一景，赏心悦目。

陈溪皆邓姓，他们的先祖邓政从和平下溪迁移而来，邓氏聚居的村子大多以溪命名，有“逢溪驻马”之故，此乃前人联字收族之意。

由于邓氏出自南阳，因而“南阳草庐”成了邓氏家族的别称。所以该村有许多房屋的门首贴有这四字。

说起陈溪新村，有一段传奇的来历，村里老幼皆知，随便一问，他们便如数家珍，把那段曾经辉煌的往事娓娓道来。

该村的由来与附近的雷坪有色金属矿有关，这里旧称“黄婆窿矿”。相传大约是清朝道光年间，陈溪村有个家境贫寒的黄婆婆，与丈夫邓元悟生有六个儿子，家里人多粮少，常常是吃了今天不知明天的早餐在哪里。为了解决温饱问题，一家人起早贪黑地在田地里忙活，她家的农田在离家较远的山窝里，孩儿们去干活早出晚归，午饭便由黄婆婆去送。有一年夏天，黄婆婆去给在山窝里干活的三儿子送饭，儿子吃饭时，她牵了牛上岸吃草，由于天气炎热，牛下到一口小水凼里泡着，黄婆婆站在一旁看守，不经意发现凼里鼓泡冒气，发出一道道奇光异彩，她感到非常惊讶，怀疑下面是否藏有什么宝物。

于是她叫来儿子把牛牵出，把水舀干、挖走烂泥后，发现底下都是些闪闪发光的石头，黄婆婆拿了几块回家，请教别人才知道那是上好的信石，可以卖大钱。也许是上天怜悯这一家人的勤劳，让黄婆婆发财的机会到了，她带着儿子去挖信石，口子越开越大，矿越挖越多。陈溪许多村民要求前来做工，都是本家邓姓之后，黄婆婆来者不拒，从那以后，陈溪村民渐渐地走上了富裕之路，黄婆婆一家更是富甲一方。为了纪念黄婆婆的功劳，村民把此地叫作黄婆窿，也就是后来的雷坪有色金属矿区。

黄婆婆与丈夫邓元悟育六子，德字辈，名分别为化、伉、侯、倚、仲、倸，除老二获军功六品、老六为清职员学讳封，其余都是以耕田传家的农民。

多年的辛勤劳动回报了黄婆婆一家丰厚的财富，那时没有银行可以存钱，她家有一间房子专门存放金银财宝，她的六个儿子相继娶妻生子，原来的房屋显得拥挤不堪，她便举家动工建房，六个儿子每人一栋，六栋房子同一时辰动工，同一时辰完工，工程浩大，花费不可计数。六兄弟又同一时辰乔迁新居，前来道贺的人络绎不绝，盛大热闹的场面空前绝后，轰动方圆数十里，一时传为佳话。

老大老二在陈溪建房，后面四兄弟在村对面的山脚下选址，另辟根据地繁衍生息，这便是陈溪新村最早的四栋房子，时间是清朝咸丰元年。这四栋二进厅的青砖大瓦房排列在一条线上，面对一片广袤的田野，一米多高的屋基全用石头砌成，屋前是条一米多宽的青石板路，可见当时的大气与奢华。四栋房子还排了序，“咸丰元年存字一号”“咸丰元年心字二号”“咸丰元年积字三号”……

这几栋房子的屋檐下装饰着彩绘诗画，大门门楣两边及上方成品字形图案，丹凤朝阳的绘画依然生动清晰，窗户上方全用牛角形的诗画点缀。由此可知该村建村时间有一百六十多年的历史，这些房子仍然风雨不动安如山，里面住着的都是上了年纪的老人。

这四兄弟分别育有二十五个男孩，十五个女孩，他们的后代开山辟岭在他们的房子左右或后面建房，后来兴建的房屋更显高大宽敞，装饰更为精致奢华，这样便形成一个新的村落——陈溪新村。

新村的第二排房子依山就势，呈阶梯状延伸，屋基与街道全用石块砌就，比第一排房子高出一米多，规划整齐，有二进厅、三进厅，那些石刻浮雕颇为精致。第二排的每栋房子大门中间凹进去，转角石上刻有对联及花鸟，室内木雕窗棂保存完好，那些层层叠叠的花鸟虫鱼围绕着中间较大的吉祥图案凤凰、寿宴、麒麟等而设，整体看上去造型别致不落俗套，凤凰与麒麟采用多层镂空雕法，有着较高的艺术与审美价值。这里的三进厅均是一进比一进高，隐含步步升高之意，全部都是雕花门楼，有一栋房子门楣上是双狮滚绣球的石刻高浮雕，“文化大革命”中狮头被砸毁的痕迹依稀可见。

六兄弟中老四生养的儿女最多，儿子八个，女儿三个，是个庞大的家庭，他其中的两个儿子于清朝光绪年间合建了一栋最大最豪华的三进厅，位于第二排东边第一栋，室内有二十四间厢房，每个转角处都有雕花转角石，共十二块，实为罕见。据悉，厅堂上方的雕花神龛请工匠花了三年时间才完成，费金数百两。屋檐下是一长溜儿的木质雕刻，门楣上方“世守雍睦”四个大字异常醒目，大门两侧转角石上装饰着阴刻的吉祥兽麒麟和阳刻的人物画，画下面刻有“世守雍睦”的内容及由来，从这里可以知道此房是老二和老五两兄弟合建的，两兄弟及两兄弟的儿女们共处一室，当然希望能世代和睦相处下去，嘱他们的胞弟也即最小的老八邓承璋写下《二五兄世雍睦屋记》，此文以碑刻的形式放在大门两边的转角石上，世代传承，共同遵守。

我国未实行计划生育以前，农村人口众多，经济落后，三世同堂、四世同堂的现象比比皆是，为了让家庭和睦相处少纷争，都有家规或治家格言让大家共同遵守。该村建于民国七年（1918 年）的一栋房子，大门口两边的转角石上，高浮雕刻有四个男子，人物脸部被毁，其下刻有清朝学者朱柏庐先生的《治家格言》，《治家格言》又称《朱子治家格言》《朱子家训》，流传很广，它是我国古代的家教名篇，全文仅五百多字，但却以警句、箴言的形式，以“修身”“齐家”为宗旨，集儒家做人处世方法之大成。今天读来，依然是朗朗上口，感悟至深。《治家格言》主张勤俭持家、不贪便宜、公平厚道、诚实待人、与人为善、力戒浮华，无疑在高度物质文明的今天仍具有一定的积极意义。

陈溪新村之行，收获不少。从先辈们传承下来的房屋建筑工艺，强烈的整体布局规范意识，高雅的审美情趣，还有承先启后的家族文化氛围，无不让人感慨万千。尤其是两栋房子转角石上铭刻的碑文称得上是古韵流芳，在笔者所见过的众多古村落中绝无仅有的一处。

附：

二五兄世雍睦屋记

胞弟承璋谨记并书

光绪二十四年，二兄瑀、五兄瑛以人稠之故卜吉于村之东隅而新建一屋焉，越时年而屋始成，精神之殚良不少也，于是两兄先生名其屋曰：世守雍睦。属璋作文以记之。璋思自邓文瑞四世同居诏旆雍睦由是氏邓者多名其屋曰雍睦，我族于文瑞派不可者矣，亦多以雍睦名其屋者，以天道为公故也，至雍睦而曰世守，则两兄先生独有之意，而欲自今以后世世守之也，夫以雍睦之象。父慈而子孝，兄爱而弟敬，夫和而妻柔，姑慈而妇听欢然者，一门之内畅然者，一门之外其和气之所致，虽至于信友朋获君上，鸡哺狗儿雀随孝至，亦理之常无足怪者，弟雍睦而欲世世守之，则后世之雍睦端在今世，今世之雍睦端在一己。昔洛邑既成，周公责成王曰：作周恭先自责之日，作周孚先盖吾新邑初宅，为君者宜恭以接下，以恭而倡役王为至者，宜信以事上，以信而倡后人，本此以推祖宗。诚欲世守雍睦而不躬行雍睦于其上，是无见知闻知之其而徒（欲）子孙兴之，于下世有所守穷愁不能由此观之，分欲后世雍睦当先有以雍睦今世也。诗曰：天生□民有物有则由一家言之，有父子夫妇长幼之分，必有亲有别有序之，遇苟能于此。其知则由致知而力行而刑妻子，至于兄弟而所谓雍睦者见矣，故帝尧九族而大学之首，物（格）次知至次意，诚心正次身脩家齐亦此意也，是之不务则不知物有本末事有终始，虽欲率为雍睦终归于空言无补，由此观之，今欲今世雍睦当循其序□，先有以雍睦一己也，虽然两兄先生以名其屋之意而求言于璋，非言之难是行其言之难，今置是言于壁，（可）朝览夕观兄之言，能致知信能力行至于一人，雍睦一家化之此则虽使世世子孙感发兴起其雍睦遂及于文瑞之家可也，虽使世世子孙感（终）于兴起其雍睦遂过于文瑞之家亦可也，是有望于两兄之上。

（注：文中的□字表示字迹模糊不清无法辨认，遂以其代之）

（作于2007年秋）

千年风雨魏家村

从桂阳县城出发，沿新修的水泥路往浩塘方向行驶了约五千米路程，公路旁的山脚下有一个较大的村庄，一大片青砖瓦房，这便是城郊乡昭金魏家村，又叫『溪里魏家』。

这是一个阳光明媚的秋日，我独自骑自行车上路，想去路过多次、听说过多次的城郊魏家大院看看。

从桂阳县城出发，沿新修的水泥路往浩塘方向行驶了约五千米路程，公路旁的山脚下有一个较大的村庄，一大片青砖瓦房，这便是城郊乡昭金魏家村，又叫“溪里魏家”。村口旁一株好几百年的老树，向天空伸展着干枯的枝丫，可以想象当年枝繁叶茂的盛景。进村有一条宽达五尺的石板路，不时有拖拉机、摩托车驶过。

我把自行车放在村口，沿石板路缓步走进村里，村前是一片金灿灿的稻田，正是秋收季节，有打稻机、收割机的声音响起，待在家中的多是老人和妇女，她们坐在阳光里纳鞋底、织毛衣、说着闲话。没多远就到了村中最大的一栋房子，也就是人们传说着的魏家大院，村民把它叫作“官厅”。哈哈，这房子真是大呀！据悉土改时分给穷人住了二十多户人呢。

魏大人叫魏喻义（1822—1902），名潘，号质斋。他艺高人胆大，清朝末年太平天国革命时期，他率魏家子弟组建了“质字营”，与陈士杰率兵成功地阻击了石达开的太平军于七拱桥，迫使石军败走嘉禾。同治元年，左宗棠调其质字营前往江浙一带，与太平军战于严州，魏喻义施计陷城，后授湘粤按察使。

这里就是魏喻义生前居住的地方。房子居村前之中，视野开阔，占尽了风水，前面曾是一汪池塘，夏秋之际开满了莲花。据传魏喻义率领的质字营在富裕的江浙一带攻城略地，战功卓著，掳得的浮财派其手下挑了七天七夜，运往魏家村。跟着他东征西讨的魏家男儿既得了军功又有了赏赐，成为湘军的新贵，他们带着江浙一带的美女和钱财衣锦还乡，回到家乡后纷纷置办家业，魏家村就是从那以后兴旺发达起来的。

魏喻义有兄弟四个，老二掌管家产，这栋大宅院及其后面一片青砖瓦房修建了三年，可见耗资之巨、工程之大。魏大人告老还乡荣归故里，在这儿安度晚年，他带的警卫守着大门，一般的老百姓是不敢迈进去看的。当然，他也算是个善人，用富余的钱财行善积德，修路架桥、办学堂，环村的石板路至今保存完好，都是用上等的条石砌成，石桥也还在，只是如花园般的昭金小学旧貌换了新颜。

如今，这沉寂的大门口守卫的石狮在“破四旧”时就没了踪影，只剩两根大木柱撑起官宦之家的气派，只有石门槛上精致的雕塑被岁月打磨得光彩照人，一个垂垂老者拄着拐杖坐在那里，一如这逐渐衰败的院落，一个垂髫小儿在门槛上爬来爬去，看样子这是祖孙俩。我问老者这房子的情况，他睁着昏黄的眼除了说这是魏大人的官厅，别的什么都摇摇头不知道。

走进大宅院，一眼望过去，有种庭院深深深几许的威严扑面而来，并列着三个大厅、三个天井，两侧还有小天井，侧门三扇，侧房、耳房、伙房无数。除了一些残存的雕花窗格没别的装饰，反映了房屋主人严谨保守的性格。这里还住着不少人家，大厅里堆放着零乱的杂物，鸡狗乱窜，最欢快的要数墙角的蜘蛛网，织得触目皆是。豪华的官厅随着岁月的流逝日渐苍老衰败，这深宅大院已有好几代人在秋光中老去，这番光景让我想起了《红楼梦》中的句子：

陋室空堂，当年笏满床，衰草枯杨，曾为歌舞场。蛛丝儿结满雕梁，绿纱今又糊在蓬窗上。

翻开他们的家谱，才知道魏氏家族源远流长，发源于商末，出自姬姓。南宋嘉定六年（1213 年），魏家村魏氏先祖为避金沙虎之乱，举家南逃，走到桂阳溪里洞时，看到这里地势辽阔、土地肥沃、溪水潺潺、风景如画，是建基立业的好地方，遂停下流浪的脚步，在这繁衍生息。至今，已逾八百年。

魏氏家族出了不少进士、举人，官至二品的人也有，绕村的石板路旁曾立着四对苇子石，那是中了举人后家族的荣耀。

除了魏喻义的官厅，魏氏公祠的规模也很大，气派非凡。这栋建于清同治二年（1863 年）的建筑分上、下厅，大门前两大石狮排立两旁，前有一大坪，坪周围有半月形的高墙相护。门厅后面是一精工雕琢的戏台，高梁直柱，龙飞凤舞，是村民举办喜庆大事时的公共场所，在这集会、喝酒、听戏。

虽然经历了几个世纪的风风雨雨，除了公祠和官厅，魏家村仍然保留了许多明清时代的古民居，这些古民居大多保存完好，布局规范，排列整齐，或一进一厅，或两进两厅，村子四周还留有围墙的痕迹，进出村子的大门仍有两条，说明当时村子的安全防范意识较强。这些老房子住着的大多是老人，年轻人可能受不了里面的阴暗潮湿与霉气，大都建了新房另起炉灶过日子。

（作于 2008 年秋）

司马大夫的『宝敕堂』

——敖泉杏村

村前曾有一条春陵江的支流逶迤而过，村右侧有一条引水渠从乌龙井直达屋门口。村后龙下关有数株古柏苍松，后龙山大气磅礴，来龙去脉分明，聚风藏沙，风景优美。

杏村位于离敖泉镇不远的省道旁，自公元1352年建村以来，迄今为止已有六百五十五年的历史。杏村，又名“杏花村”，其名因村左侧有一对夫妻银杏树，村前有一花桥而得之。

村前曾有一条春陵江的支流逶迤而过，村右侧有一条引水渠从乌龙井直达屋门口。村后龙下关有数株古柏苍松，后龙山大气磅礴，来龙去脉分明，聚风藏沙，风景优美。

站在春陵支流河畔眺望该村，远山葱茏，近水清澈。村前正中一槽门有条宽敞的石板路通过，那曾是一条通商官道，北接常宁，南下桂阳州。从残存的槽门依稀可以看出当初的华美精致，门的两侧均是木刻的亭台楼阁，飞禽走兽，上有一对联书曰：“峰峦呈耸翠伫看人丁鹊起科甲蝉联；门第喜光聚预兆柳汁袍沾杏花帽插。”

杏村村民均为张姓，他们来此安家的第一位祖先景弦公，于元朝至正十二年（1352）离开父母的庇护，离开生他养他的故土——敖泉香山村牛尾冲，年方二十岁的他带着妻儿来到这块依山傍水的地方（当时叫“下冲”），开荒种地另辟家园，繁衍后代。历经数百年的风雨坎坷，形成今天这个颇具规模的文明古村，村头那两棵古老的银杏和村口那座古朴沧桑的雕花桥，见证了这个村子从小到大的历史变迁，张氏后人因树和桥，为该村附上了一个文雅的名字“杏花村”，但此银杏非彼杏树，与那个“借问酒家何处有？牧童遥指杏花村”的杏花，不可同日而语，遂作杏村而解，倒也名副其实。

从槽门进去，映入眼帘的便是村中的官厅。此厅与该村一个鼎鼎有名人物文赛公有关，他是明朝嘉靖年间的朝廷命官，年老致仕为明选贡官任南京凤阳府寿州同知刺授奉政大夫。据家谱记载，明嘉靖四十二年（1563年），张文赛得知家乡土寇蜂起占山为王，烧杀抢夺令百姓难安，因念身受朝廷厚恩，兹当保家卫国，经上谕请求道院准立营守巡缉，遂前往粤东阳山县招募头目谭子秀、成本荣、何孟礼等四十名勇士来到敖泉，在此安营扎寨，消灭了匪患，保一方平安，此地故名“太平营”，那些驻守的士兵在此安家落户，成了太平营的永久居民，该村就位于敖泉中心完小旁边。

为表彰他戍守有功，嘉靖皇帝准许他在村中建官厅，并赐一牌匾名曰“宝敕堂”。这在当时是该村多大的荣耀啊！这牌匾挂在厅堂神龛上方，两边配一对联：“业垂嘉靖世；声振太平营。”

该村家谱上记载着皇帝的诏书：

大夫张文赛诰命

奉天承运皇帝制曰：朝廷建官官列爵难抱关声折皆有常职矧位列大夫为民社所寄匪得其人曷胜厥职尔文林即发身选拔既振采于臬司自奏绩于魏阙是用锡之诰命尔尚懋修乃位以副 朕怀尚有显秩以待钦哉此

敕

恩赐奉

天敕命

宝敕堂

这栋显赫一时的司马大夫门第，也是族人的荣耀，成为族人祭祀举行重大活动的地方。大门上有特设的门簪三个，意即朝廷显宦之所，凡过此地文官须下轿，武将必下马。

据悉，该村有四个村民小组，近两百户村民。古村位于村子中心，有一大片明清建筑，巷道纵横交错，随着人去楼空逐渐破落衰败，被新建的住房包围在里面，如今只有少数几个老人独守在此……

（作于2008年春）